编委会

学术顾问：陈思和　陈晓明

总 主 编：蒋述卓　陈剑晖　贺仲明

编　　委（按姓氏笔画排序）：

丁　帆　丁晓原　王　尧　王兆胜　王春林
叶立文　刘　勇　刘　艳　刘晓明　李　怡
李建军　李春雨　李继凯　李遇春　汪树东
宋剑华　张志忠　张清华　陈国恩　陈思和
陈剑晖　陈晓明　周　群　於可训　咸立强
贺仲明　郭小东　郭冰茹　唐永亮　黄红丽
蒋述卓　雷　实　管　宁　谭桂林

丛书总主编
蒋述卓
陈剑晖
贺仲明

文化自信与中国现当代文学丛书

文人传统与新文学作家

李春雨　张悦　陶梦真　等著

广东高等教育出版社
Guangdong Higher Education Press

·广州·

图书在版编目（CIP）数据

文人传统与新文学作家/李春雨，张悦，陶梦真，等著．—广州：广东高等教育出版社，2018.12
（文化自信与中国现当代文学丛书）
ISBN 978-7-5361-6312-6

Ⅰ．①文… Ⅱ．①李…②张…③陶… Ⅲ．①中国文学-现代文学-文学研究 Ⅳ．①I206.6

中国版本图书馆 CIP 数据核字（2018）第 237217 号

出 版 人：唐永亮
策划统筹：黄红丽
责任编辑：王红菠
责任技编：肖宿华
责任校对：张艳芳
装帧设计：国　梁

书　　名	文人传统与新文学作家 WENREN CHUANTONG YU XINWENXUE ZUOJIA
出版发行	广东高等教育出版社 地址：广州市天河区林和西横路　电话：（020）87554153 http://www.gdgjs.com.cn
印　　刷	佛山市浩文彩色印刷有限公司
开　　本	890 毫米×1 240 毫米　32 开
印　　张	9.5
字　　数	238 千
版　　次	2018 年 12 月第 1 版　2018 年 12 月第 1 次印刷
定　　价	42.00 元

如发现印装质量问题，请直接与印刷厂联系调换。

总　　序

　　党的十八大以来,以习近平同志为核心的党中央要求全党要坚定道路自信、理论自信、制度自信与文化自信。在这几个"自信"中,文化自信是更基本、更深沉、更厚重和更持久的力量,因它深植于中华优秀传统文化的沃土之中。而中华优秀传统文化既是中华民族独特的智慧结晶,也是全人类共享的精神财富,体现了"人类共同价值"。那么,当前应如何传承传统,实现中华优秀传统文化的创造性继承和创造性发展,从而提升中华民族的文化自信?这是近年来党和国家在思想文化建设领域关注的重点,也是当前学术界关注的热点。"文化自信与中国现当代文学丛书"正是立足于这一历史和现实语境,希望通过对传统文化的挖掘和再发现,将其有价值和有现实针对性的精神资源植入中国现当代文学,以此推进"文化自信"这一重大命题的理论与实践,为中国梦提供有益有效的精神支撑和文化滋养。

　　本丛书不是面面俱到地阐释传统文化,而是以专题为统领,针对中国现当代文学,尤其是当代文学存在的弊端,将优秀传统文化的基因与其对接并灌注其中,从而催生出一种符合新时代的新文学。比如,丛书的第一本《"文"的传统与现代中国文学》,针对中国现当代文学语言技巧越来越高,艺术形式越来越精致,但文学的路子却越走越窄,文学精神越来越稀缺的事实,提出中国现当代文学有必要到传统的源头去汲取营养,以丰富和强大自身。所谓"传统的源头",就是"文"的传统或"杂文学"的传统。在"文"的传统中,文体既是体也是用,既是道也是器,文体的变革也是文学的变革。本书还从文章的体制、风格、文气以及叙事传统等方面,论述现当代文学应如何从传统文学中汲取营养,而不应矮化自己,"以西方的标准为标准,以西方的是非为是非"。

从文学所体现的实用价值和政治功能方面的内涵看,以"修身齐家治国平天下"的"家国情怀",是文学忧患意识、使命感和责任感的集中体现。它主要从"入世""有用"的精神维度,确立了中国文学"文以载道"的传统。但中国当代文学自20世纪90年代以来,随着人的欲望的膨胀,人文理想的失落,多元价值观的出现,作家的写作立场也发生了重大改变:从20世纪80年代的"大叙事"变为个人的"小叙事",从过去高扬理想主义和集体主义,转变为犬儒主义、物质主义和享乐主义,不少作家失去了介入时代和社会现实的激情和勇气,而忧患意识、责任感、使命感与他们也就渐行渐远。因此,要振兴当代文学,就必须要求作家"文以载道",追求文学的"有用"功能,要求作家创作要有"家国情怀",要修身齐家治国平天下,将"小家"和国家民族的"大家"统一起来,这样才有可能创造出无愧于新时代、无愧于当下的优秀作品。丛书的第二本《载道传统与文学的使命意识》通过对"文以载道"概念的梳理阐释,重申文学的伦理道德与使命意识。

我国的另一个优秀文化传统,就是"道法自然"。老子说:"人法地,地法天,天法道,道法自然。"庄子说:"天地与我并生,万物与我为一。"这都是强调人与物即自然的融合和转化。在"万物将自化"的理念中,物化既包含人的变化,也包含物的变化,同时也是物与人的互化。在中国的传统散文中,如《世说新语》《秋声赋》等,都达到一种"神与物游"的境界。而中国现当代文学已在很大程度上丢掉了中国传统文学这一优良的传统。中国现当代文学过于夸大人的地位、作用和力量,从而导致对天地自然的忽略乃至无知,也导致了社会和谐的失衡。所以,在倡扬文化自信和文化自觉的当下,当代作家要向古典文学学习遵循天地自然的法则,克服人类至上的立场,将人与自然同一化,从而将自己及其作品培育得臻于完美。丛书第三本《天人合一与当代生态文学》对此做出了回应。

中国文学一直有一个浪漫翱翔、瑰意琦行的传统,从庄子的"鹏之徙于南冥也,水击三千里"、屈原的《离骚》,到李白的诗歌、陶渊明的"桃花源",这一浪漫传统的归潜与飞扬,一直是中国文学的骄傲。然而,新中国成立以来,这一浪漫主义的传统几近绝迹。尽管有过"现实主义与浪漫主义相结合"的倡导,但那不过是一个口号,并没有真正成功的文学创作实践。因此,中国当代文学要从重物质、轻精神,重欲望、轻理想的状态中解脱出来,就必须继承浪漫主义文学传统,为文学注进生命激情和梦想。唯其如此,理想的文学才有可能出现。丛书中的《中国新时期文学的浪漫与理想》既重拾这一文学传统,又恢复了中国文学应有的文化自信。

总体来说,丛书确立了三个维度:一是优秀传统文化的维度;二是中国现当代文学的维度;三是中西文化比较的维度。通过对三个维度的融会贯通,推进中国现当代文学的文化自觉与文化自信。为此,丛书共收录13本著作,有些侧重从传统文化的思想内涵方面挖掘有价值的精神资源,有些侧重从艺术方面探讨中国当代文学如何从传统文化中汲取营养。

丛书虽属主题性出版,但具有鲜明的个性特色和原创性。具体表现在以下几方面:

第一,强烈的问题意识与建设性和前瞻性。中国现当代文学面临的问题:一是写作技巧越来越高,越来越精致化,但同时却是越来越小气和匠气,创作的路子越走越窄。二是许多作家缺乏社会时代担当和家国情怀。三是缺乏理想的文化生命人格塑造,也缺乏诗性精神和浪漫情怀。四是审美缺失,文风粗鄙。五是当代作家大多言必称西方,一切"以西方的标准为标准,以西方的是非为是非"。丛书正是以问题意识为导向来设计主题,这样便既有现实针对性,也不会重复别人。与此同时，丛书又注重"大传统"与"小传统"的传承对接，尽量从现当代文学中挖掘"文化自信"的因素，并强调在"解构"中"建构"，力图使丛书既有建设性又有前瞻性。

第二，注重传统文化的传承与创新。中华传统文化虽历史悠久、博大精深，但也存在着不少糟粕，因此要立足于现实，用时代精神去凝练、去整合传统文化，并善于进行创造性的转化。丛书从传统文化中提炼出"文的传统""文以载道与家国情怀""道法自然与天地并作""超然浪漫与文学理想""诗性飞翔与审美之维""理想文化生命人格的重塑"等主题，正是在创造创新中彰显传统文化的时代价值，让中华优秀传统文化在当代文学创作中焕发出新的生命力。

第三，宏观研究与实证研究相结合。丛书虽有较宏大的构想和命题，但绝不同于那种假、大、空的理论。因为丛书要求每位分册作者，一定要把"文化自信"的理念落实到某个层面、某一个点，要有具体细致的个案分析。总之，命题要宏大，观点要创新，方法要实证，细节要丰满。

第四，强调学理性，又兼顾可读性。丛书作者均为国内知名、长期从事中国现当代文学研究，且有较好的古代文学素养的学者，这为将丛书打造成学术精品这一总体要求打下了坚实的基础。同时，为了让读者更好地了解传统文化，提高他们阅读的兴趣，丛书兼顾了学理性和可读性两方面，尽量回避过于"学院化"的表述，用鲜活优美、灵动诗性的文字来探讨传统文化与中国现当代文学问题。当下的中国已进入一个需要理论而且一定能够产生理论的时代，一个需要思想而且一定能够产生思想的时代。中华民族伟大复兴的生动实践为理论创新提供了丰厚土壤，构建"中国学派"可以说是恰逢其时。但是，过去中国的思想理论贡献与经济的高速发展，与中华民族的伟大复兴极不相称，这其中有西方话语霸权的原因，更主要的在于我们热衷于向"西天取经"，在为西方思想提供注脚方面花费了太多时间和精力,而忽略了从中华优秀传统文化汲取营养,这样自然便不够自信,便妄自菲薄,一切"以西方的标准为标准,以西方的是非为是非",无法让世界知道"学术中的中国""理论中的中国"。"文化自信与中国现当代文学丛书"希望通过对中华优秀传统文化的挖掘与价值再发现,在构建"学术中的中国"方面有所作为,有所贡献。

文化是民族的灵魂和血脉,是人民的精神家园。习近平总书记一再指出:要加强对中华优秀传统文化的挖掘和阐发,为人类提供正确精神指引,要围绕我国和世界发展面临的重大问题,着力提出能够体现中国立场、中国智慧、中国价值的理念、主张、方案。是的,在有着5000多年文明发展历史中孕育出来的中华优秀传统文化,积淀着中华民族最深沉的精神追求,代表着中华民族独特的精神标识,是中华民族生生不息、发展壮大的丰厚滋养,是中国特色社会主义植根的文化沃土,是当代中国发展的突出优势。它将对延续和发展中华文明、促进人类文明进步,发挥重要作用。"文化自信与中国现当代文学丛书"由于有着深厚的文化情怀和自觉的文化担当,坚守中华文化立场,立足中国现当代文学现实,面向世界,面向现代化和中国文学的未来,用时代精神去凝练、整合中华优秀传统文化和中国现当代文学,以文学来阐述"文化自信",以此推进"文化自信"这一重大命题的理论与实践。因此,丛书获得了评审专家和有关部门的充分肯定,先后获得"2018年度国家出版基金立项""2017年广东重点出版物暨'百部好书'资助"和"传承弘扬岭南优秀传统文化和原创精品立项"。相信随着丛书的出版,"文化自信与中国现当代文学"这一命题,会越来越广泛地引发中国现当代文学研究者和读者进一步探究的兴趣。

蒋述卓　陈剑晖　贺仲明
2018年9月4日

目 录

绪论　传统文人与"新青年"　　　　　　　　　　/1

第一章　文人与文人传统　　　　　　　　　　/9
第一节　文人是谁　　　　　　　　　　　　　/10
第二节　文人传统的形成与发展　　　　　　　/19
第三节　文人传统与现代知识分子　　　　　　/27

第二章　文人传统的精神探源　　　　　　　　/37
第一节　儒家之担当　　　　　　　　　　　　/38
第二节　道家之自由　　　　　　　　　　　　/47
第三节　佛家之通悟　　　　　　　　　　　　/55

第三章　"积极入世"与"为人生而艺术"　　/65
第一节　"入世"是中国文人的核心价值取向　/66
第二节　"为人生而艺术"的现实主义追求　　/73
第三节　五四一代人的"文化救国"　　　　　/81
第四节　因"政治"而蓬勃的左翼文学　　　　/88

第四章 "寄情山水"与"自己的园地" /97
第一节 魏晋"风骨"与京派"风度" /98
第二节 新文学作家的"精神后花园" /106
第三节 追求独立的"狂人"与"超人" /112

第五章 "文人结社"与新文学社团 /117
第一节 新文学社团为何"蜂起" /119
第二节 作家与社团的互动共生 /124
第三节 社团——现代文人结社的新组织 /132
第四节 报刊——现代文人结社的新阵地 /141

第六章 "文人相轻"与新文学论争 /147
第一节 相轻:自古文人相处之态 /148
第二节 论争:新文学发展的内在动因 /152
第三节 鲁迅与他的笔墨官司 /160
第四节 "文人相轻"之"重" /166

第七章 "好为人师"与"敬告青年" /171
第一节 办刊时代:从《新青年》到《努力》 /173
第二节 鲁迅与"新青年"的对话 /180
第三节 从文本到影像:青年标签的二重奏 /188
第四节 青春焦虑:青春亚文化与"情礼之间" /197

第八章 "春秋笔法"与"失事求似" /205
第一节 "春秋笔法"溯源及其文学影响 /206
第二节 鲁迅的杂文言说方式与批判精神 /214
第三节 "失事求似"的历史剧观及创作 /224

第九章 "艺文互通"与作家的"多重身份" /235
第一节 多重身份带来的开阔视野 /236
第二节 多重身份赋予的丰富体验 /241
第三节 多重身份造就的独特审美 /248

第十章 从"国学"到"新国学" /257
第一节 从"崇古"到"疑古" /258
第二节 新文学中的"晚明"热 /266
第三节 "故纸堆"里的新研究 /270
第四节 "新国学","新"在哪里 /285

后 记 /289

绪 论

传统文人与"新青年"

从传统到现代,中国社会的根本转型始于五四。五四是中国第一次发生大规模深刻碰撞的历史节点,在这个纵横交错、千载难逢的节点上,中国社会发生了根本性的历史变化。外来思想的传入、语言文体的革新,带来了与古代社会完全不同的风气,开始出现了现代的性质。在这种变化中,新文学作家形成了自己独特的文化面貌,他们既读过经又留过洋,继承传统又批判传统。在新的历史背景下,他们具备了崭新的精神追求,但又自然而然地流露出传统文人的历史品格。

一、五四:中国文人的现代转型

在中国文学几千年的历史长河中,现代文学短短 30 年的时间可谓是一个转瞬即逝的点,但这个点又是千载难逢、难能可贵的,是传统与现代、中国与外来交融和碰撞的历史节点。在这个历史节点上,几千年的封建社会迅速瓦解,但新的社会体制尚未形成;反封建思想的大旗已经高高举起,但新的思想意识尚未深入人心。于是,各种各样的思想、制度互相碰撞,共同发展。五四是离中国历史传统最近的一个点,同时又是大规模接触外国思潮最早的一个点。这样一个独特的点造就了新知识分子截然不同的面貌。

五四是走向世界的一代。从中国现代文学发展的实际来看,具有留学背景的作家所占比重相当大,鲁迅留日、胡适留美、郭沫若留日、田汉留日、闻一多留美、徐志摩留美英、洪深留美、夏衍留日、郁达夫留日、成仿吾留日、丁西林留英、艾青留法、冰心留美、梁实秋留美、丰子恺留日、穆木天留日、冯志留德、戴望舒留法、李金发留法、老舍任教于英国、曹禺访学美国……这是中国现代文学作家的一个显著特点,也是中国文学史上前所未有、极为罕见的文学现象。据 1937 年小岛友于编选的《现代中国著名作家》统计,在收录的 322 名作家中,具有留学经历的有 155 人,其中具有留日、留美经历的分别为 57 人和 48 人,占留学作家的 67.7%。

周晓明据徐瑞岳、徐荣街于1988年主编的《中国现代文学词典》统计，在入选的714位作家中，曾留学或游学他国者221名，具有留日经历者84人，占留学者的38%。

与此相对应的，是翻译文学数量的大大增加。仅就翻译文学作品和文学理论著作而言，据《民国时期总书目·外国文学（1911—1949）》和《民国时期总书目·文学理论·世界文学·中国文学（1911—1949）》这两本书的统计，在1911—1949年间，外国文学作品翻译达850种。而根据贾植芳等主编的《中国现代文学总书目·翻译文学卷》统计，翻译文学的数量又比上述两书统计多了598种。这些远比国人创作的作品量大。更重要的是，这些翻译作品让中国读者从中知晓了外部世界，学到了现代表达方式，给中国现代文学创作提供了可资借鉴的语言和思想。

鲁迅精通5门外语：英语、日语、俄语、德语、法语。据不完全统计，鲁迅一生共译介了俄国、英国、西班牙、荷兰、奥地利、芬兰、匈牙利、波兰、保加利亚、罗马尼亚、捷克、日本等14个国家近百位作家的200多种作品。鲁迅在《我怎么做起小说来》中谈到自己"注重的倒是在绍介，在翻译，而尤其注重于短篇，特别是被压迫的民族中的作者的作品。因为那时正盛行着排满论，有些青年，都引那叫喊和反抗的作者为同调的"①。可见，鲁迅翻译外国文学作品的目的，是为改造社会、改造现实服务，不是兴之所至或为翻译而翻译。同时，鲁迅的翻译明确将读者考虑其中。他曾经在与瞿秋白的通信中提到，翻译作品不能简单化之，一定要明确读者是怎样的，要把翻译作品的受众进行区分，受过良好教育的读者和略能识字的读者是不同的，要针对不同的读者采用不同的翻译方法，这种观点十分鲜明地表达了他的启蒙翻译观。

---

① 鲁迅. 我怎么做起小说来［M］//鲁迅全集：第四卷. 北京：人民文学出版社，2005：525.

五四是青春的一代。在 1912—1917 年这段时间，中国大约有 550 万名在新式学校学习或者出国留学的学生，到 1919 年五四运动开始时，已经约有 1 000 万名受过新式教育的青年学生。如果以 1919 年来算的话，五四新文学作家的年龄应该是：李大钊 30 岁，刘半农 28 岁，胡适 28 岁，郭沫若 27 岁，郁达夫 23 岁，傅斯年 23 岁，沈雁冰 23 岁，徐志摩 22 岁，罗家伦 22 岁，郑振铎 21 岁，冰心 19 岁，鲁迅 38 岁，称为"学衡"老朽的梅光迪 29 岁，吴宓和胡先骕都是 25 岁。

提起五四，总能给人带来一种扑面的青春气息。《新青年》是五四新文化运动的重要阵地，这本杂志的定位明确肯定了青年人对于时代和社会的意义。陈独秀首先在《敬告青年》中提出了对青年的期许："自主的而非奴隶的""进步的而非保守的""进取的而非退隐的""世界的而非锁国的""实利的而非虚文的""科学的而非想象的"，这是将革命的希望寄托在广大青年身上。李大钊在《青春》中歌颂："惟真知爱青春者，乃能识宇宙有无尽之青春。惟真能识宇宙有无尽之青春者，乃能具此种精神与气魄。惟真有此种精神与气魄者，乃能永享宇宙无尽之青春。"① 五四的青春不仅因为担当起历史使命的新文学作家年纪轻，更加在于他们所表现出的激情与活力。五四是青年作为一个整体登上中国历史舞台的开始和象征。新文学作家的创作，既有"我把天狗吞了"的激情和热血，也有"两只黄蝴蝶，双双飞上天"的新诗"尝试"，更有被新思潮唤醒后感觉无路可走的苦闷与感伤，这些青春的情绪不仅属于一代人，更加属于一个民族。古老的中华民族表现出新的年轻的活力，完成着从传统到现代的深度转型。

---

① 李大钊. 青春 [J]. 新青年, 1916, 2 (1).

二、"新青年"的历史品格

当然,没有任何一种文化传统能够在割裂中延续,传统是在继承和创新中不断发展的。五四也不例外。五四是反传统的,与此同时,它也从未中断过对传统的继承。朱自清被公认为新文学运动中成绩卓著的优秀散文作家,但同时他也是一代国学大家。当年朱自清首开新文学课程,但他讲得更多的还是传统国学,到了西南联大他依然讲授"宋诗""文辞研究"等课程。徐志摩让人们知道了新诗还能写得这样好,但同时徐志摩诗中的离愁别绪、音调起伏却是对传统的回归。曹禺的戏剧是最外国的,从古希腊三大悲剧作家,到莎士比亚、易卜生、契诃夫等人的作品,曹禺汲取了大量的艺术营养,但同时曹禺的戏剧也是最中国的。他曾说:"一个作家和艺术家的文化艺术修养应该是多方面的,是靠多少年的逐渐积累而来的。我对戏剧发生兴趣,就是从小时候开始,我从小就有许多机会看戏,这给我影响很大。我记得家里有一套《戏考》,我读《戏考》读得很熟,一折一折的京戏,读起来很有味道。"吴祖光曾说过,不懂得京剧就不懂得曹禺和我们这些人的话剧创作。鲁迅那一代人是在现代文学30年里出现的,但他们的品格并不只是在这30年当中才形成的,而是由几千年中国文学的发展以及五四时期中外文学交流的机会等一系列条件酝酿而铸就的。他们学贯中西、识通古今,既读过经又留过洋,空前绝后,难以逾越,是几千年文化积淀的结晶。

赵树理自称是"问题小说家"。为什么这么说呢?就是因为赵树理作为解放区作家,最先意识到一个看似平常但却令人震惊的问题,这就是:即便在迎来"解放"的"解放区",即便已经有了红色政权,人民已经当家作主,包办婚姻仍然大行其道,小二黑和小芹的自由相爱依然困难重重,双方父母包办子女的婚姻依然那样理直气壮!这是很多人都感受到、认识到的问题,但并没有引起足够的警觉，甚至以为这很自然。这个问题恰恰说明封建思想意识的根深蒂固。赵树理敏锐地感知到这个"问题"，并且认为这是一个重大的"问题"。自由是一个深刻的思想话题，启蒙更是一项艰巨的任务。鲁迅的《伤逝》等小说深刻说明了封建思想意识不会因为一场新文化运动而消亡；赵树理的《小二黑结婚》等作品再次说明了千百年来的封建思想甚至不会因为政权的更迭和时代的改变而消失。这正是赵树理"问题小说"最深刻的价值。包办婚姻在当下已经成为过去的话题，但从鲁迅到赵树理，他们对封建思想意识顽固的执着的揭示和批判，在今天依然有着非常现实的意义。在此应该提到，赵树理的"问题意识"之所以特别强，一个很重要的原因就是赵树理的老家（山西晋城沁水县）的戏台子上长期上演《杨家将》的故事。赵树理的母亲"一生之中别无嗜好，唯爱念佛和看戏，尽管一字不识，却能整本整本地背诵杨家将、岳家军的连台本戏"①。这种成长环境不仅让赵树理在日后的创作中吸取了民间艺术的表达方式，更重要的是民间故事中精忠报国、为国效力的精神传统深深地影响着赵树理，最终成为他创作生命的核心价值。用小说去解决问题，这成了赵树理文学创作的使命。赵树理不只是带着乐趣来创作的，更重要的是带着使命创作的。这是我们今天重新审视赵树理不能忽视的问题。冰心和赵树理的"问题小说"已经成为一个特殊的现象，这个现象远远超出了他们本人创作题材的范畴，而成为一代作家的创作宗旨甚至是人生志向的选择。

新青年对传统文人历史品格的继承，不仅体现在作家的创作精神上，还体现在学术研究的态度上。五四的学术传统，即关于五四新文学的研究，由《中国新文学大系（1917—1927）》奠定了基础。多少年来，作家论、文学思潮论、社团流派论、文学论争论，已经形成了文学研究的几个基本板块。但是笔者想特别强调一点，

---

① 戴光中. 赵树理传［M］. 北京：北京十月文艺出版社，1987：16.

那就是五四新文学在研究中特别注重对史料的研究。今天回过头来看一看，20世纪以来，最值得我们珍视的是什么？是80年代前后，几乎举全学术界之力，大家共同建构起来的现代文学的资料研究系统，包括现代作家研究资料汇编、现代作家传记丛书、当代作家研究专集等。这些东西已经培养了几代学者，到了今天依然是弥足珍贵的资料，只不过在时间上需要往下延续，因为那个时候的研究很多就到20世纪八九十年代，作家评传还需要不断往下延续。五四学术研究重史料，这本身就是对"无一字无来历"的清代朴学传统的继承。

三、新文学作家的精神追求

新文学作家顺应古今中外交汇的时代而生，他们既注重创新，又懂得继承；既渴求开放，又注重立本；既珍视自由，又懂得责任；既犀利无情地解剖社会、揭露人性的弱点，又严酷地解剖自己并深情地关怀整个人类的命运。这就是五四新文学作家所具备的精神追求和文化品格。

五四那代人的四个文化品格，又可以转化为他们同时所拥有的三个头衔：一是新文学作家，二是国学大师，三是外国文学翻译家。首先，作为新文学作家，他们开创了新文学与新文化的全新格局，五四所有的"新"，都是那代人的创新和创造。其次，他们更懂得创新必须以继承为基础，没有继承就没有创新，继承越多创新越多，他们不但没有割断现代与历史的联系，而且极大地推进了国学在新的历史时代的继续发展。鲁迅不仅有《呐喊》《彷徨》，还有《中国小说史略》《汉文学史纲要》，而且他对相当多的中国古代小说的研究至今依然具有相当经典的意义。最后，新文学作家很多都是外国文学的翻译家。那代人对外国文学和文化的翻译介绍，从俄罗斯到英国、法国、德国、意大利，从东欧到北欧，从南美到北美，从日本到印度，几乎无所不包。鲁迅、周作人、胡适、刘半农、郑振铎、许地山、茅盾、郭沫若、郁达夫、徐志摩、林语堂、李劼人、瞿秋白、田汉等，几乎都有专门的系统的翻译和介绍的领地。当时几乎所有重要报刊都登载翻译作品，范围之广，规模之大，内容之丰富，实属罕见！世界各国经典的文学名著、文化和理论的重要著作，都是从这时起系统地源源不断地介绍给中国读者的。

中国现代文学虽然仅短短30年，但出现了一批个性鲜明、风格独特的作家群。有风采多姿的女作家冰心、萧红、丁玲、张爱玲等，各具特点的诗人郭沫若、闻一多、徐志摩、戴望舒、艾青、穆旦等，有戏剧大师曹禺、田汉、夏衍、欧阳予倩等。中国现代文学在整体上形成了自己的根本特质——责任感。郭沫若浪漫多情，却始终不忘文学的社会职能，某些方面，他比文学研究会和人生派还现实、还人生；胡适声称"二十年不谈政治"，最后"实在忍不住了"，创办《努力周报》，这也是一种责任；鲁迅等人的使命感更不用多说，这种特质使中国现代文学在思想和艺术上都达到了很高的水准。

鲁迅、郭沫若、茅盾、巴金、老舍等现代作家的作品往往都蕴含着对整个人类的大关怀。周作人的《故乡的野菜》中蕴含的怀乡之情就是人类所共有的。他们从自身的经历和感受出发，直逼人性的本质。正因如此，中国现代文学仅短短30年，却出现了那么多大作家，呈现出整个中国文学历史上难得的文学大气象。可以说，五四的传统价值就体现在承担它的使命的那一批文化巨人所特有的精神价值上。

五四那代人既读过经又留过洋，继承与创新并行，立本与开放并重，自由与责任同担，社会与自我一体，是得天独厚、难以超越的一代人。五四至今百年来，新文学与新文化的发展，已经蔚然形成自己独特的品格与新的传统，它在中国文学与文化的历史长河中已成为不可或缺的一个环节，是整个中国文学与文化传统的一个有机组成部分。

第一章

文人与文人传统

周作人抗战前后的散文创作由标榜"性情的流露"到推崇"疾虚妄,重情理",有人认为这是受文人传统的影响。① 贾平凹的长篇小说《废都》以庄之蝶为中心,呈现了一帮西京文化名人放纵自我、追逐官能满足的混乱生活,被认为是"文人传统的复活"②。汪曾祺的小说创作不在意也不擅长所谓的重大题材,他书写的是日常生活,在意的是饮食男女。毕飞宇说,因为他是文人,而不是知识分子。③ "文人"一词如此高频率地出现在中国现代文学和文化中,但当我们试图去理清其内涵,却发现它是一个非常复杂的问题。文人到底是谁?文人传统又是什么?有何维度?它与现代知识分子究竟有什么不同?又有何关联?这是本章要重点解决的问题。

第一节 文人是谁

在中国历史文献的记载中,指称知识分子的时候,士、士人、士大夫都是使用相对较多的说法,而"文人"一词则往往出现在贬损性的语境中。如《三国志·魏书》中记载魏文帝对大臣说的话:"观古今文人,类不护细行,鲜能以名节自立。"④ 在魏文帝眼中,古往今来的文人都不注重小节,很少能以名节立身。明朝初年,著名文人宋濂对别人称呼自己为"文人"非常不满:"吾文人乎哉!

---

① 陈文辉. 文人传统与周作人抗战前后的思想和文章[J]. 现代中文学刊, 2012 (3).

② 蔡翔. 文人传统的复活: 当代中国知识分子的一个批判[J]. 文艺争鸣, 1994 (3).

③ 毕飞宇. 小说课[M]. 北京: 人民文学出版社, 2017: 163.

④ 陈寿. 阮瑀传[M]//三国志(全五册). 北京: 中华书局, 1959: 602.

天地之理欲穷之而未尽也,圣贤之道欲凝之而未成也,吾文人乎哉!"① 语气中的愤怒简直要与对方不共戴天。至于"一为文人,便无足观""文人无行"等说法更是不绝于史书。而现代学者曹聚仁因为接触过太多文人而感叹道:

"人",这种有血有肉的动物,总是有缺点的;一成为文人,便不足观。也可以说,他们的光明面太闪眼了,他们的黑暗面更是阴森;所以诗人住在历史上,几乎等于神仙,要是住在我们的楼上,便是一个疯人。谁若把文人当作完人看待,那只能怪我们自己的天真了。②

当然,上述在特殊语境中的说法能够说明"文人"在一定历史时期所具有的某些特征,但并不是本书理解的"文人"的基础。我们发现,当人们脱口而出"文人"这个词的时候,直觉告诉我们这是一个与士、士人等说法紧密联系但又有所区别的概念。而真正要深入追究"文人"到底是谁,却又聚讼不已,众说纷纭。

商务印书馆出版的《辞源》根据原典和史料对"文人"一词的记载,梳理了两个定义:一是指"古人称先祖中有文德之人"(如《周书·文侯之命》记载:"追孝于前文人。"疏:"追行孝道于前世文德之人。")。二是指"擅长文章的人"(如汉代王充《论衡·超奇篇》记载:"采掇传书以上书奏记者为文人。"《文选》中三国魏文帝曹丕的《典论·论文》记载:"文人相轻,自古而然。")③。前一个定义指出了"文人"这一概念所蕴含的道德指向,

---

① 周榆华. 晚明文人以文治生研究[M]. 2版. 广州:广东高等教育出版社,2011:21.
② 曹聚仁. 文坛五十年[M]. 北京:生活·读书·新知三联书店,2010:381.
③ 何九盈,王宁,董琨. 辞源:下册[M]. 3版. 北京:商务印书馆,2015:1 781.

后一个定义则突出这一群体的知识能力，更接近现代对文人的通常理解。同样是商务印书馆出版的《现代汉语词典》对"文人"的解释是："读书人，多指会做诗文的读书人。"① 上海辞书出版社的《现代汉语大词典》则解释为："知书能文的人。"② 这两个解释的核心意思一致，所采用的是《辞源》中的第二个释义。上海辞书出版社 2011 年编撰的《汉语大词典》综合了几个版本的词典，把"文人"解释为"古称先祖之有文德者"和"知书能文的人"两种意思③。

学者们显然无法满足于上述定义，他们在《辞源》对"文人"一词溯源的基础上，结合"士"或"士大夫"在中国历史上的内涵演变，再增加了个人理解，形成了各自关于"文人"的界定。蔡翔对这一问题关注较早，他把文人界定为古代士大夫阶级的旁支，认为这一旁支虽然在思想上仍服膺于整个士大夫阶级的价值体系，但却在长期的实践过程中，逐步形成了自己特定的生活习性和精神癖好，并以此区别所谓贤良方正之士。他有感于 20 世纪 80 年代理想主义的退潮和《废都》所呈现的知识分子精神退化倾向，因此从"文人传统"中寻找根源，在对"文人"的定义中特别强调了这一群体的"非道德或非规范的因素"④。文章的论证过程还是有其内在逻辑的，问题在于作为文人非道德性的逻辑起点是否合理。换句话说，文人在历史上的非道德表现到底是局部现象，还是一以贯之

---

① 中国社会科学院语言研究所词典编辑室. 现代汉语词典 [M]. 7 版. 北京：商务印书馆, 2016：1 372.

② 阮智富, 郭忠新. 现代汉语大词典 [M]. 上海：上海辞书出版社, 2009：2 443.

③ 罗竹风. 汉语大词典：第六册 [M]. 上海：上海辞书出版社, 2011：1 515.

④ 蔡翔. 文人传统的复活：当代中国知识分子的一个批判 [J]. 文艺争鸣, 1994 (3).

的传统？就好像也有人认为中国文人的特征是审美的而不是非道德的，如台湾学者罗中峰在其《中国传统文人审美生活方式之研究》一书中首先承认，"中国传统文人"大体上与俗称"士""士人""士大夫"或"读书人"等的"知识阶层"为同一批人，但随后又认为"传统文人阶层"是"重视修养其身心状态、追求自我人格之审美完成的社会阶层"，很显然这是在文化修养和审美品格上把这一群体与更宽泛的知识群体做了区分。① 龚鹏程则直接指出文人群体的独立性和特殊性：

我们可以说：文人阶级起于士阶级之分化，而其确立为一独立之阶层，具有与其他阶层不同且足以辨识之征象（不但与庶民不同，与其他由士分化出来的阶层也不一样），则在东汉中晚期。②

龚鹏程认为士阶层是一个较广泛的概念，不但分化出了文人阶层，也分化出了其他阶层。马良怀也持这一观点，他认为"文人作为一个阶层出现，从士人中间走出来，形成自己的风格，是从汉魏之际开始的"③。而这些文人作为一个新的群体，势必与士人有较大的区别，比如重视个体生命，重性情，注重理想人格和精神意境的塑造等等。李春青则认为把文人完全独立于士人有所不妥，"就社会经济、政治地位而言，'文人'与'士大夫'的确是同属于一个社会阶层，但就文化主体身份而言，二者又存在着重要差异"④。他的意思是，"文人"阶层并没有从"士大夫"中独立出来，否则

---

① 罗中峰. 中国传统文人审美生活方式之研究［M］. 台北：洪叶文化事业有限公司，2001：6－7.
② 龚鹏程. 中国文人阶层史论［M］. 兰州：兰州大学出版社，2004：12.
③ 马良怀. 魏晋文人讲演录［M］. 桂林：广西师范大学出版社，2009：7－8.
④ 李春青. "文人"身份的历史生成及其对文论观念之影响［J］. 文学评论，2012（3）.

如何理解李白、杜甫、白居易、苏轼等既具备"文人"身份也属于"士大夫"的知识分子。所以他把文人理解为士大夫阶层所衍生的一种新的身份。其实问题依然存在,这种定义实际上就认为李白、杜甫、白居易、苏轼等具备"文人"属性的"士大夫",要高于泛"士大夫"阶层,这不仅更强调了"文人"的独立属性,而且还导致一个问题:另一部分并没进入"士大夫"阶层的"文人"又该如何定义其归属?周榆华在《晚明文人以文治生研究》一书中对"文人"的界定则更为复杂,他认为"文人"从士人中分离出来,大致可以分为"仕籍文人"和"布衣文人"两类。前者是指"生前担任过一定官职的能文之士",后者是指"各种平民身份的能文之人"。因文人入仕,处理政事是其本职工作,是"正业",而撰写辞章则是"副业","严格说来,这部分人不能称之文人,更确切的说法当是擅文的官吏而已"①。很明显,这种进一步隘化"文人"的定义把几乎所有重要的文人都排除在外,只能在某一特定的历史时期(如明末)去讨论"布衣文人"的价值。

上述界定让我们进入了"你不说我还明白,你越说我越糊涂"的迷宫。正如"一千个读者眼中有一千个哈姆雷特",我们相信,一千个中国人心中有一千个关于文人的界定。"文人"和"文化"等概念一样,生活中我们每天都在说,却很难真正界定清楚其内涵。也许我们换一个思路来思考这个问题会更清晰:正如中国历史上从来就没有真正意义上的纯文学,自然也不存在真正意义上的纯粹的文人。很多学者把"文人"产生的时间确定在汉魏之际,因为他们认为这一时期是中国文学开始其独立性的时间,也就是中国"纯文学"发生的开端。事实真是如此吗?即便这一时期被认为最具"纯文学"价值的陶渊明,也依然是在儒家"入世"立功和道

---

① 周榆华. 晚明文人以文治生研究[M]. 广州:广东高等教育出版社,2011:16–17.

家出世归返的观念冲突中矛盾半生，甚至到了晚年还发出"日月掷人去，有志不获骋。念此怀悲凄，终晓不能静"的哀叹。陶渊明肯定是文人，但绝对不是纯粹意义上的文人。这种冲突在后世的文人身上一直存在。山水田园诗人孟浩然一方面津津乐道于"开轩面场圃，把酒话桑麻"（《过故人庄》）的闲居生活，一方面又不断发出"欲济无舟楫，端居耻圣明"（《望洞庭湖赠张丞相》）的求仕暗示，他的人生遗憾也许就在那句"不才明主弃，多病故人疏"（《岁暮归南山》）的牢骚里。浪漫主义大诗人李白在仕途无望的时候，便高歌"我本楚狂人，凤歌笑孔丘"（《庐山谣寄卢侍御虚舟》）；一接到唐玄宗召他入京的诏书，便变成"仰天大笑出门去，我辈岂是蓬蒿人"（《南陵别儿童入京》）；他终其一生的理想都是"申管晏之谈，谋帝王之术，奋其智能，愿为辅弼，使寰区大定，海县清一"（《代寿山答孟少府移文书》）。白居易书写李隆基、杨玉环凄美爱情的绝唱《长恨歌》感人至深，但在创作之初与朋友约定的宗旨还是充满说教色彩的"欲惩尤物，窒乱阶，垂于将来者也"（陈鸿《长恨歌传》）。杜甫无论仕途如何波折，生活如何艰难，始终也没有忘怀他年轻时所立下的"致君尧舜上，再使风俗淳"（《奉赠韦丞丈二十二韵》）的人生理想。两宋文人如范仲淹、欧阳修、王安石、苏轼、陆游、辛弃疾等，基本上秉承的都是"居庙堂之高则忧其民，处江湖之远则忧其君"的处世原则，虽说"入世"和出世的内在冲突不再像前代文人那么激烈，但依然很难说他们的创作是完全超脱政治而趋于所谓的"纯文学"。因此，鲁迅在《魏晋风度及文章与药及酒之关系》中直接指出："据我的意思，即使是从前的人，那诗文完全超于政治的所谓'田园诗人''山林诗人'，是没有的。完全超出于人间世的，也是没有的。既然是超出于世，则当然连诗文也没有。诗文也是人事，既有诗，就可以知道于世事未能忘情。"① 所以,当周作人、林语堂等人大力鼓吹晚明的"性灵文学"运动,提倡"取闲适之笔调,语出性灵,无拘无碍"② 的小品文写作时,鲁迅毫不客气地批评道:"明末的小品虽然比较的颓放,却并非全是吟风弄月,其中有不平,有讽刺,有攻击,有破坏。这种作风,也触着了满洲君臣的心病,费去许多助虐的武将的刀锋,帮闲的文臣的笔锋,直到乾隆年间,这才压制下去了。以后呢,就来了'小摆设'。"③

基于上述分析,我们认为,既然中国历史上从来没有过纯粹的文人,那就没必要对"文人"和"士"的概念做强行的区分。马克斯·韦伯把西方"文人"的概念界定为"受人文主义教育的文人(Literaten),人们曾一度学习用拉丁文作演说,用希腊文写诗,目的是成为君主的政治顾问,最好是能成为君主的政治文书(Denkschriften)的执笔者"。但他同时感叹,中国的官大人(Mandarin),实际就是士大夫阶层,在出身上与前述提到的西方文人相似:"一种以人文主义方式,用古代经典加以训练并且通过测验的文人。"他举李鸿章的例子,说读其日记,你会发现,"他最引以为傲的,就是能赋诗和善于书法"④。在韦伯看来,中国的士大夫和文人根本上就是两位一体的。同样的例子,黄仁宇在《万历十五年》中也提到,明代的戚继光也以诗文自傲,常与文官相唱和,尽管写得不是那么出色。这也说明文人与士人没有办法做清晰的区

---

① 鲁迅. 魏晋风度及文章与药及酒之关系 [M] //鲁迅全集:第三卷. 北京:人民文学出版社,2005:538.

② 林语堂. 叙《人间世》及小品文笔调 [M] //沈永宝. 林语堂批评文集. 珠海:珠海出版社,1998:99.

③ 鲁迅. 南腔北调集·小品文的危机 [M] //鲁迅全集:第四卷. 北京:人民文学出版社,2005:591-592.

④ 韦伯. 学术与政治 [M]. 钱永祥,等译. 桂林:广西师范大学出版社,2010:220-221.

分。那我们为什么不直接使用"士人传统"的说法？因为本书谈论的是文学问题，当我们强调"文人"这个概念的时候，本身就意味着我们所侧重的是中国传统知识分子身上的文人身份，而并不是要把其强行区分开来。

同时，我们也不主张把一些作家谈文人时戏谑的说法作为界定文人内涵的基础。比如，周作人说从不怕别人叫他什么诨名，"鹤""老和尚"等都无妨，独独怕"文士"与"艺人"的称号。虽然他举了《新约》上的例子作为解释："过两天是逾越节，又是除酵节；祭司长和文士想法子怎么用诡计捉拿耶稣杀他。"其实是醉翁之意不在酒，他只是不愿与那些"高雅的人物"并称为"文士"罢了。① 类似的戏谑林语堂也有，他在《做文与做人》一文中的第一个标题就是"做文可，做人亦可，做文人不可"，甚至把文人和妓女一样都叫作"条子"。他之所以用如此极端的比喻，是因为对文坛的空气不满，真实的目的还是希望大家能做一个理想的文人，"既做文人，而不预备成为文妓，就只有一道：就是带一点丈夫气，说自己胸中的话，不要取媚于世，这样身份自会高。要有点胆量，独抒己见，不随波逐流，就是文人的身份。所言是真知灼见的话，所见是高人一等之理，所写是优美动人的文，独来独往，存真保诚，有气骨，有识见，有操守，这样的文人是做得的"②。文人是可以做的，但要做真正的文人。郁达夫在这个问题上，也说得非常清楚：

"文人无行"，是中国惯说的一句口头语；但我们应当晓得，无行的就不是文人，能说"失节事大，饿死事小"这话而实际做到的

---

① 周作人. 文士与艺人［M］//钟叔河. 周作人文选（1898—1929）. 广州：广州出版社，1995：371.

② 林语堂. 做文与做人［M］//沈永宝. 林语堂批评文集. 珠海：珠海出版社，1998：160.

人,才是真正的文人。近则如洪承畴,远则如长乐老,他们何尝是文人,他们都不过是学过写字、读过书的政客罢了。①

我们并不是说郁达夫的说法就绝对正确,而是说,我们在谈"文人传统"的时候,所总结的是理想状态的"文人",不能因历史上某些"文人无行"的具体个案而否认这个传统的存在,正如余英时研究中国历史上的"士",也是以理想中的"士"为对象。

"文人"的边界很难确定,其内涵也随历史的发展而发展,我们对"文人"的界说也往往带有主观性和随意性。如果非要给"文人"下个定义,钱锺书的说法不失为一种很好的参考:

> 所谓文人也者,照理应该指一切投稿、著书、写文章的人说。但是,在事实上,文人一个名词的应用只限于诗歌、散文、小说、戏曲之类的作者,古人所谓"词章家""无用文人""一为文人,便无足观"的就是。至于不事虚文,精通实学的社会科学与自然科学等专家,尽管也洋洋洒洒发表着大文章,断乎不屑以无用文人自居——虽然还够不上武人的资格。②

钱锺书把"文人"分为两类:一类是"照理"是谁,一类是"事实"是谁。我们认为,"文人"可以从广义和狭义两个层面来说:我们把接受过一定文化教育、在各自领域内有基本专业知识的人都称为广义的"文人";而大凡从事人文社会科学工作,如作家、诗人、人文学者等,都可以看成是狭义的"文人"。其实这也只是一个勉强的界说,尽管对文人的定义众说纷纭,但在中国历史上的确形成了相对稳定的文人传统,或许通过深入考查文人传统的维

---

① 郁达夫."文人"[M]//吴秀明.郁达夫全集:第三卷.杭州:浙江大学出版社,2007:369.

② 钱锺书.论文人[M]//钱锺书.写在人生边上 人生边上的边上 石语.北京:生活·读书·新知三联书店,2002:52.

度，我们能够对"文人是谁"产生更为清楚的认知。

第二节 文人传统的形成与发展

传统是一个民族文化心理积淀的过程，既有其变动性，也有其稳定性。余英时在《士与中国文化》一书中认为，"传统"一词本身便蕴含着连续不断的意思，他还引用西方学者形容基督教"传统"的说法："永远地古老，永远地新颖"①。我们认为，文人传统本身也是一个变动不居的过程，在不同历史时期呈现不同的特质，而这些特质都以某种积淀的方式留存在文人群体的血液中。因此，这一节我们将从纵向与横向两个维度来论说文人传统，也就是说，从纵向看，文人传统到底经历了什么样的发展过程？每一个不同阶段在继承前一时期特质的前提下，又发生了什么样的新变？从横向看，发展过程中的"文人传统"最后积淀下了什么样的质素和内涵？这些质素和内涵对今天的文人有着怎样潜在的影响？

春秋战国时期是文人传统形成的重要阶段，确定了中国文人最初也是最重要的品格。在礼崩乐坏的大背景下，一方面，贵族阶层的衰落导致一部分贵族沦落为士；另一方面，庶人也可以战功或学术晋升为士。士、庶的界限越来越模糊，其结果是士的数量越来越多，士的力量逐步得到加强，并最终作为一个相对独立的阶层真正登上了历史舞台。② 正如前文所述，士跟文人无法做清晰的区分，士阶层的形成自然也意味着文人阶层的形成。最具标志性意义的是这一时期产生了对后世影响最大的文人孔子。有学者把庄子称为中国文人最早的代表人物，是"文人之父"，理由有二：第一是庄子的作品、思想以及行为方式本身就具备着鲜明的文人特征，并且是

---

① 余英时. 士与中国文化［M］. 上海：上海人民出版社，2013：4.
② 余英时. 士与中国文化［M］. 上海：上海人民出版社，2013.

显现出这一特征的第一人。第二个理由是庄子的思想、理论塑造出了古代文人的精神风貌和性格特征。① 庄子塑造了什么样的精神风貌和性格特征且不说，这种判断意味着把孔子排除在文人系统之外。我们认为，不论学者给予文人怎样的定义，"孔子不是文人"这个判断应该很少会有人认同。究其根源，上述论点还是基于一种纯文学的观念所倒推而来的结果。首先是先验地建构了一种纯文学的标准，而庄子作品的某些特征恰好符合这个标准，因而他也被称为第一位真正意义上的文人。但庄子的作品又何尝是真正意义上的纯文学？他的创作也是对政治、道德观点的表达，只不过以反政治、反道德的面孔出现而已，难道他的初衷只是为了满足读者的审美需求？而反观孔子，一个删定"诗三百"的人还不能称之为文人？一个拥有"礼乐射御书数"如此全面才能的人还不够资格称之为文人？一个被后世几乎所有的中国传统知识分子尊为"至圣先师"、奉为人生楷模的人还不能称之为文人？我们也许无法清晰地去界定"文人是谁"，但总能根据自己的理性去判断"谁是不是文人"吧？更何况，孔子最重要的贡献是为后世文人制定了立身的基本准则，也是文人传统最基础和重要的内涵："士志于道。"（《论语·里仁》）也许我们对"道"的解释会有种种差异，但其中所蕴含的"以天下为己任"的社会担当和责任意识则是毫无疑义的。这对两千多年以来的中国文人影响深远，所以后世才会有人振聋发聩地喊出"先天下之忧而忧，后天下之乐而乐"和"天下兴亡，匹夫有责"。应该说，不管后世文人传统增加了什么样的新质，但"士志于道"的特质始终没有改变，这也正是文人传统的意义所在。

魏晋南北朝时期，文人传统产生了一些新的变化，更强调自身人格的独立性和心灵的自由。东汉末年，宦官当政，外戚专权，导

---

① 马良怀. 魏晋文人讲演录 [M]. 桂林：广西师范大学出版社，2009：13.

致战祸不断，社会再次陷于动荡，此后要么是诸侯连年割据，要么是王朝频繁更替。王朝的大一统被打破，汉武帝所建立的儒家思想一统天下的局面也随之不复存在，文人获得了自由思想的空间，道家重视精神超脱和心灵自由的学说自然受到文人的欢迎，因而此一时期文人的个体意识高度自觉。余英时说："所谓个体自觉者，即自觉为具有独立精神之个体，而不与其他个体相同，并处处表现其一己独特之所在，以期为人所认识之义。"① 嵇康临刑弹奏《广陵散》，阮籍醉酒拒与司马氏联姻，刘伶"以天地为房屋，以房屋为衣裤"，陶渊明辞官"不为五斗米折腰"，王子猷雪夜访戴未至而返，等等。其中既有不与权贵同流合污的风骨，又有逃避现实以全气节的无奈，当然也有潇洒自适的魏晋风度。这种高度自觉有时不免走入任情放诞，《世说新语》里就有不少这样的例子，但总体上舒展了人的自然本性，人格独立受到空前重视，也得到了自由发展的空间，客观上促进了文学的繁荣多姿。人的自觉意识带来了文学的自觉意识，文人也充分重视文学对世事人生的重要作用。曹丕《典论·论文》中说："盖文章，经国之大业，不朽之盛事。年寿有时而尽，荣乐止乎其身，二者必至之常期，未若文章之无穷。是以古之作者，寄身于翰墨，见意于篇籍，不假良史之辞，不托飞驰之势，而声明自传于后。"② 一个政治家把文学提高到经国大业的高度，甚至认为文学可以使作者得以不朽，可见文学在此一时期占据如何重要的地位。因而鲁迅评价曹丕的时代为"文学的自觉时代"③。"三曹"父子、"建安七子"、"竹林七贤"、陶渊明等，呈现出这一阶段文人的独特风貌，留下了这一时期最精彩的文学作

---

① 余英时. 士与中国文化［M］. 上海：上海人民出版社，2013：270.
② 曹丕. 典论·论文［M］//魏宏灿. 曹丕集校注. 合肥：安徽大学出版社，2009：313.
③ 鲁迅. 魏晋风度及文章与药及酒之关系［M］//鲁迅全集：第三卷. 北京：人民文学出版社，2005：526.

品，也留下了重视人格自由的宝贵传统。宗白华对这一时代做过精彩的概括："汉末魏晋六朝是中国政治上最混乱、社会上最痛苦的时代，然而却是精神上最自由、最解放、最富于智慧、最浓于热情的一个时代，因此也就是最富有艺术精神的一个时代。"①

到了唐代，文人群体承继了"士志于道"的知识分子传统，甚而转化为强烈的功名意识。唐朝历经李渊、李世民、李治、武则天、李隆基等几代君主的百年治理，国力空前强盛，是当时世界上最具影响力的国家之一，也是中国历史上最为强大的封建王朝。辽阔的疆土、强盛的国力以及帝王相对开明的政策，树立了文人积极进取的心态，鼓舞了他们建功立业的热情，甚至是敢为帝王师的豪迈气魄。盛唐时期的文人几乎都有"济苍生""安社稷"的远大理想，李白的"申管晏之谈，谋帝王之术，奋其智能，愿为辅弼，使寰区大定，海县清一"（《代寿山答孟少府移文书》）最为典型。当时的文人主要有两条施展人生抱负的途径：一是科举取士制度的确立打破了魏晋南北朝时期因九品中正制所形成的门阀政治，冲击了"上品无寒门，下品无世族"的门第观念，吸引了大批文人通过参加考试步入仕途，跻身官宦之间，立足庙堂之上，以实现自己"致君尧舜"的人生理想，孟郊的"春风得意马蹄疾，一日看尽长安花"（《登科后》）便是最真实的写照。虽然唐代科举取士的数量不像后来的宋朝那么多，但至少给文人提供了一条靠个人奋斗实现人生志向的路径，像李白那种以个人才气能被皇帝知晓的天才毕竟是少数。二是唐朝君主崇尚"武功"，很多文人以边塞从军、疆场立功为荣，陈子昂、卢照邻、骆宾王、王昌龄、岑参、高适等都有从军经历，边塞诗的盛行更是这一心态的突出表现。高适写道："万里不惜死，一朝得成功。画图麒麟阁，入朝明光宫"（《塞下曲》）；王昌龄誓言："黄沙百战穿金甲，不破楼兰终不还"（《从军行》）；

---

① 宗白华．美学散步［M］．上海：上海人民出版社，2005：356．

杜甫则高唱:"男儿生世间,及壮当封侯"(《后出塞》);杨炯甚至发出"宁为百夫长,胜作一书生"(《从军行》)的感叹。试想想,一个文人宁做武官中几乎是最底层的百夫长,也觉得比做一介书生要强。这虽然不无夸张之意,但也说明唐代文人事功的急切心态。李泽厚对盛唐时期的文人有一个非常精彩的描述:他们要求突破各种传统的约束和羁勒;他们渴望建功立业,猎取功名富贵,进入社会上层;他们抱负满怀,纵情欢乐,傲岸不驯,恣意反抗。而所有这些,又恰恰只有当他们这个阶级在走上坡路,整个社会处于欣欣向荣并无束缚的历史时期中才可能存在。① 如果说此前文人的担当意识主要着重在"太上立德,其次立功"中的"立德"之维,那唐代的文人则更重视"立功"的层面。建功立业几乎是这一代文人们最大的心愿,唐文人这种追求建功立业的热情是其他朝代的文人不能相比的,所以"盛唐气象"也成为文学史上的最强音。

很多人把宋代(主要是北宋)看作是中国文人生活的黄金时代,这一阶段文人群体的担当意识进一步增强,文人心理更为成熟,心态趋于圆融。晚唐五代,藩镇割据,武人当权,战乱不断,王朝更迭频繁。北宋开国之君太祖和太宗在总结前朝覆亡教训的基础上,定下了重文轻武、以文治国的基本国策。相比前代,宋代文人的地位获得很大提升。首先,进一步完善科举取士制度,增加科举考试的频率和录取人数,降低参加考试的身份门槛,使更多平民子弟能够通过自身努力跻身仕途,甚至封侯入相。其次,给文官很高的政治待遇和优厚的生活待遇,并且立誓"不得杀士大夫及上书言事人"。再次,皇帝给通过科举进入仕途的文人以礼遇,除亲自殿试以示恩宠外,而且给予上升高位的机会。宋代是身为著名文人同时又担任高官的现象最常见的朝代,晏殊、范仲淹、欧阳修、司

---

① 李泽厚. 美学三书 [M]. 天津:天津社会科学出版社,2003:121 - 122.

马光、王安石、苏轼等，不一而足。宋代文人一方面感于五代社会秩序的混乱、传统伦理价值观的毁灭，一方面受朝廷重文政策的鼓舞，都有自觉承继"道统"的担当意识。他们尊崇"三代"先王之道和儒家价值观，以辅君尧舜、治平天下为己任，"主张超越汉、唐，回到'三代'的理想"①。在士大夫作为政治主体的共同意识方面，范仲淹所倡导的士大夫当"以天下为己任"的呼声则获得了普遍而热烈的回响。其"居庙堂之高则忧其民，处江湖之远则忧其君。是进亦忧，退亦忧。然则何时而乐耶？其必曰：'先天下之忧而忧，后天下之乐而乐'乎"成为当时文人的共识。另外，宋代文人进一步接受道、释两家的影响，在顺逆、进退、仕隐之间处理得更加圆融。苏轼是宋代文人的典型代表。林语堂曾写过《苏东坡传》，对苏轼的评价非常之高，认为他是一个元气淋漓、富有生机的人，诗文作品无不发自性灵。在很多方面与之观点一致的周作人却认为，苏轼之名只是来自对王安石的反动，而文章大部分学韩愈，"仍是属于韩愈的系统之下，是载道派的人物"②。当然，周作人对苏轼文学成就的评价过于偏激，但他把苏轼看作是跟韩愈一个系统的人物，真正看出了苏轼身上所代表的宋代文人自觉担当"道统"和"文统"的意识。同时，苏轼也是宋代文人圆融心态的突出代表，他处在人生顺境时，可以"老夫聊发少年狂，左牵黄，右擎苍，锦帽貂裘，千骑卷平冈"（《江城子》），落于低谷时也不过是"回首向来萧瑟处，归去，也无风雨也无晴"（《定风波》）。经历"乌台诗案"后的苏轼在儒、道、释之间游刃有余。

明代文人的心态经历了一个物极必反的过程，从明前期僵化、刻板地遵从儒家思想（主要是宋明理学），到中后期逐步走向心灵

---

① 余英时. 士与中国文化［M］. 上海：上海人民出版社，2013：519.
② 周作人. 儿童文学小论；中国新文学的源流［M］. 北京：北京十月文艺出版社，2011：23–24.

的大解放。明太祖朱元璋开国以后，为加强中央集权的统治，废除了丞相和三省制度，设立了直接对皇帝负责的六部，制定严苛的《大明律》，设立"锦衣卫"以加强对官员和百姓的控制，更重要的是在思想上提出以理学治国。具体来说，就是把程朱理学定为官方哲学，并通过八股取士加以推广。所谓程朱理学，是指由北宋的程颐、程颢和南宋的朱熹等人逐步构建的理论学说，他们以孔子为先贤，以注释孔子的学说为己任，认为"天理"是宇宙的本原、万物的主宰，是规范社会道德、人伦关系的源泉。就好像先有君臣之"理"，再有君臣关系，先有父子之"理"，才有父子关系。这样，等级森严的社会秩序和道德关系就有了先验的合理性，有利于封建君主的统治。当然，朱熹等人的学说远没如此简单，但明初统治者想要的就是这样的阐释和效果。明洪武年间所制定的科举取士制度，所定的基本应试科目是《四书》和《五经》，而且《四书》必须以朱熹的集注为依据。在这样的政治高压和文化钳制下，明初以来的文人大多沉迷于对理学皓首穷经式的注释之中，思想上无新意，文化上无创新，文学创作上更是乏善可陈。明嘉靖以后，一方面是君主昏庸，朝政废弛，文人的忠君观念开始动摇，虽然还秉持传统的道德观念，但心态已发生较大改变。尤其受王阳明"心学"的影响，一部分文人已经不再恪守程朱理学的道德律令。另一方面，商品经济的逐渐发展也导致社会结构发生了一些变化。在原有的社会结构中，商处于"士、农、工、商"的最底层，尤其是朱元璋对商人的排斥和警惕，使商人在明初的社会地位异常低下。随着万历年间商品经济开始发展，商人势力的逐步增强，"无奸不商"的观念在文人群体中也发生了改变。尤其重要的是，他们当中的一些人开始依赖商人生活，为商人树碑立传获取回报，也接受商人的馈赠出版著作，更有甚者弃儒从商。当然，这不仅仅只是观念的改变，更现实的是，当文人寻找到了另一条"治生"之路后，"学而优则仕"就不再成为明朝中后期文人的唯一选择。一旦脱离了对皇权文化的依赖性，文人的人格相较以前更为独立，思想更为自由，出现了此前中国文人少有的批判色彩，这也成为明代文人鲜明的特点。因此，在明代后期才出现了李贽、徐渭、公安三袁等著名文人，顾炎武、黄宗羲、王夫之等著名思想家，以及《西游记》《金瓶梅》等流传至今的杰出文学作品。

当然，以上只是对文人传统发展的简单描述，对于整个中国历史发展来说，并没有照顾到所有的朝代；对于具体朝代而言，也没有照顾到不同时期的变化。我们只是概括出最具代表性的文人传统予以论说。在这个发展流脉中，我们可以总结出文人传统的几个特质。

首先，以天下为己任的治世精神是中国文人传统的主流。中国文化虽然号称儒、道、释并立，但真正支撑封建社会几千年发展的核心学说还是儒家理论。虽然历史发展过程中，有不少阶段都发生过文人远离朝政、隐避山林的现象，但那要么是残酷的现实政治带来的无奈之举，要么是标新立异以登终南捷径的故作姿态，只要有建功立业、施展抱负的机会，绝大多数文人都会挺身而出，甚至不惜杀身成仁。李白在晚年仍投入永王李璘军中，以期建功报国，实现人生理想，以致招来牢狱之灾。你可以说他是因为政治思想幼稚，但这种以身报国的胸怀和抱负恰恰反映出他骨子里的治世情怀。至于抗争于党锢之祸而以身殉国的陈蕃、李膺，挽社稷于危难之际却含冤而死的于谦，国亡之际宁死不降、终面南而死的文天祥等，更是这一文人传统的突出代表。即便在最黑暗的年代，文人身上的治世、救世精神也从未中断。或许这就是鲁迅所说的："我们从古以来，就有埋头苦干的人，有拼命硬干的人，有为民请命的人，有舍身求法的人，……虽是等于为帝王将相作家谱的所谓'正史'，也往往掩不住他们的光耀，这就是中国的脊梁。"①

---

① 鲁迅. 中国人失掉自信力了吗[M]//鲁迅全集：第六卷. 北京：人民文学出版社，2005：122.

其次，除了"入世"事功的人生追求外，中国文人在内心还始终保有坚持独立人格的自由精神。庄子的《逍遥游》、陶渊明的《归园田居》成为几千年来中国文人的精神后花园。他们以天下为己任，有时却也渴望挣脱世俗功利的束缚，返归自然本性，获得精神自由。于是，虽然他们实际行动上不能真正地"逍遥"和"归隐"，却可以在审美层面修养身心、锻造人格。他们既活在渴望建功立业的现实世界里，也活在"性本爱丘山"的审美文化中。所以，你可以说"仰天大笑出门去，我辈岂是蓬蒿人"是真实的李白，但"我本楚狂人，凤歌笑孔丘"又何尝不是真实的李白呢？

最后，当现实和理想发生强烈冲突之际，中国文人能在两难间持有旷达的胸襟和情怀。对中国文人而言，"入世"立功之意和出世逍遥之心是一对两难，那治世安民之志和时局动荡之艰何尝不是另一对两难？"乌台诗案"之后的苏轼，"龙场悟道"后的王阳明，都能做到进亦可，退亦可，在人生的顺境和逆境中保持内心的平衡。所谓"不以物喜，不以己悲"，这就是人生的旷达。

第三节 文人传统与现代知识分子

1840 年，英国人一声炮响轰开了清王朝的国门，之后不断地签订各种不平等条约，割地、赔款，国家遭遇了"数千年未有之大变局"（李鸿章语）。而中国文人经历了大半个世纪的艰难蜕变，在五四新文化运动之后，终于由传统文人转型为现代知识分子。这一切是如何发生的？文人传统与现代知识分子的特质有何不同？文人传统是否依然对中国现代知识分子发生潜在的影响？我们首先从什么是知识分子开始说起。

"知识分子"（intellectual）是一个外来概念。它源起于法国著名的"德雷福斯事件"。1894 年，一位名叫德雷福斯的法国普通军官被怀疑是泄露国家机密的间谍而被军事法庭定为叛国罪。随着新证据的出现,真相浮出水面,德雷福斯是误判,出卖国家者另有其人,而且是一位高级军官。但军事法庭出于种种考量,还是维持了原来的判决,结果真正的卖者反而被判无罪,逃脱制裁。在此过程中,为了坐实对德雷福斯的判决,官方甚至不惜伪造假证。面对如此卑劣的行径,已经年届58岁的著名作家左拉无法压制内心的愤怒,写了一封致总统的公开信为这个与自己毫无干系的德雷福斯鸣不平。这封信被冠以《我控诉》之名在1898年1月13日的《震旦报》上发表,随之引起很多有良知的法国知识界人士的呼应。受该事件影响,左拉被判诽谤罪并因此流亡国外。在当时,左拉这群人被称为"知识分子"。一开始这个词是对手在嘲笑的意义上使用的,因为左拉等人的行为被认为超越了自己的专业领域而受到质疑。后来,这一事件被认为是现代知识分子诞生的标志,左拉等人的精神也被纳入知识分子的应有之义中。这里至少透露出两个信息:其一,知识分子应该是接受过一定教育且有各自服务的专业领域;其二,知识分子在自己的专业领域之外能够根据自己的道德准则和理性判断为公共事件发声,尤其是对不公正的社会现象和有疑问的国家政策提出批评,是"社会的良心"。正如后来萨义德对知识分子的定义:"知识分子是具有能力'向'(to)公众以及'为'(for)公众来代表、具现、表明讯息、观点、态度、哲学或意见的个人。"① 那中国的文人群体又是如何转型为现代知识分子的呢?中国的现代知识分子与左拉等西方知识分子有何异同?

第一次鸦片战争中,英国人的坚船利炮的确震撼了中国文人的神经,出现了第一批睁眼看世界的清醒者。但这些人毕竟是少数,绝大多数文人还是沉浸在天朝帝国的睡梦中。随着列强一次次的入

---

① 萨义德. 知识分子论[M]. 单德兴,译. 北京:生活·读书·新知三联书店,2002:31.

侵，不平等条约一个个的签订，直到甲午中日战争中输给一海之隔的日本，这种震动才成为全面性的。那些曾经渴望循着传统的"学而优则仕"路径成为这个国家管理阶层的文人们意识到：如果中国再不进行根本性的变革，即便成功实现了自己个人的愿望，中国无法屹立于世界之林，那又有何意义？于是才有了"公车上书"，有了康有为、梁启超等人提倡变法的举动。虽然光绪皇帝所领导的变法维新很快归于失败，但毕竟推动了清王朝的自我改良，终于在1905年废除了延续一千多年的科举制。应该说，这一举措成为促使传统文人向现代知识分子迈进的重要一步。科举制曾经在中国的历史上产生过积极的作用：一方面，相对公平的选拔机制有利于打破士族集团对国家人才录用的垄断，让出身普通的文人有机会进入国家的管理机构，优化了政府官员的整体素质；另一方面，这一制度的确立让"学而优则仕"这一观念有了具体实现的管道，"以天下为己任"也成了切实可行的人生路径。当然，这一切都是在科举制良性运行的层面上来说的，换句话说，上述的积极作用须建立在科举考试内容合理、科举考试运行公正的基础上。事实上，自明朝实行八股取士以来，科举制已经走入僵化的死胡同，学子们经年累月埋首于四书五经，即便有报国治世之初心，也因皓首穷经而丧失了创造力。所谓"因命题范围狭窄，士子揣摩试题，读时文选本，模拟仿作，而束书不观，不务新知"①。在这种考试制度下，能否真正地选拔出优秀的人才，可想而知。当然，鸦片战争以后，在洋务派和后来维新派的努力下，清政府已经部分地开始了新学教育，科举考试的内容也向实用性的方向做了一定的调整，但整体上没有太大变化，文人的人生路径设置也少有动摇。鲁迅如果不是因为家道中落，家里也绝不会同意他进入在当时被认为是把灵魂出卖给洋鬼子的所谓新学堂。在后来清廷停止科举的诏书中，就谈到一个非

---

① 王德昭. 清代科举制度研究 [M]. 北京：中华书局，1984：23.

常重要的理由:"科举一日不停,士人皆有侥幸得第之心,以分其砥砺实修之志。民间更相率观望,私立学堂者绝少,又断非公家财力所能普及,学堂决无大兴之望。"① 劣币不驱,良币难入,应该说,科举和新学已成水火难容之势。科举制度的废除,一刀切断了文人通过传统读书路径进入仕途的可能性,逼迫他们改变自我,适应环境,重新规划人生道路。以往的文人不管考没考上,只要他还在努力的过程中,就有改变人生的可能,他的社会地位也就不会太低,正如范进中举所带来的戏剧性的人生变化。但上升的通道被切断,这一群体逐步被边缘化,文人们开始痛苦地向现代知识分子转型。在这个过程中,尤其是民国建立以后,新学教育的大规模出现、出洋留学机会的增加以及报刊出版业的繁荣都为知识分子的转型提供了平台和可能。传统文人要么进入新式教育学堂,接受更具实用性的西学知识,郭沫若就曾提及在他所就读的小学堂比他大十几二十岁的"老童生"大有人在;要么直接出国学习西方文化,通过这种途径回来的知识分子更容易获得社会认可,五四一代的文人几乎都有留洋背景;要么投身书报业,靠写稿或译书维持生计,当然,完全能以稿酬养活自己的并不多见,而且以鸳鸯蝴蝶派一类的旧文人作家居多。

真正标志传统文人向现代知识分子转型的事件是五四新文化运动。科举制度的废除让传统文人从原来的四民之首、社会的中心走向了边缘,他们努力适应新的社会结构,寻求新的人生路径。而新文化运动的发生让转型后的知识分子重新找到自己的位置,成为社会进步的主要力量。正如日本学者佐藤慎一所说:"使士大夫与'知识阶层'之间界限分明的新文化运动,也是'知识阶层'向社

---

① 舒新城. 中国近代教育史资料:上册[M]. 北京:人民教育出版社,1981:62.

会宣言自身作为新知识分子立场的舞台。"① 林贤治说得更为直接,"五四的最大成就,就是造就了大批新人——现代知识分子"②。他说五四为这些现代知识分子开出了一张"明确的出生证","这批人物获得了为中国传统士人所不具备的新型品格"③。当然,这里面还有一种互为因果的关系:一方面,陈独秀、胡适、鲁迅、周作人等转型成功的现代知识分子促使了新文化运动的发生和发展;另一方面,新文化运动的发生发展也让更多的读书人看到了人生新的可能,转而努力向现代知识分子靠拢,其中刘半农由专写言情小说的鸳鸯蝴蝶派作家一变而成文学革命坚定的支持者和参与者,最为典型。陈独秀中过秀才,进过学堂,几度出逃日本并在当地学校求学;胡适念过私塾,在上海中国公学读书,后留学美国,先学农后转攻哲学;鲁迅、周作人、钱玄同也都上过旧学,后留学日本,接受新学。这些五四运动的主要人物,既有旧学背景,又有新学经历,都曾出洋留学,都有自己的专业领域,也都热心于中国的文化革新事业,敢于发出自己的声音。尤其是鲁迅,成为那个时代最独立、最睿智,也最敢于发声的公共知识分子,一如他自己对知识分子精神(他用的是"知识阶级")的定义:"真的知识阶级是不顾利害的,如想到种种利害,就是假的,冒充的知识阶级","不过他们对于社会永不会满意的,所感受的永远是痛苦,所看到的永远是缺点,他们预备着将来的牺牲,社会也因为有了他们而热闹,不过他的本身——心身方面总是苦痛的"。④ 他明确地指出了知识分子在自己专业之外的价值取向,就是站在独立的位置,面对社会的缺

---

① 佐藤慎一. 近代中国的知识分子与文明 [M]. 刘岳兵,译. 南京:江苏人民出版社,2014:27.
② 林贤治. 五四之魂 [M]. 桂林:漓江出版社,2012:23.
③ 林贤治. 五四之魂 [M]. 桂林:漓江出版社,2012:7.
④ 鲁迅. 关于知识阶级 [M] //鲁迅全集:第八卷. 北京:人民文学出版社,2005:225-226.

点发声,虽然不免要承受身心的痛苦和未来牺牲的可能。尽管鲁迅经常说自己从来不劝人去牺牲,也自嘲式地说:"我们穷人唯一的资本就是生命。以生命来投资,为社会做一点事,总得多赚一点利才好。"① 可见,只要为之付出的对象值得,他是做好了牺牲的准备的。

那中国传统文人和现代知识分子的区别在哪儿?我们认为,至少有以下几点。

首先,传统文人重道德,现代知识分子重知识。中国传统教育主要不是一种知识教育,而是道德教化。在儒家知识分子看来,一个人唯有德高身正,才能成为社稷栋梁。孔子对道德的要求是上下一体的,统治者要修德,臣民要守德,德治是比法治更高明也更根本的为政之道:"道之以政,齐之以刑,民免而无耻;道之以德,齐之以礼,有耻且格。"② 意思是,如果用政法来诱导他们,用刑罚来整顿他们,百姓只是暂且地免于罪过,却没有廉耻之心;如果用道德来诱导他们,用礼教来整顿他们,百姓不但有廉耻秩序,而且人心归服。所谓"修身、齐家、治国、平天下",首先是"修身",而"修身"最重要的还是道德上的要求,只有"内圣"才能"外王"。中国几千年的文官政治,道德是其中最重要的因素,这一点黄仁宇在《万历十五年》中有精彩的分析。而在社会分工趋于精细的现代社会,对知识分子的专业性要求越来越高,知识分子首先要能以自身的专业知识安身立命,才能谈及其他。光靠自我道德修炼既养不活自己,又无法得到社会的认可。所以,到了晚清,已经有人看出这之间的差别:"人与人的竞争,民族与民族的竞争,最足以决胜负的,莫过于知识的高低。科学的知识与非科学的知识比

---

① 鲁迅. 关于知识阶级 [M] //鲁迅全集:第八卷. 北京:人民文学出版社,2005:228.

② 杨伯峻. 论语译注 [M]. 北京:中华书局,2006:12.

赛，好像汽车与洋车的比赛。在嘉庆道光年间，西洋的科学基础已经打好了，而我们的祖先还在那里作八股文，讲阴阳五行。"①

其次，传统文人的依附性强，现代知识分子的独立性高。传统社会给中国文人提供的路几乎是唯一的，就是"学而优则仕"。他们不事生产，无论是国家对他们的期许，还是他们所接受的教育的特点，都注定了他们只能把所有的希望都押在科举考试上。只要能够通过科考顺利入仕，他们的前途就一片光明。正因为入仕为官是他们唯一的人生目标，那对皇权的依赖自然也是题中之义。正如有学者所说："传统中国知识分子的根本毛病在于对权力和政治的依赖性，即使在他们对权势者进行批判时，这种依赖性也以种种方式表现出来。"② 而现代知识分子因为有了自己的专业，社会也提供了发展各自专长的可能，他们能够以此来安身立命，对国家权力的依附性自然减弱。知识分子的性格与时代环境是相辅相成的，只有五四那样的社会空气，才能造就鲁迅这样独立的知识分子；有了鲁迅，五四新文化运动的批判性才能走向深入。也正是因为现代知识分子的独立性高，他们才能够运用自己的知识和理性去思考、去判断公共事务，为正义发声。

再次，传统文人热衷从政，现代知识分子则止于议政。中国文人集道统和政统于一身，他们既承担了延续道统、传承文化的责任，也被赋予参与国家管理的责任，这也正是我们前面所说的，中国的文官政治相信一个道德高尚的人能够有效地参与国家管理。而现代知识分子同样关心政治，比如当年胡适从美国留学归来，曾经立下"二十年不谈政治，二十年不干政治"的誓言，但此后多次违背誓言。但现代知识分子关心政治，并不一定要进入仕途参与政治。我们不是说现代知识分子拒绝从政，五四以后也有很多优秀的

---

① 蒋廷黻. 中国近代史［M］. 上海：上海古籍出版社，2005：3.
② 邓晓芒. 当代知识分子的身份意识［J］. 书屋，2004（8）.

知识分子走向政坛，而是说从政不再是他们影响政治的唯一途径。更多时候，他们（如胡适等）宁愿做一个相对独立的议政者，而不是全身心地投入仕途中去。

五四新文化运动以后，中国文人转型为现代知识分子，但当我们用西方知识分子的标准（比如前面所提到的左拉等）去衡量五四一代人的时候，我们发现，中西方的现代知识分子还是存在较大的差异的。比如五四知识分子们大都有弃医从文、弃农从文、弃工从文等放弃原有专业投入文化启蒙运动和文学革命的经历，这除了他们意识到思想革命比器械革命、政治革命更重要这个众所周知的原因外，还有没有别的因素在起作用？又比如，五四知识分子所做的不仅仅是为类似于德雷福斯这样的弱者发声，而是去争取整个国家的科学、民主、自由、平等，并且把之看成自己理所当然的责任。正如余英时指出的，一位西方思想家发现"中国知识人把许多现代价值的实现，包括公平、民主、法治等，看成他们独有的责任，这是和美国大相径庭的。在美国，甚至整个西方，这些价值的追求是大家的事，知识人并不比别人应该承担更大的责任"①。这种差异又是什么原因导致的？

我们认为根本性的原因是，虽然文人作为一个群体转变成了现代知识分子，但文人传统依然以集体无意识的方式在后者身上发生作用。所谓文人传统，正是顽固地潜伏在每一个中国知识人身上的强大因子，传统不会那么容易断裂，更不可能彻底消失，如果真是那样，那就不能称其为传统。余英时形象地把这种传统比喻为"幽灵"，"仍然以种种方式，或深或浅地缠绕在现代中国知识人的身上"。现代中国知识分子对文人传统的潜在继承有两点特别突出。

其一是"君子不器"的人文传统。中国传统文人重"道"轻"术"，换句话说，喜欢从事人文性的工作，不愿意致力于重实用性

---

① 余英时. 士与中国文化［M］. 上海：上海人民出版社，2013：4.

的领域，正如钱穆所说：

中国知识分子，并非自古迄今，一成不变。但有一共同特点，厥为其始终以人文精神为指导之核心。因此一面不陷入宗教，一面也并不向自然科学深入。其知识对象集中在现实人生政治、社会、教育、文艺诸方面。其长处在精光凝聚，短处则若无横溢四射之趣。①

鲁迅曾经谈到，他的弃医从文是因为在课堂上的幻灯片里，看到许多中国人围观即将被日本人砍头的同胞，脸上显出麻木的神情，由此觉得学医并不紧要，"所以我们的第一要著，是在改变他们的精神，而善于改变精神的是，我那时以为当然要推文艺，于是想提倡文艺运动了"②。由此，以文艺来疗救中国人的精神病痛也成为鲁迅弃医从文最重要的阐释。问题是，经历幻灯片事件的只有他一人，弃"医"从文却是五四一代人的选择。在那一代著名的文人中，学教育、金融、社会、物理、纺织、铁道、轮机、兵器、农业等专业的大有人在，后来都转向了文学救国之路，除了他们相信只有靠文学才能解决中国人的精神问题之外，会没有文人传统的影响吗？会跟中国文人自古以来就重视人文精神的传统没有关系吗？答案是可想而知的。

其二是"以天下为己任"的担当意识。从《论语》中曾子的"士不可不弘毅，任重而道远"、屈原的"路漫漫其修远兮，吾将上下而求索"，到范仲淹的"居庙堂之高则忧其民，处江湖之远则忧其君"、陆游的"心在天山，身老沧州"，再到林则徐的"苟利国家生死以，岂因祸福避趋之"、谭嗣同的"我自横刀向天笑，去留肝胆两昆仑"，中国历史上从来就不缺铁肩担道义、视死忽如归

---

① 钱穆. 中国知识分子［M］//国史新论. 北京：生活·读书·新知三联书店，2012：134.
② 鲁迅. 中国人失掉自信力了吗［M］//鲁迅全集：第六卷. 北京：人民文学出版社，2005：439.

的文人。"'言谈微中'的狂优和持'道'不屈的君子,即使在中国历史上最黑暗的阶段也未尝完全绝迹。正是因为这些人物的前仆后继,中国今天才依然存在着一个不绝如缕的知识分子的传统。"①尤其到了 20 世纪初,国内的政治愈加腐败,百姓生活动荡不安,国际环境更加恶劣,列强瓜分之心有增无减。在这种内忧外患的背景下,传承了几千年的救世之心倍加反弹,所以才会有一批批知识分子挺身而出,以实现中国的自由与民主为己任,办教育、写文章、启民智、促改革,开创了一个新的时代。

总之,在中国近现代历史发展进程中,文人转变为现代知识分子。"文人"这一群体虽然逐渐消失,但几千年所形成、积淀、延续的文人传统依然在现代知识分子身上发生作用。通过对文人传统内涵的梳理和探究,我们可以从中知道现代知识分子为什么呈现这样的面向,而不是那样的面向,中国的文化为什么是这样发展,而不是那样发展。

---

① 余英时. 士与中国文化 [M]. 上海:上海人民出版社,2013:114.

第二章

文人传统的精神探源

在漫长的历史发展中,历朝历代文人之所以能够形成相对稳定、特色鲜明的传统,首先源于文人集团整体所具备的相近的精神倾向。自魏晋南北朝以来,儒、释、道三教合流,在中国思想史上形成了三足鼎立的局面,三教思想就渗透在中国社会的方方面面,而中国文人充分汲取三家的思想资源,表现出相应的精神倾向。值得注意的是,很少有纯粹的儒家人物、道家人物或者其他流派人物,中国文化自古以来就有一种"和合"的精神贯穿其间,正如《国语·郑语》中说道:"和实生物,同则不继。以他平他谓之和,故能丰长而物归之。"绝大多数中国文人对不同的思想资源采取了兼收并蓄的态度,将不同的思想运用到不同的时代社会、生活环境和艺术创作中,以适应变化着的创作背景和精神追求,且三教思想本身在发展的过程中也互相融合、取长补短。就像梁实秋所说:"一个道地的中国人大概就是儒释道三教合流的产品。"①

第一节 儒家之担当

儒家经世致用的思想是流淌于中国文人的骨血之中的,兼济天下是传统文人的最高理想,对于新文学作家来说也是如此。鸦片战争以后,泱泱中华不断走向半殖民地的深渊,在亡国危机的压迫下,许多有识之士开始从不同层面反思中国的民族特性和现实命运,救亡与启蒙就成为时代的主旋律。五四新文学作家始终把救亡与启蒙作为自己追寻的目标,这种理想追求包含了对国家和民族无法逃避的责任感,而这种担当精神恰恰源于新文学作家对儒家传统的承继与认同。

---

① 梁实秋."岂有文章惊海内":答丘彦明女士问[M]//梁实秋文学回忆录. 长沙:岳麓书社,1989:92.

一、胡适:"二十年不谈政治"的食言

1922年,胡适发表《我的歧路》,其中写道:

一九一七年七月我回国时,船到横滨,便听见张勋复辟的消息;到了上海,看了出版界的孤陋,教育界的沉寂,我方才知道张勋的复辟乃是极自然的现象,我方才打定二十年不谈政治的决心,要想在思想文艺上替中国政治建筑一个革新的基础。

……

直到一九一九年六月中,独秀被捕,我接办《每周评论》,方才有不能不谈政治的感觉。那时正当安福部极盛的时代,上海的分赃和会还不曾散伙。然而国内的"新"分子闭口不谈具体的政治问题,却高谈什么无政府主义与马克思主义。我看不过了,忍不住了——因为我是一个实验主义的信徒——于是发愤要想谈政治。①

从"二十年不谈政治的决心"到"忍不住""发愤要想谈政治",胡适的转变是以社会时代实际需求的转变为背景的。起初决心不谈政治是在张勋复辟的冲击之下,对政治失望,同时又看到了出版界、教育界的孤陋与沉寂,方才决定二十年不谈政治,转而以思想文艺的革命挽救国家。到了后来,在政治越来越让胡适失望的同时,新知识分子却仍然在谈论"无政府主义"和"马克思主义"这些"主义"层面的问题,而没有实际考察中国社会真正需要的东西,所以他"看不过了""忍不住了",他也要开始谈论政治了。1922年,胡适在北京创办《努力周报》,大量发表他的政治论述,批判"无政府主义",宣传"好政府主义",建构起政治工具主义

---

① 胡适. 我的歧路 [M] //何卓恩. 胡适文集·自述卷. 长春:长春出版社, 2013:110.

的思想体系。无论是谈或不谈政治,我们都能感受到胡适挽救国家命运的主观意愿。

面对时代巨变,五四一代新文学作家产生了共同的"转变"趋向,那就是以鲁迅为代表的"弃医从文"。但这并不是鲁迅一人的选择,田汉原本学习海军专业,丁西林专攻物理学,夏衍学习电工技术,洪深研究陶瓷专业,等等,而胡适原本学的是农业果树专业。胡适在1917年6月回国以前,写了一首赠别诗给任鸿隽、杨铨和梅光迪:

从此改所业,讲学复议政。故国方新造,纷争久未定;
学以济时艰,要与时相应。文章盛世事,今日何消问?①

"从此改所业"指的正是他从康奈尔大学的农学院转系,改学文学政治。诗中最值得注意的一句是:"学以济时艰。"在胡适看来,国家危难之际,学问是要用来"济时"的。留美归国的胡适是要从事"治国"大业的,学问文章则是等到国家强盛之后,才能拾起来的闲情逸致。但在回国以后因为政治形势使然,胡适不得不调整观念,把"盛世"的事业调整到"乱世",以奠定革命事业的基础,这才许下了"二十年不谈政治"的诺言。实际上,胡适的"忍不住谈政治"仍是其实验主义哲学思路的一种延续,"我现在出来谈政治,虽是国内的腐败政治激出来的,其实大部分是这几年的'高谈主义而不研究问题'的'新舆论界'把我激出来的"②。新文学作家的爱国行动因时而变、因势而变,正是那个独特的历史环境所造就的选择,但无论口号怎么变,其中的爱国精神与担当意识是不变的,传承了儒家"先天下之忧而忧,后天下之乐而乐"的

---

① 胡适. 文学篇:别叔永、杏佛、觐庄[M]//尝试集. 南京:江苏文艺出版社,2013:71-72.
② 胡适. 我的歧路[M]//胡适文集·自述卷. 长春:长春出版社,2013:111.

文人使命感。

二、郭沫若：寄托浩然正气的笔下形象

除了在深层次的心理认同上渗透着儒家思想的涵养，新文学作家更是直接在作品中表现对儒家思想的归属和认同。郭沫若对于儒家文化的认同最为直接鲜明地体现在他的历史剧中。郭沫若热衷于历史题材的创作，一方面是因为他本人是历史学家，对历史题材、历史典故信手拈来；另一方面也是因为他客观上继承了"史传"的意识，秉持着"别嫌疑，明是非，定犹豫，善善恶恶，贤贤贱不肖，存亡国，继绝世，补敝起废"的治史宗旨，试图以历史题材反映当下，影响现实。他在谈论历史剧创作的时候指出，历史剧是对于既成事实加以新的解释、新的阐发，而具体地把真实的古代精神翻译到现代"的"献给现实的蟠桃"①。郭沫若认为历史剧是写给现实的"蟠桃"，这个"蟠桃"的内核正是"舍生而取义，杀身以成仁"的儒家仁义精神。为了表现这种价值内核，郭沫若常常以正义与邪恶的冲突构成其历史剧的根本矛盾。如《屈原》表现的是爱国与卖国、正直与卑劣的对抗，《虎符》描述宽厚爱人与残暴无情、大局为重与自私苟安的冲突⋯⋯这种戏剧冲突的设置是为了在两相对比和斗争中凸显儒家大公无私、仁义担当的核心价值命题。此类历史剧创作离不开当时具体的社会政治现实，但其戏剧主题的核心价值却是植根于传统儒家精神的。

除了设计正义与邪恶根本冲突的戏剧结构，郭沫若还常常在剧中塑造性格完美、道德高尚的"君子"形象，这类形象既重视自己的道德修养与人格完善，又勇于承担起时代、国家与人民所赋予他们的历史使命。他们有的是上层王侯大夫，有的是下层市井细民，

---

① 郭沫若. 我怎样写《棠棣之花》[M] //郭沫若全集（文学编）：第六卷. 北京：人民文学出版社，1986：273.

有的是儒家士子，有的是江湖侠客，无论何种身份，都关心国家大事，在民族和时代的发展中践行"舍生而取义，杀身以成仁"的儒家道义。可以说，这些人物形象无一例外都有一种"民胞物与，仁为己任"的人道情怀，都有一种"苟利社稷，死生以之"的爱国精神。在塑造这类形象的时候，郭沫若不惜夸大、扭曲历史上真实的人物形象，以传达儒家仁义担当的责任感和使命感。例如，《棠棣之花》讲述的是战国时期，韩国义士聂政刺杀韩相侠累的故事。历史上，聂政其实是为报答韩国大夫严仲子的知遇之恩而刺杀侠累，且严仲子是因为宫廷斗争而与侠累结仇，但在剧中，郭沫若将这种个人立场升华为民族立场，将聂政塑造为一个绝不贪生怕死的人，拥有"不愿久偷生，但愿轰烈死。愿将一己命，救彼苍生起"① 的英雄主义情怀。这种豪言壮语，正是为了渲染仁义担当的精神。作为受西方影响的一代，郭沫若常常赋予人物形象对个性自由与生命意志的向往，夏完淳的尚气节，信陵君对他人的尊重，屈原对自我人格的修炼，都是尊崇个性、尊崇个体的表现。但是，与其他现代戏剧形象相比，郭沫若笔下的人物对于个性自由与人性解放的追求，处处闪耀着儒家伦理道德的光辉。《屈原》第一幕就上演了屈原对独立人格的教育和追求。在这部剧中，屈原不仅有着极高的个人修养，还有着赤诚的爱国情怀，不仅有坚忍的意志和高尚的品格，也有经国济世的伟大抱负，可以说，屈原就是儒家道德理想的化身。在受到诬陷和怀疑之后，屈原想到的不是逃离，而是对国家的眷恋，这种将个体人格完全融入民族生命中的精神正是儒家理想人格的范式。在郭沫若看来，个体生命只有充分与民族生命融合才能获得不朽的价值。在个体与民族融合的过程中，郭沫若笔下的人物自然具有了"威武不能屈，富贵不能淫"的浩然正气，其所

---

① 郭沫若. 棠棣之花［M］//杨芳. 郭沫若作品精选. 武汉：长江文艺出版社，2007：23.

具有的崇高与伟大的人格也就成为对儒家传统文化之根本精神的发扬。

三、鲁迅：以反叛的姿态继承

很多人质疑五四新文学作家对儒家思想的继承，认为"打倒孔家店"正是五四一代人批判儒家思想、与传统断裂的一种表现。且不论五四新文学作家并未提出"打'倒'孔家店"的口号，对"孔家店"的反对原本就不是要全盘否定以儒学为代表的传统。"打孔家店"的提出者胡适就曾表示"有许多人认为我是反孔非儒的。在许多方面，我对那经过长期发展的儒教的批评是很严厉的。但是就全体来说，我在我的一切著述上，对孔子和早期的'仲尼之徒'如孟子，都是相当尊崇的"①。胡适到了晚年更是"圣人"不离口，后来又把孔子称为"老祖宗"。对儒家的批判是客观存在的，而且相当猛烈。我们知道，汉代自汉武帝接受董仲舒的"罢黜百家，推崇儒术"的建议后，儒家思想即上升为国家意识形态。在此后漫长的历史发展中，儒家思想不断被加工、建构，已然成为中国的文化符号，而新文化运动期间对儒家思想的批判更多的是对"作为符号的儒教"的批判。

鲁迅在《在现代中国的孔夫子》中说道：

在三四十年以前，凡有企图获得权势的人，就是希望做官的人，都是读"四书"和"五经"，做"八股"，别一些人就将这些书籍和文章，统名之为"敲门砖"。这就是说，文官考试一及第，这些东西也就同时被忘却，恰如敲门时所用的砖头一样，门一开，这砖头也就被抛掉了。孔子这人，其实是自从死了以后，也总是当

---

① 胡适. 并不要打倒孔家店 [M] // 胡适口述自传. 唐德刚，译. 北京：华文出版社，1992：282-283.

着"敲门砖"的差使的。①

在鲁迅看来,吹捧孔子的人只是利用孔子作为谋取权势利益的"敲门砖",用完就可以抛弃,与儒家原本的思想理念并无关系。儒家思想主张通过读书"入世"当官,最终实现经国济民的社会理想,但这样的理念在后来的实践中却变了样。"想获得权势者"或者"聪明的阔人"利用读书可以当官的机会把当官变成了谋私利的手段,这显然并非孔子的教诲、儒家的本原,而是彻底的歪曲。因此,对儒家文化反叛态度激烈的鲁迅,声明他要批判的只是虚伪的、把儒家思想作为谋取权势利益的"敲门砖"的虚伪的尊孔者,而儒家只是一个招牌,并不是他真正要攻击的目标。

鲁迅也有直接批判儒家思想的文字,这种批判也往往是带着调侃的讽刺,如他在《二十四孝图》中批判"郭巨埋儿":

我已经不但自己不敢再想做孝子,并且怕我父亲去做孝子了。家景正在坏下去,常听到父母愁柴米;祖母又老了,倘使我的父亲竟学了郭巨,那么,该埋的不正是我么?如果一丝不走样,也掘出一釜黄金来,那自然是如天之福,但是,那时我虽然年纪小,似乎也明白天下未必有这样的巧事。……我从此总怕听到我的父母愁穷,怕看见我的白发的祖母,总觉得她是和我不两立,至少,也是一个和我的生命有些妨碍的人。……这大概是送给《二十四孝图》的儒者所万料不到的罢。②

这种批判恰恰来源于文人传统的担当意识。根据许寿裳在《亡友鲁迅印象记》中的描述,鲁迅在日本东京弘文学院求学的时候,

---

① 鲁迅. 在现代中国的孔夫子[M]//鲁迅全集:第六卷. 北京:人民文学出版社,2005:327-328.

② 鲁迅.《二十四孝图》[M]//鲁迅全集:第二卷. 北京:人民文学出版社,2005:263.

常常跟他谈到三个问题：（一）怎样才是理想的人性？（二）中国民族最缺乏的是什么？（三）它的病根何在？① 鲁迅一生致力于改造国民性的努力，正是"以天下为己任"的表现。究其思想根源，很多学者认为鲁迅的改造国民性思想受到了多方面的影响，这当中既有西方研究中国国民性的著作，又有日本国民性讨论热潮，但根源上离不开鲁迅对中国传统文化和现实环境的反思。这种"先天下之忧而忧"的精神恰恰来自儒家思想传统，尽管这种传承是以表面上的"反叛"姿态呈现出来的。

鲁迅的一生，都在持续不懈地批判中国人与中国文化的缺陷，这种痛切的批判恰恰来自鲁迅对中国最深沉的爱，而这种爱又与对中国社会现实的苦难和黑暗的忧虑紧密相连。鲁迅自幼熟读诗书，他曾说自己读孔孟的书"最早，最熟"，"然而倒似乎与我不相干"②。尽管从表面上看来，鲁迅对封建礼教有着"彻底的背叛"，以反封建战士的形象被世人所认同，但实际上鲁迅精神是对孔孟之道的深层继承，他对孔孟的批判建立在对整个中国社会现实的关切之上。鲁迅的一生，念念不忘的仍然是中国文人的传统理想与追求。

从鲁迅的人生经历来看，他并不来自真正的农村，他的一生与农民的接触也非常有限。但为什么鲁迅却是新文学里第一个将笔触深入农民群体的作家？中国自古以来就是一个农业大国，农民占据大部分的人口，农村占绝大部分土地。无论是从政治还是从文化上看，凡是有眼光的人都不会忽视这一点。从毛泽东到鲁迅，从政治革命角度到思想革命角度，莫不如此。因此，在鲁迅这里，农民早已超脱于某一个甚至某一类的人物形象，成为他理解和描写"中

---

① 许寿裳. 亡友鲁迅印象记［M］. 北京：人民文学出版社，1977：19.
② 鲁迅. 坟·写在《坟》后面［M］//鲁迅全集：第一卷. 北京：人民文学出版社，2005：301.

国"的一个文化符号，农民身上的问题就是"老中国"在根本上存在的痼疾。鲁迅曾多次表示，塑造阿Q的形象，实为画出国民的灵魂，以拯救民族的命运。阿Q的精神胜利法，概括了极其深广的社会历史内容，是普遍存在于中华民族各阶层的一种国民性弱点，所以刻画阿Q也就刻画出了"现代的我们国人的灵魂"。同时，阿Q身上的这种性格弱点又远远超出了民族与国界的限制，它是整个人类人性的某些弱点的集合，不同民族的人，都能从阿Q身上看到自己的影子。可见，鲁迅"反传统"的根本出发点不是抛弃传统，而是反思我们的文化到底是哪里出了问题。

正是出于这种深重的民族忧患意识，鲁迅大声疾呼、猛力抨击、痛斥旧时代"非人间的浓黑的悲凉"①。这是因为尽管孔孟之道对中国传统文化的传承做出了巨大贡献，但它并非尽善尽美。鲁迅正是通过对它的批判，为中国文化的传承和发展做出了重要贡献。从鲁迅的《呐喊·自序》可以看出，他的文学创作与翻译目的就是寻求治疗儒家弊病的良药以拯救中国，这正是鲁迅精神价值的所在。

在中国传统的文官制社会，文人自古以来就是社会的精英阶层，受儒家积极"入世"、建功立业观念的影响更为直接和深远。在传统的儒家文化语境下，文人通常需要在与社会及周围人群的相互关系中定位自己的价值，因此，"以天下为己任"的弘毅之志就成为传统儒家士人最为突出的精神倾向之一。在儒家文化"入世"精神的感召下，儒士自诞生之日起即怀有强烈的、济世安民的社会责任感和使命感。无论在怎样的社会环境中、处于何种社会地位、扮演怎样的社会角色，担当精神都是儒家士人的天然属性，这使得传统文人知识分子在社会动乱之时常常会自觉地挺身而出，肩负起

---

① 鲁迅. 记念刘和珍君［M］//鲁迅全集：第三卷. 北京：人民文学出版社，2005：289.

匡扶时艰的历史使命。

新文学作家同样传承了儒家的"入世"精神,在国家发生巨大变动的时候,新文学作家自然流露出了儒家传统的担当意识,用自己的方式承担起经国济世的理想追求。五四新文学作家首先经受的是传统国学的熏陶与教养,无论是作为文化的启蒙教育还是一种社会心理与行为规范的无意识流传,传统都最早进入他们的思想意识,占据了他们内心最基础的层面。

第二节 道家之自由

希企隐逸的传统在中国也是历史悠久,源远流长。儒家提倡"入世",但也有"天下有道则见,无道则隐""达则兼济天下,穷则独善其身"的一面。而道家思想则更强调远离权势的独立品格和超越逻辑的审美情调,在某种意义上说,道家思想是一种追求自然与自由的退隐哲学,相比较儒家传统思想而言,它不主张与统治者合作,更加不会与媚世者合流,而主张在乱世中采取一种"隐"的人生态度,实现全身远祸、洁身自好以保存个性生命的目的。每当社会动乱、政治险恶或仕途失意之时,文人往往希企隐逸,追慕漆园高风,到道家思想中寻求精神支柱。如果说儒家思想是中国文化的一棵树,根基屹立,成为中国文人精神的生长点,那么道家思想更像是滋润万物的一汪水,轻盈柔韧,成为中国文人心灵的润滑剂。陶渊明一声"归去来兮,田园将芜胡不归",可以说正式发出了隐逸文学的先声,自此以后历朝历代都有文人加入这支看似恬淡旷达实则悲伤凄凉的时空大合唱:"何由返初服,田野醉芳樽"(李白),"兵符相印无心恋,洛水嵩云恣意看"(刘禹锡),"小舟从此逝,江海寄余生"(苏轼)……

"竹林七贤"是魏晋南北朝时期颇有名气的隐逸团体,他们虽然政治立场不同，应付环境的方式也有异，但都以谈玄酣饮相友好。山涛"饮酒至八斗方醉"，阮籍"纵酒昏酣，遗落世事"，张翰"使我有身后名，不如即时一杯酒"，毕卓"一手持蟹螯，一手持酒杯，拍浮酒池中，便足了一生"。更为夸张的是，阮咸在饮酒时，竟然引来群猪，他不避不赶，就和猪一起饮酒；刘伶不顾妻子苦口婆心的劝阻，还说"天生刘伶，以酒为名，一饮一斛，五斗解酲。妇人之言，慎不可听"。刘伶还作有《酒德颂》一文，大肆宣扬饮酒的好处和自己饮酒的体会。凡此种种，可见当时士大夫好酒之一斑。但"竹林七贤"是否就真如表面看上去的那么放浪形骸呢？嵇康给儿子写的《家诫》，处处教导他做人要小心，事无巨细。例如其中一条教导他，在参加宴饮的时候，如果听到有人发生争论就要立刻走开，免得在旁批评，因为发生争论的双方必有对与不对，不批评的话不像君子的品行，批评的话又势必会有一方见怪；还有一条说到跟长官一起送人们出来的时候不要走在后面，因为一旦这当中有人被长官惩罚，暗中举报的怀疑就会降临到你头上。种种小事都记录在案，让我们不得不疑惑，像嵇康这么高傲的人，为何要教导他的儿子如此庸碌。其实愤世嫉俗与放浪形骸往往只有一步之遥，一个人悲愤到了极点反倒容易变得玩世不恭，用一种嘲弄、旷达、游戏的眼光来看待世界与人生。正像嵇康之所以如此教导他的儿子，是因为他对自己的行为或者处境并不满意。这种人在中国古代为数不少，他们沉湎于美酒之中，销魂在温柔之乡，一方面在个体与整体的冲突中寻求解脱之道，另一方面也是为了在复杂残酷的政治斗争中保全自我，避免牺牲，如此一来就形成了中国士大夫所特有的"名士风流"。

一、废名：隐逸于自然

在五四运动落潮，尤其是大革命失败的背景下，很多新文学作家表现出隐逸的倾向。废名就是其中的典型。《菱荡》开头这样叙写:"陶家村在菱荡圩的坝上,离城不过半里,下坝过桥,走一个沙洲,到城西门。一条线排着,十来重瓦屋,泥墙,石灰画得砖块分明,太阳底下更有一种光泽,表示陶家村总是兴旺的。屋后竹林,绿叶堆成了台阶的样子,倾斜至河岸,河水沿竹子打一个弯,潺潺流过。这里离城才是真近,中间就只有河,城墙的一段正对了竹子临水而立。"① 一种舒缓、自然的笔调描写了陶家村的幽美环境,苍翠竹林、灰瓦泥墙、潺潺溪流,鳞次栉比,互相映衬,景物层次分明而又亲和迷人。"菱荡属陶家村,周围常青树的矮林,密得很。走在坝上,望见白水的一角。荡岸,绿草散着野花,成一个圈圈。"② 一篇寥寥数千字的短篇小说,大半是在描写陶家村的自然环境,烘托出一种幽美恬淡的氛围,整篇文章没什么情节和故事,只有一种风情和意蕴。

陶家村是城外隐匿着的一个小村庄,菱荡隐匿在陶家村常青树矮林中的一角,陈聋子的菜园在菱荡中若隐若现。菱荡的世界就像隐匿着的世外桃源。《菱荡》创作于1927年,而动荡不安的社会大环境似乎并未对陶家村的村民有任何的影响,他们隐匿在深深浅浅的丛山和茂密的树林中,没有城市的喧嚣,只有乡间几缕炊烟,和菱荡里的划子荡荡悠悠,这里的村民单纯、质朴,过着宁静朴素的生活。几幅简单的画面,尽展隐逸的牧歌情调。

《竹林的故事》开头寥寥数语,渲染了一种竹林特有的静谧清幽的氛围:"出城一条河,过河西走,坝脚下有一簇竹林,竹林里露出一重茅屋,茅屋两边都是菜园。"这篇短篇小说以舒缓的笔调叙述了一个隐匿在竹林深处的故事。老程一家在这静静的竹林深处

---

① 废名. 菱荡[M]//吴晓东. 废名作品新编. 北京:人民文学出版社,2009:234.
② 废名. 菱荡[M]//吴晓东. 废名作品新编. 北京:人民文学出版社,2009:235.

静静地生活着，他有一个美丽乖巧、性格柔和的女儿，大家都呼她"三姑娘"，一家人种菜打渔，生活其乐融融。三姑娘八岁的时候，老程不见了，青青的草坪上添了一座新坟，"春天来了，林里的竹子，园里的菜，都一天一天的绿的可爱。老程的死却相反，一天比一天淡漠起来，……到后来，青草铺平了一切，连曾经有个爸爸这件事实几乎也没有了"①。竹林里的生活依然平静如初，三姑娘长大了，愈加地乖巧淑静，后来，"我"再也没见过三姑娘，多年后，一个清明时节，竹林里又见三姑娘，瞬间微风吹皱了记忆。三姑娘的故事，似朦胧雾气缭绕在竹林清幽的空气里，若有若无，老程一家静静地生活着，连死亡都变得安静而有诗意，没有焦灼的欲望和尖锐的冲突，却不缺乏真、善、美的存在，这才是真实而理想的人生状态。

　　人生的忧愁消失在静谧的竹林中，消失在宁静的菱荡中，一切都消失在宁谧、安详的空气里。人的心态和竹林、菱荡交融在一起，渗透出静穆和谐的艺术境界。生命无常、人生短暂，而自然才是永恒，在恬静优美的意境中隐约显出一丝忧郁和悲凉。《竹林的故事》《菱荡》不是深刻的人生故事，而是废名对于心中诗意田园的乌托邦想象，于田园诗意中隐约显现归园田居的理想生存状态和隐逸的人生态度。废名通过人境交融、和谐统一的情境描写，将生命遁入了自然世界中，超越了一切时间、空间的局限，追逐着生命的永恒之境。

二、沈从文：由自然而达自由

　　道家哲学强调"无为而无不为也"，"无为"指的是不强作妄为、不贪求私欲，要顺应自然，方能使万事万物获得成功。范应元

---

① 废名. 竹林的故事 [M]//吴晓东. 废名作品新编. 北京：人民文学出版社，2009：216.

解释说:"虚静恬淡,'无为'也;天、地、人、物得之以运行生育者,无不为也。"① "无为"与"自然"是相生相应的,由"无为"而至"自然",由"自然"而达"自由",如废名、沈从文等新文学作家的"隐逸"首先是隐于自然的。

在沈从文的笔下,人与自然向来是和谐共生的。且看《边城》的开头:"由四川过湖南去,靠东有一条官路。这官路将近湘西边境到了一个地方名为'茶峒'的小山城时,有一小溪,溪边有座白色小塔,塔下住了一户单独的人家。这人家只一个老人,一个女孩子,一只黄狗。"② 这是中国传统典型的讲故事开场白,类似于"从前有座山,山里有座庙,庙里有个老和尚",采用空间叙述的手法,用"一条官路"把读者引入一个名为"茶峒"的小山城,再用一条小溪把读者引向"一户单独的人家"。小溪、白塔、人家构成了一个三角结构,这个"人家"同样是一个三角结构,老人、女孩、黄狗。两个套叠的三角结构,既有人和物的和平共处,又有人与自然的和谐相依,简单、稳定,让人安心。作者以此营造了一个相对远离的、不受干扰的稳定的世界,在这个世界一切都有着自己的规矩和规律,一切都按照既定的轨道运行。此外,《三三》中的三三与碾坊、《柏子》中的柏子与辰州水上、《阿黑小史》中的阿黑与油坊似乎都已经融为一体。在这些作品中,人与自然两相契合,人存在于物中,存在于自然之中,自然既包括了人的存在,也自在地存在于人的内心。

随着现代文明入侵的日益加剧,沈从文以湘西为载体,对回归自然进行了更为深入的思考。他认为,人只是万物中的一员,人类的进步不应该影响自然,更不能破坏自然,"人在世界上并不是唯

---

① 许亮. 道德经[M]. 北京:当代世界出版社,2007:154.
② 沈从文. 边城[M]//沈从文全集:第8卷. 太原:北岳文艺出版社,2002:61.

一的主人，日月不单为人类而有"①，一旦人因为无穷的贪欲而对自然索取更多，最终必然受到自然的惩罚。在《湘行散记》中，沈从文曾这样描述湘西人的世界，"平常日子却在这个地方，按照一种分定，很简单的把日子过下去。每日看过往船只摇橹扬帆来去，看落日同水鸟。虽然也有人事上的得失，到恩怨纠纷成一团时，就陆续发生庆贺或仇杀。然而从整个说来，这些人生活却仿佛同'自然'已相融合，很从容的各在那里尽其性命之理，与其他无生命物质一样，惟在日月升降寒暑交替中放射，分解"②。沈从文对湘西人性的向往是有其深意的。在湘西简单、原始的生活中，生命形态的呈现是安静的，甚至是停滞的，但生命并不因此而显得衰败，反而充满了活力。正如沈从文笔下的"跛脚什长"，要用土办法、旧规矩，敷水药治疗，等伤口一点一点溃烂，再生长出新的肌肉，病就自然痊愈了。虽然近似于完全不可能实现的幻想，但这就是沈从文用以与现代文明抗衡的生命活力，也正是沈从文表现湘西人比"都市人"，或者说是"现代人"，更具"人性"生机的深意。

在道家的思想观念中，人与自然的和谐应该是世界运转的核心和生命演进的纽带，在人与自然和谐的状态下，生命将获得最大限度的自由，这种自由是经由自然实现的，是经由人与自然、人与世界和谐地成为一个整体实现的。在现代文明的冲击下，无论是沈从文的"湘西世界"还是废名的"黄梅故乡"，都有了回归"道法自然"、追求人与自然契合的精神倾向。

三、梁实秋：外儒内道的思想转向

道家传统似乎更为潜隐在作家的心灵深处，总是在特定的情境

---

① 沈从文. 月下小景[M]//沈从文全集：第9卷. 修订本. 太原：北岳文艺出版社，2009：218.
② 沈从文. 箱子岩[M]//沈从文全集：第11卷. 修订本. 太原：北岳文艺出版社，2009：280.

下或者到了作家晚年才会被激发出来。梁实秋早年留学美国，心仪白璧德的新人文主义，撰写《浪漫的与古典的》系列论文，针砭新文学的浪漫潮流，叹息"卢梭登高一呼：'皈返自然！'这一个呼声震遍了全欧，声浪不断的鼓动了一百多年，一直到现代中国的文学里还展转的发生了个回响"①。梁实秋从中国古代文化中寻找西方思潮的对应物，认为道家是与浪漫主义对应的，而儒家伦理则与新人文主义有所相通。因此，他的前期是扬儒抑道的。他认为：

> 儒家虽说是因了历代帝王的提倡成了中国的正统思想，但是按之实际，比较深入我们民族心理的却是道家的思想……
> 中华民族本是一个最重实践的民族，数千年来，表面上受了儒家的实践哲学的教导，而实际上吸收了老庄的清静无为的思想和柔以克刚的狡狯伎俩，逐渐的变成了一个懒惰而没出息的民族。对于这样的一个民族，及时行乐的文学，山水文学，求仙文学，当然是最恰当的反映！中国文学和西洋文学整个的比较起来，我们可以看出中国文学的主要情调乃是消极的，出世的，离开人生的，极度浪漫的。②

从中可见，梁实秋把中国文学的主要情调概括为浪漫主义的，而这种浪漫主义正是在老庄思想影响下产生的，于是他把批评的锋芒指向了老庄哲学，他认为五四新文学"第一件要做的事不是攻打'孔家店'，不是反对骈四俪六，而是严正地批评老庄思想"③。

然而在抗战期间，梁实秋身处后方，他所创作的《雅舍小品》

---

① 梁实秋. 梁实秋论文学［M］. 台北：时报文化出版事业有限公司，1978：19.
② 梁实秋. 梁实秋论文学［M］. 台北：时报文化出版事业有限公司，1978：337.
③ 梁实秋. 梁实秋论文学［M］. 台北：时报文化出版事业有限公司，1978：234.

反映其人生体验和文学趣味，产生了对道家思想的某种皈依。他以《中年》为题，谈论自己人生情趣的变迁，从特定的角度透露了他对道家的某种肯定态度。他此时爱读英国作家兰姆的《伊利亚随笔》和周作人的苦茶小品，开始以温润、雅洁、韵味清醇的文笔，写人生百态和社会百相的小品。话男女，写风物，论书画，谈岁时，于清雅通脱、幽默解颐之处，散发着魏晋名士的机智和晚明小品的俊逸。比如他这样写《雅舍》：

"雅舍"最宜月夜——地势较高，得月较先。看山头吐月，红盘乍涌，一霎间，清光四射，天空皎洁，四野无声，微闻犬吠，坐客无不悄然！舍前有两株梨树，等到月升中天，清光从树间筛洒而下，地上阴影斑斓，此时尤为幽绝。……细雨蒙蒙之际，"雅舍"亦复有趣。推窗展望，俨然米氏章法，若云若雾，一片弥漫。①

如此雅舍，已不仅是作者在重庆郊外的居住空间，而且是他与自然相依偎、相沟通的心灵空间了。看他观月赏雨的境界，一种知识者"安贫乐道""游心于物外，不为世俗所累"的情趣已渗透于字里行间。

在漫漫历史长河中，道家文化以极好的韧性和极强的弹性，成为人们动荡心灵的润滑剂，使人们在理性上排斥它，却在感情上对它难以忘怀，并将其渗透到生活的各个方面。它孕育了中国古代知识分子外儒内道的人格形态。龚自珍《自春徂秋十五首》之三说："名理孕异梦，秀句镂春心。《庄》《骚》两灵鬼，盘踞肝肠深。"梁实秋曾比较儒家和道家说，前者为正统思想，更多是因为历代帝王的提倡，从实际情况来说，真正深入国人心灵的是后者。许地山也认为，支配国人日常生活习惯的是道家思想，儒家只占了一小部分。

---

① 梁实秋. 雅舍 [M] // 梁实秋散文集：第 1 卷. 长春：时代文艺出版社，2015：5.

第三节　佛家之通悟

在儒、释、道三家之中，释实际上介乎儒家和道家之间，兼有儒家的"入世"性与道家的出世性。它向外强调饶益众生，"于诸痛苦，为作良医；于失道者，示其正路；于暗夜中，为作光明；于贫穷者，令得伏藏"，向内则强调定慧双修，用慧眼看透诸行无常，万法皆空，从而灭除贪欲，斩断烦恼，破除妄见，清净内心，修得无所牵挂、无所惊怖的精神定力。① 回溯五四新文学作家的身世经历兼及作品，我们很容易开列出一长串直接或间接受到佛教影响的作家名单，他们中既有20世纪初从事文学改良运动的维新派人士如梁启超、夏曾佑，也有五四新文学运动的开山祖师如陈独秀、胡适、鲁迅、周作人；既有二三十年代就已成名的郁达夫、许地山、俞平伯、宗白华、废名、瞿秋白、丰子恺、徐志摩、老舍、沈从文，也有在40年代蜚声文坛的后期浪漫主义作家无名氏。至于曾以佛教文化作为创作题材的现代作家作品，更是数不胜数了。佛教文化，尤其是佛教文化中的精华部分——佛教哲学，作为探讨人生终极问题的深刻智慧，在现代知识分子的精神生活中仍然有着重要的作用。在寻找理想精神家园的过程中，他们或多或少还会借助于佛教思想的精华。

一、许地山：多苦而不苦

在许地山的家庭中，佛教氛围是相当浓厚的。许地山有两个祖母，一个是常住在外家的"吃斋祖母"，一个是他的生身祖母——"吃斋祖母"的丫头。"吃斋祖母"由于家庭的陡然变故与人生的

---

① 谭桂林. 佛学与中国现代作家[J]. 文学评论，1993（4）.

磨难而归心向佛，以绣佛诵经为日课，由于生身祖母与"吃斋祖母"之间不同寻常的关系，这种礼佛的家风自然就保持下来。许地山的父亲许南英是进士出身，对内典有着浓厚的兴趣，并有较深的造诣，曾自号为"留发头陀"。在这样的家庭环境中生活，许地山从小就对佛教有所了解、有所感悟。再加上许地山自幼饱经忧患，青少年时期到处漂泊，还曾一度漂流域外，始终与下层社会保持密切关系。个人的家庭背景以及亲身遭遇，耳闻目睹的广大劳苦人民的悲惨命运，这一切会合起来，都在佛教关于"人生皆苦"的思想观念中得到了统一。他一开始创作，就发出了"生本不乐"的叹息，说"能够使人觉得稍微安适的，只有躺在床上那几小时"，而且"要在那短促的时间中希冀极乐，也是不可能的事"①。在他的早期创作中，描写人生苦难的作品占有很大的比重。他满怀激愤地指出，在这个残酷的黑暗社会里，人民"积怨成泪，泪又成川，今日泪、雨交汇入海，海涨就要沉没赤县"②。

佛教的多苦观在相当程度上影响了许地山对社会问题的理解和判断。如其早年热心于妇女问题的研究，1919年，他与瞿秋白、郑振铎等主持编辑《新社会》旬刊，发表了不少有关妇女问题的文章。许地山认为，几千年来，在中国错综复杂的社会关系中，妇女始终处于最为被动的地位，是受制于人的弱者。在《宗教的妇女观》一文中，他从佛教的角度出发，研讨了妇女屈辱地位形成的根源和表现。

若用佛教行者的眼光来看女人，女人就有几种名字。第一是"女衰"，就是女子能够使人衰败，所有衰败之中这个最为重大。第二是"女镴"，就是像把锁一样，把修道者锁得很坚固，使他不能

---

① 许地山.《空山灵雨》弁言［M］//落花生. 海口：南海出版公司，2015：215.

② 许地山. 心有事［M］//空山灵雨. 南京：江苏文艺出版社，2015：6.

解脱。第三是"女病",从女子方面可以使得病,而且是极坏的病。第四是"女贼",女人是贼,比蛇还难捉住,她偷了男子很宝贵的灵性,她是不可亲近的。所以《智度论》(一四)说:"女镤难解;女病难脱;女贼害人。"①

  以佛教行者的眼光来看,地位低下是造成妇女多苦的重要原因,而面对苦难的态度更加表现出许地山对佛教的皈依。《缀网劳蛛》中的 12 篇小说,以妇女为主要人物的有 7 篇;在这些小说中,作家不仅详细刻画了妇女的苦难遭遇,而且深刻剖析了她们的内心世界。在漫长历史发展中,妇女始终处于社会的最底层,因而逐渐形成了自卑、顺从等心理状态,再加上社会现实带来的打击和迫害,妇女往往产生一种悲苦、恐怖的情感,这种深层心理机制与现实情感因素的结合造成了妇女阶层畸形的内心世界。因此,在不幸命运和外来力量的打击之下,妇女既不能躲避灾难、保全自身,更无法奋起反抗、改变命运,只能用各种理由强自宽解、悲中求欢,或者求助于虚妄的宗教信仰。《缀网劳蛛》中的尚洁如此,《商人妇》中的惜官、《读〈芝兰与茉莉〉因而想及我的祖母》中的老祖母也是如此。她们在受到迫害后,似乎并不感到痛苦,只是以平静、坦然的口吻诉说苦难,甚至以苦作乐,从中寻觅生活的乐趣。《商人妇》中作者对着惜官感叹:"呀!你的命运实在苦!"惜官却反过来劝慰作者:"先生啊,人间一切的事情本来没有什么苦乐的分别:你造作时是苦,希望时是乐;临事时是苦,回想时是乐。我换一句话说:眼前所遇的都是困苦;过去、未来的回想和希望都是快乐。"② 这种看开一切的心态正是对佛教多苦观的回应。许地山笔下的人物在遭受打击后往往逃避到宗教世界中去,用心造的幻影

---

  ① 许地山. 宗教的妇女观:以佛教的态度为主 [M]//落花生. 海口:南海出版公司,2015:164.
  ② 许地山. 商人妇 [M]//落花生. 海口:南海出版公司,2015:273.

来解除现实的烦扰,满足空虚的心灵。《命命鸟》中加陵与敏明双双殉情,正是因为他们抱有一种爱情的理想,并且痴心地追求人生的完满。加陵在得知敏明求菩萨引度转生极乐国土的誓愿之后,竟然说:"有那么好的地方,为何不早告诉我?我一定离不开你了,我们一块儿去吧。"① 就这样,许地山用主人公的死在残缺的尘缘世界与圆满的彼岸世界之间划清了一条界限。在世俗的眼光看来,加陵与敏明的双双殉情当然是一场人生悲剧,是理想与现实的冲突所酿成的苦果。但小说却没有这种悲剧感,男女主人公的殉情从容愉悦,充满了宗教性的圣洁庄严。从另一种角度看,人生来就不自由,冥冥之中有一只强有力的手在操纵着一切,这就是无处不在的命运,用佛学的术语来说就是前世造成的业力。正如《缀网劳蛛》中的主人公所说:"我像蜘蛛,命运就是我的网。""它不晓得那网什么时候会破,和怎样破法。""人和他的命运,又何尝不是这样?所有的网都是自己组织得来,或完或缺,只能听其自然罢了。"② 他笔下许多小说的主人公都被命运之手驱赶着,在人生的旅途中颠沛流离,受着生老病死的自然力的压迫。

二、丰子恺:无常而洒脱

对人生根本问题的思考是丰子恺初期散文创作集中表现的主题之一,并贯穿其散文创作的整个过程。丰子恺的散文既有对生命本质的追问、对人生终极问题的思考,又有对理想人类栖息地的寻找,洋溢着浓厚的生命意识。在他的作品中生命的本体性体现为这样一种意识:对生命的高度关怀和对生命本质的逼近,具体包括对生死主题的思考,对生命意义的拷问,对生存环境的关照,以及对

---

① 许地山. 命命鸟 [M]//落花生. 海口:南海出版公司,2015:246.
② 许地山. 缀网劳蛛 [M]//落花生. 海口:南海出版公司,2015:233.

理想生命的建构。

丰子恺的作品充满了对生命本身的关注和哲思。在散文《大帐簿》中,不倒翁、小手杖、一张字条,乃至一个饭粒、一个铜板,都引起了作者极大的疑惑与悲哀,他"仿佛看见一册极大的大帐簿,簿中详细记载着宇宙间世界上一切物类事变的过去、现在、未来三世的因因果果"①。有了这样一册帐簿,作者的疑惑和悲哀可以尽消了,因为一切早已有了定数。在《两个"?"》中,作者谈起自幼思考的两个"?",这两个"?"一个是空间,一个是时间,皆源自身边小事,引发丰子恺怀想到无尽远的地球、宇宙和"无穷大"的状态。空间"无穷大的状态,我不能想象",时间"鱼贯地翻进'过去'的深渊中,无论如何不可挽留"②,如此无尽的时间和空间两个"?"让作者百思不得其解,终于引导他入了佛教。丰子恺之趋向佛教正是从对时间和空间的思考开始的。

在丰子恺看来,生命无常,人生如梦,死亡是对污浊生命的洗礼。如他的《无常之恸》阐发了佛教"诸行无常,是生灭法。生灭灭已,寂灭为乐"的思想,流露出因人世和自然界种种衰荣兴废所产生的惆怅和伤感。他认为春花秋月最能雄辩地表现出无常相,春花何其明媚、鲜艳,可不久就凋零、衰败,秋月何其清朗、圆满,可转眼就晦暗、残缺。因此,作者看到花开,感到的不是喜悦,而是悲哀,甚至认为:"凡富有人性而认真的人,谁能对于这些昙花感到真心的满足?谁能不在这些泡影里照见自身的姿态呢?"③他在《秋》中写道:"假如要我对于世间的生荣死灭费一点

---

① 丰子恺. 大帐簿 [M] //丰子恺散文精选. 武汉: 长江文艺出版社, 2013: 236.

② 丰子恺. 两个"?" [M] //王国维, 等. 民国国文课: 重温民国大师们的文学风范. 北京: 中国华侨出版社, 2015.

③ 丰子恺. 无常之恸 [M] //缘缘堂再笔. 北京: 海豚出版社, 2014: 121-122.

词，我觉得生荣不足道，而宁愿欢喜赞叹一切的死灭。对于前者的贪婪、愚昧与怯弱，后者的态度何等谦逊、悟达而伟大"，"直到现在，仗了秋的慈光的鉴照，死的灵气钟育，才知道生的甘苦悲欢，是天地间反复过亿万次的老调，又何足珍惜？"① 但是丰子恺的"无常观"不同于传统意义上走向悲观失望的"无常观"，认同苦难并不等同于被苦难吞没。丰子恺强调人生的苦难和虚无，但在某种意义上说，其实也恰恰包含着启发人们更为轻松、更为洒脱地面向生活的积极意念，而并非绝对消极地指向死灭。丰子恺散文中多次表达要借助艺术和宗教来剪破尘网，追逐人生理想的思想，他对"无常"的认识从悲哀与伤痛升华为洞明世事的旷达与洒脱。

佛教文化，特别是佛教哲学具有浓郁的思辨色彩，苦与乐、生与死、虚与实往往糅于一体，而并非割裂、更非对立的。对佛教文化的完整体悟是丰子恺、许地山等现代作家在思考、吸取宗教文化方面的真正价值。而对宗教文化整体理解的损伤则会损害这种思考的价值。过于强调丰子恺超越了佛教文化的虚无和绝念等，不仅是不确切的，而且无助于阐明他在吸收宗教文化方面的真正价值，以及他的创作本身的真正价值。事实上，并非丰子恺对佛教文化的某些消极因素有了多大的改造，而是佛教文化本身的积极因素在引发他的正确思考。因此，丰子恺在认同苦难、表现苦难的同时，也积极探求摆脱苦难、超越苦难的人生之道，对人生苦难的默识使丰子恺极为平静地把自己一分为二："其一人做了这社会里的一分子，体验着现实生活的辛味；另一人远远地站出来，从旁观察这些状态，看到了可惊可喜可悲可哂的种种世间相。"② 有了人生的苦酒垫底，就比较容易产生旷

---

① 丰子恺. 秋［M］//丰子恺散文精选. 武汉：长江文艺出版社，2013：47.

② 丰子恺. 谈自己的画［M］//丰一吟. 缘缘堂随笔集. 杭州：浙江文艺出版社，1983：135.

达悠远、宁静淡然的处世态度。丰子恺能在悲哀中寻得生活的情趣,以释解苦难的重压,他孜孜求真、求善、求纯,尽情讴歌童心,高扬"护心说",力主"不杀生",追求艺术的本性,反对艺术的功利性,这些既不是不明是非的逃避现实,也不是单纯的自我心理平衡,而是对完美人性和人生的真正体悟和阐发。

三、朱自清:刹那而执着

1922 年,文学研究会的重要作家朱自清在其著名长诗《毁灭》中曾写下了这样的诗句:

> 从此我不再仰眼看青天,
> 不再低头看白水,
> 只谨慎着我双双的脚步;
> 我要一步步踏在泥土上,
> 打上深深的脚印!
> 虽然这些印迹是极微细的,
> 且必将磨灭的,
> 虽然这迟迟的行步
> 不称那迢迢无尽的程途,
> 但现在平常而渺小的我,
> 只看到一个个分明的脚步,
> 便有十分的欣悦——
> 那些远远远远的
> 是再不能,也不想理会了。
> 别耽搁吧,
> 走!走!走![1]

---

[1] 朱自清. 踪迹:朱自清经典作品[M]. 昆明:云南人民出版社,2013:50-51.

"刹那主义"最开始是作为一种生活方式提出的。1922年11月7日，朱自清在给俞平伯的信中，将"刹那主义"定义为"日常生活的中和主义"。信中谈到以往他总关注人生的远处、大处，却总忽略了近处、小处，也就是生活中的细节。"日常生活的中和主义"就是要从日常生活入手，使每一个细节都和谐完满。"刹那"一词源于佛经，它的本意就是瞬间，是表示时间的最小单位。佛家认为刹那之间具有生、住、异、灭四相，所以说"刹那无常"。每一个瞬间都包含了丰富、复杂的生命历程，值得细细品味。现在之一刹那称为"现在"，现在之前的刹那称为"过去"，现在之后的刹那称为"未来"，这就是"刹那三世"。它强调每一个刹那都不同，世间万物时时刻刻在变化，永无静止。事物转化无常，生命刹那流失，佛教的"刹那"充满了幻灭感。

在散文《那里走》中，朱自清开篇就指出，"在这时代，将来只是'浪漫'，与过去只是'腐化'一样。它教训我们，靠得住的只是现在，内容丰富的只是现在，值得拼命的只是现在；现在是力，是权威，如钢铁一般"①。朱自清正是把历史看作是一个动态的过程，包含着"过去""现在""将来"三个环节，周而复始，永无止境。朱自清认为，在历史发展的诸环节中，每一个历史事实都有其产生的因由和后果，因此其价值是平等的，只有新旧先后之分，没有对错之别。而在这样一个进程中，"现在"是最实际、最可把握的，因此也是最重要的。

我们可以看到，朱自清在思想上明显受到佛教禅宗的某种影响，尽管这种影响的基础带有一定程度的颓废色彩，但朱自清理智地清除了"颓废主义"，形成了思想上的另一个重要内容，即"刹那主义"。朱自清从中学至大学时代都着迷于佛经佛学，并从中受

---

① 朱自清. 那里走［M］//朱乔森. 朱自清全集：第四卷. 南京：江苏教育出版社，1990：227.

益匪浅。他所奉行的"刹那主义"也的确体现出了对佛教禅宗的某种领悟和感发,但朱自清的"刹那主义"深深注入了他自己对人生和世界的坚实理解,与佛教禅宗倡扬的超然出世、四大皆空等观念有着本质的差异,在主张不应沉醉于昨日或明日的光景,不应虚求佛法佛理,力求把握"今日"当下的"一刹那"并于此获得人生真谛这一点上,朱自清的"刹那主义"与佛教禅宗是相通的;不同的是,佛教禅宗的"刹那观"特指对刹那间生活的体悟进入无人无我、无善无恶、无生无灭的"空"的境界,最终归为虚无,而朱自清的"刹那主义"强调的则是透过对刹那间生活的感受进而更加真切地把握自己的命运、人生的契机以及生活本身的积极发展,最终指向实有。因此,朱自清在《毁灭》中所表露的足踏实地、忠于现实生活的态度与其"刹那主义"的思想在本质上并不矛盾,而是内在统一的。《毁灭》并不意味着朱自清对"刹那主义"的告别,而是有机的升华。诚如朱自清的老友俞平伯所阐述的,"他所持的这种'刹那观',虽然根柢上不免有些颓废气息,而在行为上却始终是积极的,肯定的,呐喊着的,挣扎着的。他决不甘心无条件屈服于悲哀底侵袭之下。约言之,他要拿这种刹那观做他自己底防御线,不是拿来饮鸩止渴的。他看人生原只是一种没来由的盲动,但却积极地肯定它,顺它底猝发的要求,求个段落的满足"[①]。由此可见,作为现实主义人生派的重要作家,朱自清虽然积极吸取了佛教禅宗的某些思想素养,但这种吸取有一个基本的出发点,即更积极地执着于现实人生,执着于人的命运发展,而绝不是对虚幻空灵境界的追求。朱自清将宗教意识融入现实人生的这种基本态度,在

[①] 俞平伯. 读《毁灭》[M]//乐齐,孙玉蓉. 俞平伯诗全编. 杭州:浙江文艺出版社,1992:664.

现代中国作家中是具有相当代表性的。①

　　传统,是一个时间性、发展性的概念,它的沉淀和延传需要有相当的时间长度,也必然伴随着动态的发展变化,文人传统的形成亦是如此。有西方学者认为,传统之为传统,起码要持续三代,经过两次以上的延传。这当然只是一种粗略的说法,但我们不可否认,传统是一种长期性、积淀性的形成,要经历时间的考验和历史的传承。这种传承首先离不开共同思想资源的孕育,儒、释、道三家思想自古以来就对中国文人有着不可磨灭的重要影响,更因为不同的时代背景、不同的个体选择和生活经历而催生了不同的精神取向。五四以来的新文学作家处于古今中外的历史交汇点上,既受到了西方思潮的影响,同时传承并融合了中国传统的儒家之责任担当、道家之隐逸自然、佛家之通悟旷达,进一步激活了文人传统的精神源泉。

---

①　刘勇. 中国现代作家的宗教文化情结[M]. 北京:北京师范大学出版社,2003:59.

第三章

"积极入世"与"为人生而艺术"

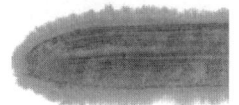

相比于欧洲等地的知识分子,中国文人身上多了几分"实干"的色彩。他们从不是关进书斋专注于抽象问题的哲学家,而是期待学以致用,以学问服务于实际问题的志士,这种"积极入世"的精神从有文人这一群体开始就存在,一直持续到五四时期,持续到当代。虽然新文化运动期间一度提倡反传统,但这种"入世"精神并没有因为反传统而消亡,它只是换了一种方式,继续发挥着作用,影响着当时中国新一代文人的人生选择。新文学作家以作品关注底层人民的生活,以写作改变国民性,这种"入世"方式表面看来与古代科举做官的"入世"途径大不相同,但内里的精神支撑却是一脉相承的。新文学作家的"入世"方式可以用新文化运动的代表文学社团——文学研究会的一句口号来高度概括:"为人生而艺术"。

第一节 "入世"是中国文人的核心价值取向

从"文人"这一群体产生开始,中国文人就有强烈的"入世"要求,"入世"精神贯穿了文人阶层产生和发展的整个过程。"入世"精神的内涵,不只是狭义上的从政做官,更是一种力图介入现实、干预现实,发挥自己的才智做出贡献的意愿。中国文人从不甘心仅仅当一个作"文"之人,相反,他们总是力图让自己的才智作用于现实,产生实际影响。

早在春秋时代,士人阶层刚刚有雏形的时候,"入世"的观念就已经开始在文人中萌芽。《左传·襄公二十四年》中有"三不朽"之说:"太上有立德,其次有立功,其次有立言。"不论是立德、立功还是立言,都是对社会施加影响的一种方式,也是文人"入世"的几种可能。《孟子》中更是强调,"士之仕也,犹农夫之耕也",将士人入仕与农夫耕田等同起来。士人从政被认为是士人的本职工作,干预现实也就成了文人应尽的义务了。中国文人最普遍的志向,一是进入朝廷承担官职,"为生民立命",二是在战时充当说客、谋士,运筹帷幄,决胜千里之外。但是,能够在现实中实现"入世"志愿的文人毕竟有限,志愿的实现不仅与个人努力程度和才华相关,更与当时朝廷的局势、统治者的喜好、有无伯乐赏识等条件有关。因此,历朝历代总有不得志的文人。在他们身上,"入世"精神也没有消隐,而有了另一种表现方式。这些不得志的文人将自己力图建功立业却怀才不遇的心情写成了文学作品。表达"入世"志向,感慨自身际遇的文学作品是中国古代文学的重要组成部分。

致力于介入现实的个人志向和表达"入世"愿望的文学创作,共同构成了中国文人"入世"精神的两个表现方面,而介入现实的志向和表达"入世"意愿的创作,也正是文人传统中最为重要的方面。

一、科举取士:文人"入世"精神的渊源

科举制度是中国封建社会持续时间最长的选官制度,也正是在科举制度施行期间,"入世"精神才作为文人传统中的重要内容被固定下来。科举制度对中国社会的影响,不仅仅是作为一个相对公平的人才选拔制度,令优秀的平民人才有了上升渠道,还在于相对公平的科举制度使得中国文人有了切实可行的人生目标,即努力考中科举,进入朝廷,从而发挥才华,实现自己的抱负。这种不看门第、不看人脉、向全国开放报名且匿名评卷的考试制度,是"入世"精神的直接触发和巩固的因素。

夏商周时期,"天下为公"的禅让制度被破坏之后,中国的选官制度是世袭制,这种制度依照亲缘关系来规定等级的尊卑和官职的大小。此时,社会并没有"文人"这一阶级,能够接受文学教育的只有贵族,而只看门第的选官制度也不可能让人有进取心态。但值得一提的是,当时的文学是作为外交辞令教给贵族子弟的。中国

文学在滥觞时期就与政事处理、国家外交紧密相连，这是中国文学与"入世"紧密联系的先声。汉朝不再沿用世袭制度，渐渐开始运用选拔的方式选出官员。两汉主要的选官制度是察举制和征辟制，分别是一种自下而上和自上而下的选官制度。但备选者究竟能否通过这两种选拔制度被选入，依赖的是备选之人的人脉关系，因此也并不公平。一直到魏晋南北朝时期，做官都与出身门第联系紧密，"文人"阶层没有形成，他们也并没有介入现实的动力。而直到科举制出现并成为选官的主流，才有了所谓的"文人"这一群体，"入世"才有了可行的途径。

科举制度在南北朝时期开始萌芽，在隋炀帝时期正式确立下来，成为固定的选拔人才的制度。此时的科举制度还只是个雏形，考试内容也只是政治论文而已。到了唐代，科举考试分为"进士"和"明经"两科，进士科除了政治论文之外，还考查诗词歌赋的创作。这一举措直接刺激了诗词歌赋的创作，促成了唐诗的辉煌。宋朝在政治论文和诗词歌赋之外，增加了对儒家经典掌握的考查。元朝举行科举的次数极少，并且蒙古人、色目人和汉人分开考试，录取人数也很少。明朝的科举不再考查诗词歌赋，并且考试答题的文体也固定了下来，即为"八股文"。清朝的科举制度相比于明朝没有明显的变化，只是出于优待满人的目的，满汉族分开考试而已。

从隋朝确立科举制度开始，直到1906年科举制度被废除，这一制度在中国有超过一千三百多年的历史，对中国的发展走向，以及中国文人、中国文学的发展都起到了巨大的影响作用。如前文所述，科举制度首先催生了"文人"阶层这一群体。没有科举制度就没有所谓的"文人"，只有有文化的贵族。虽然"文人"一词的词义几经变化，现代"文人"词义的边界也早已模糊，但"文人"群体最初出现的时候，是区别于贵族和不识字的平民这两个群体而存在的。相比于贵族，文人没有显赫的身世，想要改变自身的命运只有依靠自己的努力；而相比于不识字的平民，他们又熟读经书，有极好的文学修养和政治才能，但也因为将全部的精力放在了准备科举考试上，文人通常没有可以谋生的一技之长，除了通过科举考试成为朝廷官员外，他们似乎别无选择。

科举制度对文人群体本身的影响主要集中在两方面。其一，科举制度作为主要的"入世"渠道，极大地影响了文人的人生理想设定。"文人"这一群体本身就是因为科举制度才产生的，文人之所以熟读经书，目的就是做官，而做官的目的，在于通过自己的才华来介入现实，施加影响，建功立业，实现自己的"入世"情怀。因此，自从科举制度出现以来，绝大部分的文人就将自己的理想紧紧锁定在通过科举进入朝廷为官这条道路上。其二，科举考试影响了文人的文学创作。为了满足自己的"入世"愿望，文人往往花费大量时间准备科举考试，以迎合科举考试的要求。这就导致科举考试考查的文学体裁一直十分繁荣，且在文学史上享有很高的地位，而科举考试不考查的文学体裁的发展状况则没有那么顺利。早在夏商周时期，诗歌就已经是外交辞令，自从唐朝将诗词歌赋定为科举考试的科目之一后，诗歌创作经过这种选官制度的促进蓬勃发展起来，成为中国古代文学的重要构成，也一直被列为是文学的"正宗"。因为诗歌曾是科举制度的主要考查文体，而科举考试又成了文人"入世"的必经途径，因此，在传统文学范畴中，诗歌作为最高级别形态的文学创作，地位远高于词、曲和小说。虽然还另有创作难度、发展历程等其他原因，但诗歌作为科举考试的科目之一，对诗歌的文学地位起到了巨大的抬高作用。例如，宋词虽然有极高的文学成就，但仍被称作"诗余"，众多著名的词作者不愿意被人知道自己写词。到了近代，诗歌作为文学大宗的地位仍然非常稳固，而新文化运动想要颠覆旧文化、旧文学，所选择的方式为大力宣扬小说这种以往"不入流"的文学作品形态，积极倡导传统下层文化，借以作为颠覆封建道德的抓手。此外，正因为文学与科举制度、与"入世"的联系，文人所进行的文学创作总是关怀现实的内容多，空灵的想象少；忧心家国的内容多，形而上的哲学思考少。中国文人的作品中一直洋溢着对现实的关注和乐于奉献自己力量的意愿，怀才不遇的文人还多了一层不得志的苦闷和急于受到重用的紧迫。

"入世"精神包含了个人志向的选择和文学内容的体现两个层面，而这两个层面都与科举制度紧密相连。科举制度极大催生了"文人"这一群体的发展，而以科举制度为主的上升渠道，深刻影响了中国文人的人生志向，也就有了"入世"这一文人传统。

二、从军与参政：文人"入世"的主要志向

如愿以偿进入朝廷发挥才干的文人通常有两种去向：他们绝大部分担任了官职，以手中的权力做出贡献，辅佐天子治理国家，也就是从政；此外，还有一少部分处于特殊环境下的文人会在军中担任职务，参与战争，更是以自己的生命实现了"入世"的愿望。为文人安排的去向在千百年的封建社会中大体保持不变，只是会随着朝代更迭，从军和参政的文人比例有所变化而已。因此，文人"入世"理想落到实处，就成了两个非常具体的努力目标：或者是成为一名造福一方的官员，或者成为一名满腹韬略的儒将。而在文人难以担任官职的元朝，那些流落在民间寄情于元曲创作的文人，心中所系的也不过是以上两种理想。

这种固定下来的"入世"志向与"入世"这一文人传统构成了非常紧密的联系，它对中国文人的命运，以及中国文学的发展产生了深远的影响。首先，固定的"入世"志向在中国历史上影响深远，它不仅影响了传统文人对自己人生道路的规划，甚至一直影响到后来，影响到了近代新文学作家的人生选择。前文已经提到，中国的传统文人已经在"入世"情怀的驱使之下根据科举制度的要求，将自己的人生规划紧紧限制在从军与参政这两个固定途径之中，绝少做第三种打算，而近代的新文学作家，一开始也并未把文

学作为自己的毕生追求。他们大多以实业开始,发现实业无法救国之后才退而求其次,选择文学作为另一种救国途径。因此,他们对文学的热衷本身就是出于"入世"的驱动,而他们在从事文学创作之前,几乎都曾有过一段力图以各种方式直接"入世"的经历。如鲁迅曾进入水师学堂,郭沫若曾学医学,成仿吾学过枪炮专业,冰心曾研习数学,而穆旦则参加过中国远征军。写出了《子夜》的茅盾,将社会活动家作为自己的理想,而他的作品则是他社会调查工作的成果展示。

其次,固定的"入世"志向影响了传统文学的表现主题。传统文人的创作内容,往往离不开前文提到的两大"入世"志向。在将诗词歌赋作为科举考试内容之一的唐代,虽然涌现出了大量优秀的文学作品,也出现了诸如李白、李贺、李商隐等个性独特、风格明显的天才型诗人,但诗歌内容的主流仍是围绕着从政与从军展开。初唐诗人徐彦伯在《拟古》其三中写道:"读书三十载,驰骛周六经。儒衣干时主,忠策献阙廷。"读书是为了将自己的才华"献阙廷",这概括了绝大多数文人的理想。一向以放浪形骸、纵情诗酒著称的李白也不能免俗,也曾有过一段在长安等待举荐的日子。当时的李白遭到了举荐人张垍的嫉妒,迟迟得不到引荐,无法将自己的才华"献阙廷",因而写下了一首《长相思》。这首诗表面上看是思念"美人",实际上是表达期待被皇帝召见的渴望。诗中有"孤灯不明思欲绝,卷帷望月空长叹。美人如花隔云端"之语,一方面诗歌体现了见皇帝之难,另一方面也可以从中读出李白急于有所作为的心情。历史上的专职诗人,他们中的绝大多数都是在仕途中不得志,久而久之放弃了从政的希望,转而专心于创作的。文学是文人的第二选择,他们的第一选择永远是"入世"。有机会参与战事的文人,所写的作品更是充满了豪情,"醉里挑灯看剑,梦回吹角连营"绝不仅仅是辛弃疾一人的精神写照,而是所有文人意气的寄托。即使是身体虚弱无缘战场的李贺,也写出了"报君黄金台上意,提携玉龙为君死"的诗句。

三、"入世"精神在新文化运动以后的传承与变通

新文化运动是一场伟大的"文化救国"尝试,在这种尝试发生之前,中国经历了辛亥革命胜利果实被窃取、举国陷入一片混战的乱局。新文化运动成员从混乱的时局和一次次失败的革命活动中深感思想革命的紧迫,因而改从思想入手,以另一种方式推动中国的变革。新文化运动的产生固然有当时思想革命紧迫的现实因素,但在更大程度上,年轻的学生站出来以小说等文学作品启迪民众,仍是文人"入世"的责任感和担当意识在起作用。

不过,这种"入世"精神在近代发生了变化。"入世"精神的内核,最核心的责任感和担当感被传承下来,但"入世"的方法发生了变通。新文化运动的健将不再拘泥于从政或从军这两种具体的"入世"方式,而是采取了另一条更适合当时时局的道路,即文化救国。他们以文学创作、思想传播、建立新式学堂等种种方式,力图在中国建立起一种全新的文化,以这种文化荡涤陈腐的旧思想,从而为政治变革提供可能。

新文化运动传承了传统"入世"精神的担当意识。中国文人素有"文章合为时而著,歌诗合为事而作"的觉悟,这种觉悟在新文化运动之中体现得非常明显。新文化运动中的文学改良运动就是为了以文学创作传递先进思想,并借助文学形式的变革争夺话语权,因此,新文化运动期间所创作出来的文学作品,本身带有极强的指向性和现实意义。例如,在"问题小说"这一类型中,几乎每篇作品都指向当时社会中的某一种痼疾。再如,起步期间的白话新诗,有相当一部分(如《相隔一层纸》《草儿》等),内容也都是为贫苦无告的底层人民发声。新文化运动中的文学社团,所有的创作理念也都是针对当时的社会情形而制定,例如,20世纪20年代各社团纷纷开始建立的时候,大家当时的首要关注点是改变中国"吃

人"的旧文化，建立一种新的、鼓励人生存发展的新文化，因此，最开始的社团创作理念都带有浓重的人道主义和个人主义色彩。文学研究会的标志性创作理念之一就是"为人生而艺术"，而初期的创造社极力强调"天才"、强调"创作要遵从内心"的要求。这两个社团的代表性主张分别代表了当时流行的人道主义和个人主义思想观念。但在这里需要强调的是，虽然创造社被称为是当时的一支"异军"，所提倡的创作理念与中国人的传统认知相差太大，但这并不代表创造社同人就百分百认可自己提出的理念。他们之所以提出"创作要遵从内心"等理念，一大半原因是中国人的内心感受在千百年来的文化压抑之下实在是隐藏了太久太久，要撼动传统文化的根基，必先反传统的要求而行之。看似高度"个人化""异军"一般的创作理念背后，是希求"入世"的热情。

新文化运动将"入世"精神的实现途径进行了变通。传统文人的"入世"途径固定为从军与参政，而新文化运动时期，文人们将"入世"的途径拓宽，以文化救国的方式实现了自己的"入世"理想。文化救国的两个主要切入点是教育和文学，文人采取了更加温和、更加重视精神建设的方式，达到了与传统"入世"精神的统一。

以上对于"入世"精神的传承与变通，构成了新文化运动的基本面貌。

第二节　"为人生而艺术"的现实主义追求

现实主义一直在新文学作品中占据着非常重要的地位。纵观中国新文学史，象征主义、表现主义等流派都多少存在"发展不足"的情况，有些流派甚至只是被介绍进来，但在中国找不到发展的土壤，仅以一个名称存在于文学史上。曾在文学革命初期与现实主义发展状况不相上下的浪漫主义，也不如现实主义那般发展充分。1925年之后，"浪漫派"文学团体创造社转向了"革命文学"的创作，他们作品中的浪漫主义色彩的创作就此渐渐退去了。而创造社之外，也不再有像样的浪漫派文学社团出现了。

与这些文学流派的发展状况形成对比的是，现实主义的文学创作一直在中国拥有非常不错的发展环境。文学研究会是新文学第一大社团，它所提倡的"为人生而艺术"的创作精神，贯穿了整个新文学的发展过程。现实主义流派的创作，成果最多，读者最广，收获最大，反响也最好。这种现象引人发问：新文学为何形成了现实主义一枝独秀的面貌？这一现象又与文人传统有何关联？新文学曾经在初期极力抨击"文以载道"的创作目的，提倡要创作"为人生的文学"，而不是腐朽道义的代言。但正如有学者指出的那样，新文学作家虽然反对"文以载道"，但他们的创作在某种意义上是"在遵循自己的'道'"①。

另外必须提及的是，新文学的现实主义与西方文学中所说的现实主义并非一一对应的关系。新文学的现实主义更像是各种相近色彩的文学流派的杂烩。五四运动初期，仅仅文学研究会中，社员的文学倾向就各不相同。例如，周作人认同理想主义，而茅盾的文学观念更多带有自然主义的色彩。此外，新文学的"现实主义"一词的内涵也在不断变化。这种内涵的变化与当时的时代局势有密切的关系，也从另一个角度反映了文人对于时代的敏感和干预现实的热情。

一、使命感驱动的共同宗旨："为人生"而创作

新文化运动最初的阵地是《新青年》杂志，运动的最先发起人

---

① 周策纵. 五四运动史：现代中国的知识革命［M］. 陈永明，等译. 北京：世界图书出版公司北京公司，2016：277.

之一也正是这份杂志的创始人——陈独秀。陈独秀于 1915 年在《青年杂志》（后改名为《新青年》）上提倡一种"实利的而非虚文的"① 生活态度，号召当时的青年将注意力放在现实生活中的现实问题上来，不必继续关注毫无用处的"圣贤之垂教""社会之崇高"②。1915 年，陈独秀在《现代欧洲文艺史谭》一文中认为，中国现已进入了"写实主义"的阶段。这里的"写实主义"，也就是后来新文学中所指的"现实主义"。这一时期陈独秀对于"写实主义"的认识有些混乱，因为就在此文中，他称易卜生、屠格涅夫、王尔德、梅特林克为近代四大写实主义的代表作家。这显然是不符合文学史定位的。从陈独秀的前后言论来看，"实利"的生活态度与"写实主义"的作品之间存在着密切联系，陈独秀的言下之意似乎是，树立了实利的生活态度也需要写出有写实主义精神的作品，从而为改变当时浮华颓败的风气而努力。

但是，陈独秀提倡青年要树立"实利的"生活态度时，新文学文坛并不是现实主义占据主导地位的局面。当时的新文学作品，大致可以分为现实主义色彩和浪漫主义色彩两大类，其中现实主义色彩的作品主要来自文学研究会同人，而浪漫主义的作品大多由创造社成员创作。那么，新文学的创作局面是如何从原来的现实主义与浪漫主义平分秋色，渐渐转变为现实主义占据绝对优势呢？其中一个重要原因即为新文学作家的强烈使命感。而这一使命感，正是"入世"传统在近代的具体表现。

文学研究会的成立本身就与文人责任感有关，该社团所提出的创作口号"为人生的文学"足以说明在他们心中创作与现实的紧密关系。不论是文学研究会成员人数的扩张，还是社团成员所创作作品影响力的增大，都表明了作家的"入世"情怀，以及读者对这种情怀的认可。而就在文学研究会的影响力日益增大的时候，浪漫主

---

①② 陈独秀. 敬告青年 [J]. 青年杂志（创刊号），1915，1（1）.

义的代表——创造社也渐渐由"为艺术而艺术"转向了"革命文学"的创作。相比于现实主义的流行,探究浪漫主义为何在新文学中式微,以至于将这一流派介绍到中国的作家都渐渐放弃了创作浪漫主义作品,也许更能说明问题。

创造社的浪漫主义色彩集中体现在1921年至1924年间的创作上。这一时期郭沫若的新诗集《女神》、郁达夫的小说集《沉沦》、张资平的小说《冲击期化石》相继问世,一时间受到青年读者的热烈欢迎,当时甚至出现了不少青年模仿书中人物穿着打扮的现象。这些着力描写作家自我情感的作品与文学研究会成员所写的作品非常不同。但是,创造社这种看似与文学研究会不同的作品背后,却有着相似的创作观。首先,创造社虽然提倡过艺术的"无目的"论,受到过"艺术至上"观念的影响,但这种观点是作为反对当时传统的"文以载道"论提出的,带有较强的目的性,而文学创作与人生、艺术之间的关系,创造社同人并没有给出一个非常清晰的说法。成仿吾在《新文学之使命》中提到:"如果我们把内心的要求作一切文学上创造的原动力,那么艺术与人生便两方都不能干涉我们,而我们的创造便可以不至为它们的奴隶。"① 这段话没有讲明人生与艺术究竟哪个是创作的表现对象,而是将"内心的要求"看作是创作的"原力",回避了人生与艺术之间的选择。因此,创造社同人与文学研究会成员之间的创作观点分歧,并没有两个社团的作品中体现出来的那么大。其次,创造社同人也非常重视文学对于时代的使命。虽然社员初期的创作极度看重内心的感受,但同时也承认"艺术没有不和人生生关系的事情"②。创造社在成立之初就有了关注现实的想法,它并不是一个单纯的浪漫主义社团。创造社同人提倡浪漫主义,也只是他们介入现实的一种手段而已,一旦有

---

① 成仿吾. 新文学之使命 [J]. 创造周报,1926(2).
② 郭沫若. 艺术家与革命家 [J]. 创造周报,1926(18).

更好的途径介入现实,他们将会毫不犹豫地放弃浪漫主义。

1924年,国共两党开始合作,相比于1921年至1924年,国内的政治形势发生了巨大变化,创造社社员也在这一时期开始接受马克思主义,对革命产生了热情。郭沫若在这一时期转而认为"文艺是生活的反映"①,开始提倡文学要反映时代,体现时代精神了。此后,创造社不再有个人色彩强烈的自叙传作品,渐渐转向了现实主义的创作。可见,即使是创造社,浪漫主义的创作也只是他们基于时代形势、意在推翻旧文学而做出的选择,他们的创作宗旨是紧跟时代,而不是忠于浪漫主义。一旦时代的要求变化,创造社的创作也会跟着变化。

陈独秀在新文学诞生之初所提出的"实利的而非虚文"的生活态度影响了新文学作家,这种影响在创造社社员身上体现得更加明显和深刻。新文学虽然各个流派异彩纷呈,但诸位作家的创作宗旨是类似的,都是为了反映现实。流派的区别,只是他们反映现实的方式不同,而创作目的并没有根本上的差别。

二、时局影响下的表达内容:作品应反映"病苦情形"与社会问题

新文学的重要奠基人胡适曾经表示,文学应该描写工厂之男女,人力车夫,内地农家,各处大商贩及小店铺,一切病苦情形,以及一切家庭惨变、婚姻苦痛、女子之位置、教育之不适宜等各种社会问题,并指出作家在写作时应注重实地的观察和个人的经验,以及周密的想象。②他的这段话,可以作为新文学"现实主义"的诠释。他在《建设的文学革命论》中所讲的这段话,对新文学作家的创作提出了两个要求:第一,文学应该反映现实中"病苦"的情

---

① 郭沫若. 批评与梦 [J]. 创造季刊,1923,2(1).
② 胡适. 建设的文学革命论 [J]. 新青年,1918,4(4).

形,并不是无目的的创作;第二,作家在创作时不可一味记录病苦,同时还需要调动个人经验和想象力。虽然新文学界后来对胡适的态度有所变化,但他当时提出的观点还是被大多数作家所接受,并在各自的作品中有所体现。

在新文学的发轫期,刘半农、鲁迅、周作人、康白情、俞平伯等人以《新青年》《新潮》等杂志为阵地,发表了不少白话诗作。这些诗作绝大多数都以揭露社会问题为主题进行创作,其中不少名篇,如《相隔一层纸》,带有强烈的震撼力。这一时期创作的小说也几乎是每一篇都针对一个或几个特定的问题而作,如央庵所作的《一个贞烈的女孩》揭露了封建礼教对女子的残害,叶绍钧的小说《这也是一个人?》(后更名为《一生》)则着力描写了底层人民悲苦的生活境遇。但此时的创作,大多是由问题而发,过于脸谱化,比较稚嫩。随着新文学的发展,佳作频出,但关注现实、反映现实的写作基调一直不变。

到20世纪30年代,随着第二次国内革命战争爆发以及日本侵略中国,社会矛盾空前激化,不少新文学作家为自己所选择的信仰献出了生命,也有很多人因为写作革命作品而进入监狱。在这样的背景下,他们的创作以更大的力度反映了国民党统治之下的黑暗,也具有了更深刻的震撼力和感染力。

三、传统推动下的现实主义:流传下来的欣赏习惯与新文学创作走向

新文学中现实主义的创作题材和表达手法之所以能够一直占据主流,除去陈独秀在新文学发轫期的提倡和发展时期中国社会的严峻情形的促进作用,还有另一个重要因素,即中国读者千百年来形成了欣赏现实主义作品的习惯。欣赏现实主义作品的习惯有力促进了新文学中现实主义的发展壮大,也正因为此,新文学的其他流派如表现主义、象征主义,甚至浪漫主义,都没能在中国获得足够的

发展空间。欣赏现实主义习惯的形成，根本原因在于中国文学历史悠久的现实主义创作传统。中国的古代神话传说不发达，也很少有如印度等国家中出现过的成千上万行神话长诗，而有限的神话传说大多类似于史书，与上古历史相混合，分不清传说与历史的界限。

文史难分的起源，外加封建社会中一以贯之的"文以载道"观念，中国文学从诞生之日起就为了现实而服务。此外，影响中国文化数千年的儒家思想对鬼神之事一直较为回避和排斥，在"子不语怪力乱神""未知生，焉知死"的思想影响之下，作家普遍对现实生活之外的世界不太关注。虽然在历史中也出现过如李贺、李商隐、李白等想象力丰富的诗人，但相比于浩如烟海的现实主义诗作，他们的创作终归是少数。

被认为是"统治阶级文学"的诗歌，基调以现实主义为主，而在文学革命之前被认为是"不入流"的传统白话小说，也是现实主义作品居多。中国历史上的几大"奇书"，如《红楼梦》《水浒传》《金瓶梅》，均是以现实主义笔法进行创作。即使是描写一个架空世界的《西游记》，故事中也带有对当时时局的影射，仍有一个现实主义内核。新文化运动对传统文化进行了全面的整理和重新估价，凭借对传统下层文化的提倡来达到对封建正统文化的颠覆，而运动中提倡的下层文化的主要代表就是传统的白话长篇小说。这种提倡行为对文学革新诚然起到了推动作用，但由于传统文学的主调仍是描写现实，因此对新文学的多样形态并没有太多帮助。

新文学与读者的传统欣赏习惯之间只有达到微妙的平衡才能够有较好的发展势头。从晚清的"三界革命"起，中国文学就开始了现代性转变的历程，而在这一途中，与传统小说形式接近的文学作品往往最容易获得读者的青睐。早在新文化运动之前，黑幕小说、鸳鸯蝴蝶派小说就广受欢迎，经林纾的手"改良"过的外国通俗文学作品也拥有巨大的读者群体。与之形成对照的是，更多带有欧化色彩的新文学，最开始几乎没人关注，甚至连反对者都没有。这种情形，一方面是文学革命主张提出的时候，旧文学还占据着绝对主导地位，新文学还不足以引起他们的重视，另一方面，新文学在开始阶段存在欧化色彩过重、内容和艺术水准稚嫩的缺点，也是一个重要因素。新文学无法凭借自身的创作吸引大多数读者，得到的关注度也自然大打折扣。

随着新文学的发展，作品的艺术水准渐渐提高，作家也因为对生活的理解不断加深而写出了更加优秀的作品。但是，即使在新文学作家内部，作品更符合传统欣赏习惯的作家的接受度总是远远高于作品中"先锋性"更浓的作家。新文学作家中尚且存在这一现象，更不必说20世纪30年代活跃于上海的通俗文学作家张资平、张恨水、张爱玲等人。这三人作品拥有的接受度是远高于当时的新文学作家的创作的。张资平的作品《冲击期化石》《梅岭之春》《苔莉》《飞絮》屡创出版界纪录，如《飞絮》一书在完稿的五年之内再版十余次。而细读张资平的作品内容，除去大胆的性描写之外，仍脱不开传统小说才子佳人的老路。张恨水的长篇小说以对仗诗句作为题目，形式都与传统长篇小说非常相似，而他所写的作品大多也是发生在都市社会的才子佳人故事，或者是武侠传奇。出版社曾经将张资平、张恨水两人看作"销量的保证"，除去两人的才情出众之外，也足见传统文学，尤其是传统小说对读者的影响是多么深远持久。部分新文学作家顺应这一欣赏习惯，写出了以时间为线索、笔法以现实主义为主调的作品，再加上作家本人对生活的深刻理解，作品的销路也非常不错。描写小人物之死的《寒夜》、描写知识分子种种形态的《围城》，销路都很可观。

读者的接受是新文学作品能否真正发展的保证，而中国读者数千年来受到"入世"精神的影响而形成的欣赏习惯，决定了他们对现实主义色彩的作品接受度更高，也更容易理解。这种读者的影响潜移默化中影响了新文学的走向，形成了新文学中现实主义格外发达的结果。

第三节 五四一代人的"文化救国"

五四运动之前，中国已经经历了洋务运动、清末新政和辛亥革命。这三次改革，都预示着中国继续发展的某种可能，但都没有对中国愚昧落后的国情有根本性的撼动。辛亥革命尽管终结了清王朝的统治，但胜利果实迅速被袁世凯窃取，国民政府沦为军阀的傀儡，建立一个独立富强的国家显得遥遥无期。辛亥革命之前，孙中山也领导过数次武装起义，在这些起义的过程中，都存在起义的士兵在战斗暂时获得优势之后不知所措，反把之前打跑的军官请回来领导革命的现象。这种现象的严重程度，已经远远超出了军备、指挥上的不足，而是思想层面上摆脱不了封建等级观念的局限。一群满脑子封建观念的人，不可能建立起一个民主平等的政府，因此中国富强的唯一可能就是进行思想层面上的改革。中国在巴黎和会上的失败击碎了当时人们对美国等资本主义国家的最后一点幻想，他们终于明白，想要改变中国积贫积弱的现状，只能依靠中国人自己。

当时的中国知识分子对局势的感知比常人更加敏感，他们极早地意识到了思想革命才有可能改变眼下的局面，中国才有可能有出路。而作为中国文化的主要继承者和创造者，他们责无旁贷地承担起了改良文化的义务，这也就是五四一代人的"文化救国"。面对时代的严峻形势，中国的知识分子从不会置身事外，埋首于自己的书桌前。他们中的大多数人都有极高的"入世"热情，力图以自己的所学做出实质性的贡献。

一、由"师夷长技"到"思想改良"

早在 19 世纪末期，谭嗣同、夏曾佑、梁启超等人就提出了文学革命的呼声。他们提出了诗界革命、文界革命、小说界革命的口号，极力推动中国文学的转化。在这场早于新文化运动的革命中，小说界革命是最具有震撼力的运动，因为它首次将小说从"末流""小道"的位置提高到了足以"新民"、改变民众思想的重要地位上。不过，这时期的三界革命虽然是一次独立的革命运动，但更像是新文化运动的前奏，因为这一时期所提出的文学观点没有从根本上触动旧文学的根基，更没有对儒教做出质疑，革命同人虽然提倡白话，但他们并没有将白话作为唯一使用的书面语，而认为白话只是一种向下层民众普及基本文化知识的工具。此外，主要由梁启超提倡的小说界革命，指导思想大多借鉴自日本和欧美等国，没有与中国本土的思想观念进行充分的磨合吸收。他虽然明白小说对于社会变革的重要性，但没能创作出有足够分量的作品，因此这一革命只限于不彻底的理论探讨和概念化的作品问世，没有引起多大的反响。

1917年开始的新文化运动，是中国近代史上第一次彻底改革思想，力图以文化革新的方式推动中国的社会变革。在此前，中国的对外学习活动都集中在科技、体制层面的学习上，对思想的借鉴和吸收重视不足，这也就导致了民众的思想意识没有得到根本性的扭转，因此一旦面对从未遇到的局面，他们就很容易转向熟知的封建礼教上去，以自己已经习惯的思维方式行动，而不论这种行动方式对他们有没有好处。孙中山在辛亥革命之前发动的革命运动，失败的很大一部分原因就是士兵的思想仍停留在封建礼教的层面上，因此即使革命取得了短暂的胜利，他们也没有想过自己做主人，而是凭借脑海中形成的等级观念，将出逃的军官请了回来，导致最终革命果实被窃取的悲剧。新文化运动开始之后，陈独秀在与胡适联名答复一位《新青年》读者时曾说过这样一段话："旧文学，旧政治，旧伦理，本是一家眷属，固不得去此而取彼。"① 不触动旧伦理、旧文学的政治改革，绝不可能成功，陈独秀清楚地意识到了这一点，这也是他在新文化运动中热情介绍西方，尤其是法国先进思想理念的动力。

有感于辛亥革命以及之后中国的现状，外加对当时北洋政府接受日本"二十一条"一事的失望情绪，一部分中国知识分子开始积极思索中国贫弱的症结。辛亥革命之前的革命运动屡战屡败，辛亥革命的胜利果实被袁世凯窃取，中国经历了众多军事革命，仍没有改变积贫积弱的局面，人们的精神还停留在满是封建思想的阶段，没有任何改观。军事革命不能救中国，此前的器物革命也无法救中国。摸索中人们发现，"体"和"用"是不可能分开的，"中体西用"完全是一个伪命题，那么，要想改善中国积贫积弱的状况，就只有从思想上入手了。在这一思考的过程中，他们渐渐开始考虑从根本上变革中国的传统文化。

新文化运动对中国文学影响巨大，不仅改变了中国传统文学的面貌，还改换了作品的文学语言，但新文化运动从来不是一个单纯的文学改良运动，还伴随着大量的新思想、新理念的翻译介绍。他们试图推动中国从文化上进入现代国家的行列，再由文化上的先进进而推动制度上的变革，最终达到强盛。早在新文化运动开始之前，中国的知识分子就对介绍西方哲学思想抱着极大的热情，亚当·斯密的《原富》、赫胥黎的《天演论》、孟德斯鸠的《法意》都已有了中译本。到新文化运动开始时，充当运动"阵地"的刊物，如《新青年》《新潮》等，也对西方思想的介绍非常重视。除了拥护"民主""科学"两面大旗之外，自由主义、个人主义以及后来的社会主义，都是他们热情介绍的内容。在介绍新思想的同

---

① 胡适，陈独秀. 论《新青年》之主张：答易宗夔 [J]. 新青年，1918，5（4）.

时，他们也对陈腐的孔教进行了有力的抨击。

除此之外，新文化运动的同人还身体力行推动社会风气的变革。蔡元培担任北京大学校长之后，首次招收女生，实现了男女同校，开风气之先；学校还成立了"进德会"，成员必须至少做到"不嫖，不赌，不纳妾"三条，以身作则开始了革除陋习的实践。

二、思想改良从教育和文学开始

新文化运动同人的文化救国，除了在杂志、报纸等阵地上热情介绍外来先进思想之外，更加实际的救国方法是以行动对文化做出改变，而最主要的改变方式有两个：一个是兴办教育，另一个是以文学为手段进行思想传播。

胡适曾经说："国无海军，不足耻也；国无陆军，不足耻也！国无大学，无公共藏书楼，无博物馆，无美术馆，乃可耻耳。"[①]作为新文化运动的领军人物之一，胡适的观点表明了他对于教育的重视程度，这也代表了新文化运动同人对于教育的态度。从教育入手改变中国文化构成，进而改变中国的面貌，是五四一代人的重要追求。兴办教育的方向又分为大学教育和平民教育两大类。大学教育方面影响最大、最有代表性的是蔡元培的教育思想。在蔡元培担任教育总长的时候，他就主张德智体美"四育并举"，对于公民的美感教育和体育教育尤其重视。在传统的中国教育中，这两者并没有受到太大的关注，蔡元培的这一提法具有开风气之先的作用。在蔡元培担任北京大学校长时，他有更多的余地呈现自己的教育理念，北大的教学特色也就更加鲜明。

改革后的北大教育最鲜明的一点就是教育独立风格，教育独立思想也是蔡元培教育思想的核心。从蔡元培执掌北大开始，北京大

---

① 胡适. 胡适留学日记（三）[M] //胡适作品集：第36集. 台北：远流出版事业股份有限公司，1986：5.

学的教学活动开始与政治分离，并且树立了教育不为求功名利禄，而是追求精神世界的提升和学问的精进的理念。在北大，蔡元培终于基本实现了他"教育事业当完全交与教育家""教育是求远效的"①的观点。蔡元培规定，北大教员不得兼任其他学校的教职，并不得兼任官吏；教员必须保证每周授课20个小时的工作量。此外，他还在北大推行"教授治校"的制度，组织各系的教授会设立教务处，与行政会共同组成双重的行政管理体制，教授教学从此不再受制于行政。

为营造一个良好的学术氛围，蔡元培支持并建立了研究所，实行选课制度，并创办了《北京大学日刊》《北京大学月刊》《国学季刊》等刊物；学生如傅斯年等人创办《新潮》杂志，他还拿出了两千元的经费作为赞助。蔡元培不仅支持新文学、新学术的发展，对于传统文学的研究也给予了相应的支持。蔡元培虽然也是新文学的主要推动者之一，但他也聘请了旧学功底深厚的辜鸿铭、刘师培等人来北大任教，充分体现了"兼容并包，思想自由"的治学态度。

早在1912年，章太炎、于右任、张謇等人就已经在上海发起成立了中国通俗教育研究会，强调中国通俗教育的重要性。这里的通俗教育，也就是平民教育，重视的是教育普及工作。1915年，教育部设立通俗教育研究会，宗旨是"研究通俗教育事项，改良社会，普及教育"②。等到新文化运动的思潮传遍全国，自由、平等、互助的思想传播开来，平民教育的思潮也就开始流行，推行平民教育的呼声更高。1920年，曾在法国教赴法华工识字的晏阳初回国，

---

① 蔡元培. 教育独立议［M］//中国蔡元培研究会. 蔡元培全集：第四卷. 杭州：浙江教育出版社，1997：585.
② 舒新城. 中国近代教育史资料：下册［M］. 北京：人民教育出版社，1981：812.

先后在长沙、烟台、杭州、嘉兴等地做识字运动的实验。1923年，他与陶行知、朱其慧等一起在北京成立了中华平民教育促进总会。总会编辑了大量的识字课本、报刊读物，极力推进平民教育工作。经过一代代人不懈的努力，教育普及、教育平等的思想渐渐深入人心，改变了以往教学资源稀少，教育仅限于文化贵族才有资格享受的局面。而与传统教育一起产生的、因教育差距而产生的等级观念，也就在平民教育的推行中渐渐被削弱了。

思想的传播方面，文学所起的作用功不可没。新文化运动之所以能够有效地传播新文化，文学起到了非常重要的作用。为打破旧文学与平民之间因为文言而形成的壁垒，新文化运动同人积极推广白话文的使用；为改变传统观念荼毒下的婚恋状况和妇女处境，问题小说、种种以男女婚恋为题材的小说相继问世，湖畔诗人更是出版诗集，大胆表达自己的爱情；为暴露北洋军阀和国民党政府统治之下的黑暗，一系列披露底层人民贫苦生活的小说、诗歌、戏剧相继出现，杂文更是作为匕首和投枪，被新文学同人所喜爱。虽然一开始民众由于欣赏习惯和风气的影响，对新文学的接受程度有限，但在1919年五四爱国运动开始之后，新文学连同新思想的传播范围大大扩展，群众对于新文学的接受度明显提高。到新文学的第二个十年，新文学作家经过了生活的磨炼，创作出了更加深刻厚重的作品，民众也渐渐习惯了新文学的表达方式，两相促进之下，不少新文学作品，如巴金的《寒夜》、钱锺书的《围城》、老舍的《骆驼祥子》等，都有了不错的销路。传播新思想的新文学也渐渐在民众中间立稳了脚跟。

三、仅作为"入世"方式之一的"文化救国"

新文化运动时期，传入中国的外来思想极为多样，西方思想几乎是不加选择地进入了中国思想界，自由主义、个人主义、无政府主义和社会主义等思想共同传播，而这些思想之间有不少是彼此观点冲突的。随着运动的逐渐深入,知识分子之间自然地根据各自信仰的不同聚集成一个个小集团,集团之间也因为彼此所坚持的观点不同而经常展开论战。新文化运动初期,同人为外来思想能够在中国顺利传播而齐心协力,当时并没有因为所持观点不同而产生争执。但随着舆论环境的改善,民众观念的更新以及运动的开展和深入,之前被掩盖的观念上的分歧就渐渐凸显出来,并且越来越明显。

参与新文化运动的知识分子大致可以分为自由主义知识分子和左派知识分子两大类。虽然左派知识分子之间也有极大的差异,但他们热心提倡社会、经济、政治方面改革的特征是共有的,大多数也信仰马克思主义。相比之下,自由主义知识分子虽然也对推动"文化救国"竭尽全力,但这一派知识分子对建立组织、团体均不太热衷,始终与政治保持距离,对暴力的革命手段持保留意见,认为应该从教育和文化方面的运动来达成改革,受英法自由主义思想的影响比较多。新文化运动时期的论争,绝大部分是这两派知识分子之间的观点分歧。早在1919年五四爱国运动发生之后,左派知识分子就已经跃跃欲试,试图以先进理论全面着手解决中国的各种问题,而不再满足于单纯的文化变革。与此同时,自由主义知识分子的代表胡适于同年7月20日在《每周评论》上发表文章《多研究些问题,少谈些主义》,宣称任何理论只能解决某一特定的问题,中国的问题只可能各个击破,不可能同时全部解决。这场短暂的论争表面上看是对外来理论的不同认知方式的分歧,实际上已经暗暗暴露出两派知识分子志向上的变化:已有相当一部分知识分子不满足于"文化救国",他们期待更加有效、更加有力的救国方式。

1919年12月,"社会主义研究会"在北京大学成立,成员包括100多名北大师生。1919年年底开始,大批参加过五四爱国运动的学生被吸收入国民党。1920年,不少社会主义者开始走入工人和农民中间,调查他们的生活状况并加以研究。1922年,胡适和李大钊共同发表宣言《我们的主张》，提出建立一个"好人政府"，蔡元培、陶行知、梁漱溟等16人在宣言上签字。虽然知识分子选择的出路各不相同，但他们对政治和对中国未来走向的兴趣却是共同的。在越来越多的知识分子选择投身政治之中的时候，新文化运动时期建立起来的、以文化救国为宗旨的社团开始分崩离析，就连新文化运动最重要的阵地《新青年》，面貌上也发生了巨大变化。1921年，《新青年》被陈独秀移到广州出版，成为中国共产党的机关刊物。1920年，由于社员不是出国留学就是加入了国民党，《新潮》杂志停刊，没过多久，新潮社解散。1923年，由于社员就是否应当参加政治活动等问题分歧太大，少年中国学会解散。这些社团的解散，是新文化运动发展下去的必然结果，也是充满"入世"热情的知识分子的必然选择。新文化运动初期，中国知识分子可以抛弃自己原本所学的专业，积极投身到文学创作之中，努力实现"文化救国"，那么，当文化救国不能彻底解决中国的问题时，他们也必将停止"文化救国"的举动，转身思考更加有效的救国方式。毕竟，"文化救国"只是他们"入世"的一种手段，而并非"入世"的终极目的，因为终极目的在于实现中国的独立富强。

第四节　因"政治"而蓬勃的左翼文学

早在新文学产生之初，新文化运动的同人就有倾向左翼的成员，陈独秀、李大钊是其代表。但当时，这些倾向左翼的成员没有分量的文学作品问世，严格意义上来讲，他们不能算"作家"。左翼作家的产生时间稍晚一些，他们的作品大量涌现主要集中于1928年及以后，即第二次国内革命战争期间。左翼作家的出现，本身就带有强烈的政治意味，因为在当时国民党与共产党的交战情形下，左翼作家的创作起着鼓舞精神、揭露国民党黑暗统治、宣扬革命思想的作用。1930年，中国左翼作家联盟成立，从此"革命"与"文艺"结合地更加紧密。

最开始的左翼文学作品难免带着概念化、脸谱化、对生活的理解过于简单的问题，但是随着左翼文学的不断发展，以及左翼作家本身的成长，左翼文学涌现出了一大批优秀的作品。柔石所写的小说《二月》《为奴隶的母亲》，田汉所写的剧作《名优之死》《回春之曲》，张天翼所写的讽刺小说《包氏父子》《清明时节》《二十一个》，沙汀所写的小说《法律外的航线》，萧军所写的小说《八月的乡村》，萧红所写的小说《生死场》，叶紫所写的小说《丰收》，等等，都具有强烈的震撼力量。胡适曾经认为1919年爆发的五四爱国运动是对新文化运动的"打断"，因为从五四爱国运动开始，整个运动的努力方向就由文化教育的改革渐渐转向了政治革命，《新青年》也失去了作为一份文学刊物的属性，逐步变为中国共产党的机关刊物。新文化运动的转向表现了中国文人的"入世"热情已经深入了他们的意识深处，而这种转向也是运动发展到一定程度的必然结果，但是，运动转向政治却不等于文学创作的没落。左翼作家用他们的实际创作告诉人们，关注现实、热衷于改革并不与文学创作相矛盾，与政治结合的文学也并非是畸形的文学。文学与政治原本就应该是一种在彼此相对独立的前提下互相结合的关系，只有政治的文学不是好作品，但没有政治的文学同样不会是好作品。

一、为斗争而集结的左翼作家

虽然在新文化运动开始之初，"左派知识分子"所指的知识分子群体与"左翼知识分子"的指代不尽相同，"左派知识分子"还包括所有热心提倡社会、经济、政治方面改革的人，但即使是在当时，这些人中间信仰马克思主义的知识分子也还是占据了大多数。随着新文化运动的发展，信仰马克思主义的知识分子越来越多，这些知识分子的称呼也由"左派"变为了"左翼"，他们都是马克思主义的信仰者和追随者。

左翼作家的集合,本身就充满了斗争性。"左翼作家"这一名称之所以出现,就是为区别于所谓的"右翼作家"。而在左翼文学发展的时期,正是第二次国内革命战争时期,也就是国共两党的交战时期。左翼作家所写的作品起到了鼓舞士气、揭露国民党残暴的作用,从某种意义上来说,文学创作是左翼作家的武器。因此,左翼文学从诞生之日起就充满了斗争性,这是一种从一开始就与政治紧密结合的文学。

1928年,左翼作家就为了战争而集合在一起,倡导无产阶级革命文学的创作。部分原创造社成员,如郭沫若、成仿吾等人连同蒋光慈、钱杏邨等原来从事政治工作的知识分子,于1928年1月组成了"太阳社",开始以《创造月刊》《太阳月刊》为阵地发表左翼文学作品,力求创作能够配合当时的斗争局面。当时所强调的口号是"一切的文学,都是宣传"。当时参与创作的作家没有多少经验,也正如口号所示,依照他们对革命文学的理解,革命文学的首要任务是"宣传",是为斗争而服务,这种认识发展到后来,甚至出现了忽视艺术技巧的问题。这一时期的创作成果不佳也在意料之中。

1930年3月,中国左翼作家联盟(以下简称"左联")成立于上海,有50余名作家加盟。相比于1928年间的革命文学倡导,"左联"对作家的要求多了一条,即要求作家接触实际斗争。鲁迅在"左联"成立会上发表的讲话中提及,如果不与实际斗争接触,"无论怎样的激烈,'左',都是容易办到的;然而一碰到实际,便即刻要撞碎"[①]。左联成立之后革命文学的成果,明显比1928年时更多、更有针对性,分量也更重。成立之后,左联迅速出版了《拓荒者》《萌芽月刊》《十字街头》《北斗》等刊物作为自己的创作阵

---

① 鲁迅. 对于左翼作家联盟的意见 [J]. 萌芽月刊, 1930, 1 (4).

地，并在北京、东京两地设立分盟，在广州、天津、武汉等地设立小组，一时间吸引了大批左翼青年加入。左联成立的目的就是成立无产阶级文学家的统一战线，集中力量对抗国民党反动派的文化侵蚀，进一步宣传革命斗争。因此，左联鼓励创作为革命斗争服务、为现实服务的作品。

不论是1928年无产阶级革命文学的宣传，还是1930年成立的中国左翼作家联盟，目的都是为正在进行的战争服务，因此在此期间创作出的作品具有高度的针对性和现实性。这种针对性和现实性一方面是由于当时时局的驱动，另一方面，文人骨子里所有的"入世"热情也是这些作家的创作动力之一。

二、在"文网"的包围中写作

左翼作家因斗争而集合，在他们集结之初就面临着来自四面八方的敌对力量的阻挠，而最大的阻挠就是来自国民党的绞杀。白色恐怖时期，应修人、潘漠华等作家，柔石、胡也频、冯铿、李伟森、殷夫（即"左联五烈士"），还有左翼戏剧演员等相继被迫害致死。为将左翼文学扼杀，国民党建立起了一张针对文学的大网，而左翼作家就在这个"文网"的空隙中生存着。在这种情况下，左翼作家的创作不可避免地带有强烈的政治色彩。左翼作家首先针对国民党的反动统治创作出了数量众多的杂文和小说，这些作品揭露了国民政府的黑暗面目。

1930年9月，正当"左联"成立不久，国民政府就下令通缉鲁迅等人，查封了当时颇有影响的抗日刊物《生活周刊》。1931年，国民党制定了《危害民国紧急治罪法》，规定"凡与革命运动发生联系或以文字图画演说进行革命宣传者处死刑或无期徒刑；凡接受上述文字图画演说的宣传并转告他人者处无期徒刑或十年以上有期徒刑；凡组织进步文化团体或集会宣传反法西斯主义的民主思想者也要处五年以上十五年以下有期徒刑"①。这一法令颁布之后，国民政府又于1932年和1933年颁布了《宣传品检查标准》和《新闻检查法》，这三种法令互相配合，大大限制了普通人出版发行的权利，因此对左翼文学的出版发行造成了巨大的阻碍。面对这种情况，左翼作家做出了相应的反击。鲁迅接连写出了数篇文章，如《中国无产阶级革命文学和前驱的血》《黑暗中国的文艺界现状》《光明所到》《关于中国的二三事·关于中国的牢狱》等，揭露国民党的残暴。而曾有过入狱经历的作家，如陈白尘、艾芜、陈荒煤等人，以自己的创作写出了牢狱的黑暗、肮脏。正因为他们都有牢狱生活的亲身经历，所创作的作品就具有极大的感染力，这正是对国民党政府的无声控诉。

陈白尘在作品《父子俩》中描写到了监狱的环境——"这'癸字号'的臭气不用说，那七个病人各有各的一股臭味：屙肚的粪臭，害疮的脓血臭，害肺病的浓痰臭，癞皮的腥臭，再加上各人的汗臭，还有这地下来的潮湿臭合成一股浓密的气息，被朝西的墙壁上透过的热气蒸透了，就如一阵热风在这黑魆魆的小号子里撞来撞去"②。除了牢房拥挤、卫生极差、食物污秽难以下咽之外，更加折磨人的是失去自由的情形。国民党监狱中有种种匪夷所思的规定，极大摧残了作家们的身心。监狱规定不许写东西，这对作家们而言是巨大的折磨。为了缓解心中不吐不快的郁积，他们很多人悄悄地写："每次写点短短的日记——我伏在地上写，但听见了可恶的看守底脚步声，我就得爬起来——我总要跳起来五六次。像一个偷儿，我全副精力几乎都去用在听觉上了。"③ 而即使是在这种极

---

① 宋春. 中国国民党党史［M］. 长春：吉林文史出版社，1990：341.
② 陈白尘. 父子俩［M］//陈白尘文集：第一卷·小说. 南京：江苏文艺出版社，1997：60－61.
③ 陈荒煤. 忧郁的歌［M］//荒煤短篇小说选. 北京：人民文学出版社，1980：94.

端不利的环境下，左翼作家仍写出了很多优秀的作品。他们写了无数如同蝼蚁一样的普通人，因为生活艰难，或不得已触犯法律，或被人构陷顶罪，被关进了监狱。令他们如此穷困潦倒的，正是判决他们的罪过、抓他们进监狱的政府。陈荒煤的作品《谁之罪》描写了一名受到诬陷而入狱的小公务员。他根本是一个无辜者，但却被捕入狱，他不敢质疑统治者对他的裁决，因此在困惑中他用宗教上的"原罪"意识证明了自己的罪过，心甘情愿地承受了压迫和侮辱。左翼作家通过这些文字向读者暴露了国民党政府的黑暗和残暴，这些作品为鼓舞士气、凝聚人心起到了巨大的作用。

三、文学在"政治"中生长

左翼作家的创作从产生到发展都与政治需要息息相关，但这并不代表左翼文学作品就是"图解"政治的空洞之作。相反，左翼文学的成就极有分量，是新文学产生以来非常重要的成果，是现代文学史上不可忽视的部分。相比于新文学开始时的幼稚和概念化，左翼文学经过十年的发展，创作技巧成熟了很多，更重要的是，走出了概念化误区的左翼作家，创作中带有对现实生活的深刻理解，这一点令他们的作品有强烈的震撼人心的力量。

1928年倡导革命文学的时候，左翼作家还都非常不成熟，对马克思主义不太了解，并且新文学在当时刚刚发展了十年，本身就还是一种初级的文学形态。因此，虽然郭沫若、成仿吾、李初梨等人的热情很高，但他们没能写出足够优秀的作品。这一时期的创作成果主要有郭沫若的诗集《恢复》、童话体小说《一只手》，阳翰笙的中篇小说《女囚》、长篇小说《地泉》，还有钱杏邨、戴平万等人的作品。理论建设方面，作为理论支撑的作品有蒋光慈的《关于革命文学》、李初梨的《怎样地建设革命文学》、成仿吾的《从文学革命到革命文学》等。总体来看，此时的作品创作数量不少，但普遍存在缺乏生活实感、概念化严重、主观臆断的色彩强烈等问题，容易流于空洞。1930年左联成立之初，所写的作品同样存在概念化、扁平化的问题，但随着左联的发展和现实局面的恶化，作家一方面坚定了对马克思主义的信仰，另一方面，因国共交战、日军侵略，生活的残酷性开始令各位作家感同身受，他们亲身体验到了生活的艰辛，而这种生活的艰辛更坚定了他们的马克思主义信仰。不少左翼作家在此期间都经历过牢狱之灾，在目睹了国民政府的残酷之后，他们对马克思主义以及革命事业有了更加深刻的体验和感悟。

就是在这种情况下，左翼作家作品的质量有了明显的提高，概念化、扁平化的缺点渐渐消失，取而代之的是鲜活的、立体的描写和作品中充沛的情感灌注。

身处上海、亲身体验了民族资本家生存困境的茅盾写出了《子夜》；亲身经历过"土改运动"的蒋光慈写出了获得"斯大林文学奖"的《咆哮了的土地》，这部作品的文学水准远好于他早期的作品；作家叶紫，自身的生活就如同他笔下的世界，他在写出了代表作《丰收》之后四年，因贫病交加而去世；来自日军统治区的东北作家萧军、萧红，分别写出了《八月的乡村》和《生死场》，震撼了整个文坛。

新文学从诞生之日就强调向西方学习，学习短篇小说的谋篇布局和长篇小说的组织方式，学习欧化的语法句法。这一尝试在新文学发展的头二十年都处于摸索阶段，但在左翼文学这里，却有了很好的成果出现。萧红所写的《生死场》，全篇都沿用了契诃夫的写作方式，写看似"鸡零狗碎"的小事，而作者的情感自然而然地融在了小说的字里行间。《生死场》没有统一的情节，作者的情绪就是全篇的线索，而这部小说所写的场景又是那么地震撼，呈现了东北大地上人们面对生的坚强和死的挣扎，在文学史上留下了特殊的位置。

唐弢曾评价冰心说，作者虽然受到五四浪潮的影响，有了一些与时代氛围相适应的民主主义思想，但优裕的生活地位、狭窄的生活圈子、跟下层人民隔离等种种条件限制着她，使她并没有真正产生反抗黑暗现实的强烈要求和变革旧制度的革命激情①。这段评语同样可以适用于一切家境优越、距离所描写的对象较远的新文学作家。正因为在新文学运动发起之初，最先接近新思想的是大学生对黑暗的认识太少，并没有从内心真正地产生反抗的欲望，因此写出的作品绵软无力，也得不到太大的反响和共鸣。而经历了战火和白色恐怖洗礼的左翼作家，正是看到了太多的黑暗，看到了无数下层民众生活的惨状，他们"反抗黑暗现实"的要求和变革的激情空前高涨，所写出的作品带有他们真正的情感，并因此而有震撼力。文学与政治并不是矛盾的，创作也并非如同胡秋原等人所说，受到政治的"干扰"后就无法进行。左翼作家的创作之所以深刻，正因为他们了解政治、介入政治，以空前的"入世"热情体会到了政治运动下的生活。

---

① 唐弢. 中国现代文学史（一）[M]. 北京：人民文学出版社，1979：207.

第四章

"寄情山水"与"自己的园地"

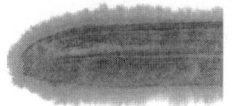

每个人都应该拥有一片精神的自留地。任是岁月轮转,沧海桑田,这片独属于自己的土地也能成为灵魂的栖息场,是一片自由、独立的地方。中国很多传统文人都有这样的精神场域,他们中的大多数选择寄情山水,甚至归隐山林;他们远离黑暗的官场,痛恨沉瀣一气、钩心斗角的群党;他们抛弃世俗的污浊,怀着生命的解脱和超拔,寻找着生命的归宿。屈原放逐,寄身心于自然,愤而著《离骚》;陶渊明秉性高洁,辞官归里,留下"采菊东篱下,悠然见南山"的优美诗篇;李白25岁就仗剑去国,辞亲远游,写下了"飞流直下三千尺,疑是银河落九天"等脍炙人口的佳作。同样地,当时代的车轮走过现代,新文学作家也延续着这一血脉传统,始终留存着自己精神的园地,追求着自我精神的自由。在政治属性之外,在社会主流之外,在世间繁芜驳杂之外,从古至今这些文人都在捍卫自己精神的那份独立和自由,这是延续至今的文人传统。

第一节　魏晋"风骨"与京派"风度"

从魏晋到京派虽然跨越不同的时空,但却遥遥相对,彼此呼应。不论是魏晋文人还是京派文人,都体现着对自由精神的那份执着追求。

魏晋是一个特立独行的时代,是一个真性情的时代,是一个真正文人的时代。魏晋犹如一颗明珠在历史的天空中熠熠闪光。它或许没有唐朝耀眼明亮,但是它是历史长河中最独特的一颗,散发着奇特的动人心魄的光芒。如果说,唐朝是天空中的天狼星,那么魏晋无疑就是紫微星,各具各的风采。魏晋的每位名士都是那样的真性情,想哭就哭,想笑就笑,想醉就醉。一想到魏晋,就会热血沸腾。常常听到有人这样说:"魏晋风骨,风流天下。"魏晋首先是个文人的时代。"文坛浊酒,一半被李白喝进诗里,另一半让魏晋文人就着寒食散干了，些许化作率性癫狂，余下的遁入愁肠。"① 余秋雨先生曾评价说，这是一个真正的乱世！而对于魏晋的才子，他又语，有过他们，是中国文化的幸运；失去他们，是中国文化的遗憾！是的，魏晋的才子与中国历史上的才子有着迥然的不同，他们率性自然，任性而为，活得真实，活得绚烂！这个时代太特立独行，无论是男子还是女子，他们都用自己特立的姿态来面对世人，让中国的历史因为他的存在而绚丽多姿！一个真正乱世里文人的风情，用一曲悲殇厘清他们应有的率性癫狂，在拈花微蹙间沉香的浓韵遁入愁肠，演绎了千年前那场狂傲的潇洒，它就是魏晋——一个中国历史上让文人真正活出了样子的年代！一个离经叛道的年代！它太独特，独特到悲伤独酌也能与洒脱随心诗意地结合；它太放肆，放肆到生命抵不上真正的信仰；它也太真实，真实到可以听到人性的呐喊。那个旖旎迷乱的年代，像罂粟花一样，让人一旦接触，就与它结下了一种难解的情结。

一篇《滕王阁序》让世人知道了一个驾马笑穷途而哭的人，他便是阮籍，魏晋时代当之无愧的狂士。在那样一个离乱纷纷的年代里，手无缚鸡之力的文人除了寄予于杯酒消愁的情殇里，便是退隐山林，做一个放开红尘遁世仙游的逍遥之人。阮籍是向往着的，可他又是无奈的，他无奈地进入了官场，无奈地做了一个极不合格的官员。阮籍的悲伤与无望，是当时魏晋文人的心情，"夜中不能寐，起坐弹鸣琴"。这样的伤怀之景，哪怕是让我们后代的人看到了，也会为这个才子深深感伤。阮籍一生放浪形骸。其一，他试图打破世俗的束缚，不以他人是非为是非。在阮籍看来，不管是人世间的汤武、许由，还是孔丘、孟子等，都不应该成为人们崇拜的"圣人"，人们应该做的是打破世俗的束缚和摆布，勇于打破以上这些人的偶像面孔。在《大人先生传》中，他写道：

---

① 上官紫微. 魏晋风骨化沉香 [M]. 北京：石油工业出版社，2013.

是故不与尧、舜齐德，不与汤、武并功，王、许不足以为匹，阳、丘岂能与比纵？天地且不能越其寿，广成子曾何足与并容？激八风以扬声，蹑元吉之高踪，被九天以开除兮，来云气以驭飞龙，专上下以制统兮，殊古今而靡同。①

他的这种说法不禁让人联想到庄子的"是其尘垢粃糠，将犹陶铸尧舜者也，孰肯分分然以物为事"和"安时而处顺，哀乐不能入也"的思想观念。他们都认为世俗世界名声与利益、得到与失去其实都是稍纵即逝的，他渴望的、追求的是一种与宇宙最本真的宁静平和、亘古永恒所契合的心境。阮籍和庄子一样，他们都顽强倔强地鄙视世俗世界的庸俗观念，用自己的"先锋精神"挑战和否定儒家权威，充分表达了自己精神的逍遥和对世俗生活的排斥和抗拒，这是一种可贵的超然"入世"的态度。

其二，他提倡一种逍遥的思想境界。众所周知，庄子哲学思想的基本是"齐物""逍遥"，而这也正是阮籍自己思想境界的来源和依托。在阮籍的眼中，世间万物是浑然一体的，并不存在参差不同。之所以人们觉得它们之间存在差别，是因为人们从一个侧面看问题造成的。一叶障目就会产生认知上的偏离，甚至是对立。如果人们可以换个角度来看待宇宙万物，站在整个宇宙全局的角度来看待问题，那么就会发现世上的一切在根本上是不存在差别的，这就是他对"齐物"的认知。与此同时，他还把"齐物"这种思想认知上升到一种无差别的精神境界，并且把对这种境界的追求阐释为人们主观意识消弭外物的过程。

人生天地之中，体自然之形。身者，阴阳之精气也；性者，五行之正性也；情者，游魂之变欲也；神者，天地之所以驭者也。以生言之，则物无不寿；推之以死，则物无不夭。自小视之，则万物

---

① 阮籍. 大人先生传 [M] //阮籍集校注. 陈伯君，校注. 北京：中华书局，1987：186.

莫不小；由大观之，则万物莫不大。殇子为寿，彭祖为夭；秋毫为大，泰山为小；故以死生为一贯，是非为一条也。①

　　这一段落从自然主义的维度对宇宙的构成进行了阐释，即万物的本原都是气，从而对人之本质进行了崭新的阐释。阮籍认为万物都来源于自然，自然之外并不会再有另一个宇宙，所以人们存在的天地就是自然。世间万物存在于宇宙天地之中，宇宙浩渺的天地也包容着世间万物，万物是通过自然之"道"得以表现出来，本质上来说，其实都是由"气"构成的。因此，宇宙天地和自然万物没有本质上的差别。由此，我们可以推演，虽然个体的人彼此之间存在多元化的差别，但是就其本质来说，都是"气"的不同形式的变化，因此不论福祸是非，还是生死，这些问题也都消除了，被"齐"掉了。基于这样的认识，阮籍对思想境界就有了较为明确的描述："天地解兮六和开，星辰霄兮日月颓，我腾而上将何怀！衣弗袭而服美，佩弗饰而自章，上下徘徊兮谁识吾常。遂去而遐浮，肆云曩，兴气盖，徜徉回翔兮漭漾之外。"从阮籍的这段描述中我们可以清晰地看到，他心之所向的自由境界并非存在于人世间，而是一种超脱于凡尘俗世的想象境界，他的终极目标就是要实现一种没有任何差别的思想之境，在这里他任性而为，自由逍遥。正如罗宗强所说的那样：阮籍追求的，却仍然是庄子的境界，它与现实人生还隔着一层，它还是一种幻境，它是庄子的翱翔于太空的大鹏，它是庄子的神游于无何有之乡。阮籍追求的，就是这样一个纯精神的自由的境界。②

　　在俗世间，一个"素琴挥雅操，清声随风起"、携袂诗情、笑纳红尘的绝世才子如清谷蛰音般奏起了那个时代的绝响。他就是嵇

---

①　阮籍. 达庄论［M］//阮籍集校注. 陈伯君，校注. 北京：中华书局，1987：140.
②　罗宗强. 玄学与魏晋士人心态［M］. 天津：南开大学出版社，2003：125.

康,一个似"岩岩孤松之独立。其醉也,巍峨若玉山之将崩"的美男子,他不幸活在了那个视文人生命如草芥的年代,并因此而丢掉了生命,他又有幸生活在那样一个真正乱世的年代,因为只有在这样的年代里,才能彰显出他追随生命本心的那份执着的可贵。"非汤武而薄周礼""越名教而任自然",这就是他的人生主张,一个敢冒天下之大不韪的人生主张。他是一个宁做绝世的奇人也不愿做一个俗世鬼的人,哪怕为此而付出他的生命!在他三十九岁那年,在为他人格魅力所折服的三千太学生面前优雅地奏出了他人生的绝韵——《广陵散》,一个连死都可以死得这么优雅的男人,又怎么能够使人不爱他,使人不记住他?

自古文人都爱酒,可历史上没有人爱酒可以胜过他,哪怕是嗜酒如命的诗仙李太白,在这个老祖宗的面前可能也会逊色三分,他就是写下《酒德颂》、人称"酒圣"的刘伶。"行无辙迹,居无室庐,幕天席地,纵意所如。""唯酒是务,焉知其余?"在魏晋这个文人都爱酒的年代,刘伶能够脱颖而出,或许就是由于这篇仅仅二百余字的《酒德颂》吧!他本想写下这些文字以供自娱,没有想到这篇文章却被后代爱酒人奉为经典,更成了亘古的妙文,为中国的酒文化画下了浓墨重彩的一笔。他是某一种文人的楷模,喝酒喝到了至高的境界,将世间的一切抛诸脑后,无为无我,他不是借酒消愁,而是为了爱酒而喝酒,就算是为了这份纯粹的喜欢,他也是当之无愧的"酒德"圣人。在这个"真正的乱世"[①],他是遗世而独立的。正是这些遗世独立之人,把中国文人的气节发挥到了极致,在魏晋风骨的沉香余韵里,衬托着历史空寂的落寞。

如上所述,魏晋文人注重个体人格的体现。阮籍、嵇康以及刘伶狂放不羁、追求任性率真的生活方式;曹植"美酒斗三千"注重自我解放;陶渊明在与自然的合一中寻找个体人格的自由……魏晋

---

① 余秋雨. 遥远的绝响[J]. 收获,1994(5).

文人，疏狂清高、任性自然、洒脱不凡。他们通过这种方式保持了自己人格的完整和独立，形成了魏晋风骨的行为框架。

  时代的车轮走到现代，我们可以发现魏晋文人的这种风骨在京派文人身上依然可以寻见，并得到了继承和发扬。魏晋文人归隐于渔樵耕读，寄情于山水花鸟，讲究脱俗的风度神貌成了一代人美好的理想。京派作家也同样在社会主流之外，开辟出自己的一方自由园地。在语丝残部向京派的过渡之中，较早出现的散文周刊《骆驼草》，就已经开始持有"笑骂由你笑骂，好文章我自为之"①"不谈国事"的超然物外的文艺态度了。之后，周作人在北平延续语丝派遗风，并与新月派合流，开始醉心于民俗研究。可以说，这种人类学、民俗学以及新月派尊崇人性的观念，凝聚成了京派文学的文化基调。他们同魏晋文人一般，秉持了清明洒脱、从容平和的心境。比如废名在《废名小说选》的序中就曾经明确表示"自己原来是很热心政治的人"，然而"终于是逃避现实，对历史上屈原、杜甫的传统都看不见了，我最后躲起来写小说乃很象古代陶潜、李商隐写诗"②。而朱光潜则在《说"曲终人不见，江上数峰青"：答夏丏尊先生》一文中说："'静穆'是一种豁然大悟，得到皈依的心情……陶潜浑身是'静穆'，所以他伟大。"③

  京派造就了一种现代知识分子在文学创作中超然物外的自由生存方式。而且不光如此，京派作家在自己内心深处也始终像魏晋文人那样，保留了自己心灵的净土。以沈从文为例。沈从文在"文化大革命"期间经受了种种磨难，但是他都没有抛弃文人的诗情画意。有很多例子可以作为他心灵净土的明证。比如有一次，造反派们组织批斗会批斗沈从文，在一张纸上写上了"打倒反动文人沈从

---

  ① 废名. 骆驼草：发刊词［J］. 骆驼草，1930（1）.
  ② 废名. 废名小说选［M］. 北京：人民文学出版社，1957：序.
  ③ 朱光潜. 说"曲终人不见，江上数峰青"：答夏丏尊先生［M］//朱光潜全集：第八卷. 合肥：安徽教育出版社，1993：396.

文"的标语,用糨糊贴在了他的背上,对他进行批斗。造反派们高喊革命口号,让他低头认罪。批斗会开完以后,沈从文从背上揭下那张标语,仔细地看了一遍。事后,他对人说:"那书法太不像话了,在我的背上贴这么蹩脚的书法,真难为情!他原应该好好练一练的!"① 还有一个例子,造反派安排沈从文每天负责打扫历史博物馆的女厕所,这对于一个上了年纪的文学老人来说,是一种侮辱。但沈从文对此却很看得开,他幽默地说:"这是造反派领导、革命小将对我的信任,虽然我政治上不可靠,但道德上可靠……"② 沈从文被下放到湖北咸宁干校一个叫双溪的地方从事劳动,在那样凄苦的境遇下,仍给他的表侄黄永玉写信说:"这里周围都是荷花,灿烂极了,你若来……"③ 彼时彼刻他身陷苦难却仍为荷花的盛开赞叹不已。再比如,有一天,黄永玉和沈从文一起走过一个小胡同,胡同边有一个厕所,当时厕所里有一个人边上厕所边吹笛子,沈从文听后对黄永玉说:"你听,'弦歌之声不绝于耳'!"④ 还有一回,沈从文和黄永玉在一个胡同里相遇,那时正值"文化大革命"高潮时期,彼此不能说话,他们互相看了一眼就匆匆而过,这时,黄永玉听到沈从文头也不回地说:"要从容啊!"⑤

另外,在文学创作上,他们也坚持着自己的园地。众所皆知,沈从文等京派作家虽然生活在大都市里,甚至被认为是文坛精英,但是他们却始终不愿意与上层的都市人为伍,而把自己看作是"乡下人",并且用"乡下人"的目光注视都市以及都市中人。这样的身份体认让他们更多地书写属于自己的那片乡土,不论身在何处,

---

①③④　黄永玉. 平常的沈从文［M］//沈从文与我. 长沙:湖南美术出版社,2015:141.

②　黄永玉. 平常的沈从文［M］//沈从文与我. 长沙:湖南美术出版社,2015:139.

⑤　黄永玉. 平常的沈从文［M］//沈从文与我. 长沙:湖南美术出版社,2015:138.

也愿意在淳朴的乡村灵魂中发现"一切与我同在的人类美丽与智慧"①。比如,沈从文在《灯》和《会明》中"以崇敬倾慕的心情所展示的,是一个在爱憎哀乐和道德标准上与都市社会浑然不同的世界,他在这里寻找灵魂的安宁和生命的喜悦"②,他满怀激情地走出"衣冠社会",皈依自然人性。怀着"乡下人"的身份体认进行文学创作,也是京派作家这一群体的共同思维取向。

京派作家笔下的乡土世界就是他们为自己开辟的园地。沈从文的湘西世界、冯文炳的鄂东故里、汪曾祺的苏北乡镇、芦焚的豫东"果园城",还有萧乾的皇城根下的城郊世界,无一不是京派作家以乡村为背景构造的艺术天地。在他们的故事里,我们又无一不能读出作者们对和谐的人情美、人性美、山水风光美的无尽赞咏。由此可见,虽然魏晋文人和京派作家处于不同的时代,但是他们都在纷乱的生活中努力生活得潇洒不群、飘逸自得。充满动荡混乱、灾难和血污的时代给他们留下了骨子里挥之不去的巨大苦恼和烦忧,但是他们仍然选择坚守自我,捍卫自己心灵的一方净土。

那么为何魏晋文人和京派文人跨越不同的历史时期,却能够彼此产生心灵的呼应呢?概括来说,我们可以看到两个时代的相似性。

第一,魏晋时期与20世纪30年代皆是重大历史的转折时期。两汉以来的社会变迁在文化上的表现,是经学的崩溃以及门阀士族世界观和人生观的盛行;同样地,京派所处的时空是20世纪30年代的北京,这一时间以及场域也上演着深厚的古典文化和激进的五四精神,即新旧文化之间的激烈碰撞,这种具有张力的时空为新文学作家群落的形成提供了良好的平台。

---

① 沈从文. 萧乾小说集题记 [M] //沈从文全集:第16卷. 太原:北岳文艺出版社, 2002: 325.
② 杨义. 京派与海派比较研究 [M]. 西安:太白文艺出版社, 1994: 55.

第二，魏晋时期以及20世纪30年代的思想领域均比较开放。与两汉颂功德、讲实用的文学相区别，魏晋产生了真正思辨的纯哲学和真正抒情的纯文艺；同样地，20世纪30年代的北京不再是政治的中心，这促使北京独特的文化属性更加突出。京派作家在这样一种相对边缘的环境中，更易产生自由主义的思想倾向。他们保持冷静的头脑，在审美中带有批判意识，书写着人生以及人性中的变化与恒常。他们用自己的笔，抗拒着现代文明带来的人性虚伪和道德沦落。

第三，魏晋名士与京派作家均具有一定的社会地位，这从经济和心理双重维度保证了他们具有充分的条件实现"文的自觉"。对于魏晋而言，没有门阀士族的庄园经济支撑起的贵族气派，就不可能有自在风流的魏晋风度；同样地，京派作家大多数是知名教授、学者，作为"学院派文化精英"，他们一方面拥有厚重的传统底蕴，另一方面又接受了西洋文化的熏陶，如此促使他们拥有了高贵的文化气质和平和的创作心态。他们眼界开阔，拥有丰富的人生经验，同时也熟悉意识流、现代主义等各种前沿的艺术手法，在商业性、政治功利性等中突围而出，尤其看中文学的独立价值。

基于以上相似的历史语境，我们可以寻觅到魏晋文人和京派文人的相似之处，这也让我们看到魏晋名士和京派作家共同具有自己的精神园地的相似条件。不管怎样，魏晋文人和京派文人让我们看到了文人应该具有的天然风韵，和对自由精神的追寻。这是任凭时代风云变幻，文人也不该丢失的东西。

第二节　新文学作家的"精神后花园"

新文学作家努力开辟着自己的精神园地，任凭世事如何纷扰，任凭多少人积极"入世"，他们都在内心深处保留了自己的精神追求，建构一方心灵园地。下面就以萧红与凌叔华为例，一窥大概。

一、萧红——童年的"后花园"情结

山水之于古人,后花园之于萧红,都是如此,她把自己的情感统统寄托在后花园中。后花园不仅是她童年排遣孤寂的场所,也是她成年后日夜思念不已的家乡。茅盾曾一针见血地指出:"萧红的童年是寂寞的。"① 的确如此,萧红的童年几乎没有伙伴,"孤独"成为她命运伊始的代名词。而且,就像《浮出历史地表》中所说的,女儿作为一种原罪标志注定了萧红在父母之家的命运,她非但没有得到双亲的温情,反而尽尝了冷漠乃至打骂。② 萧红三岁时,就被祖母用针刺过手指,被母亲用火叉子把胳膊擦破皮。她的父亲更甚,对自己的女儿疏远而无情,以至于后来萧红一看到自己的父亲从身边走过,就觉得自己身上长了针刺一样。祖母、母亲、父亲对小萧红的漠视甚至于虐待,使她童年的寂寞感不断加深,变得越发浓重。为了排遣这种寂寞,她寻找到了张开双臂完全拥抱她的"后花园"。

后花园里"金的蜻蜓""绿的蚂蚱""嗡嗡地飞着的蜂子""大红的蝴蝶"全部都是萧红的伙伴,它们吵闹着,让萧红的世界变得喧嚣、生动起来。而且,她还经常跑到祖父那里去玩耍一会。祖父浇菜,她就抢着闹着要自己来浇,但是淘气的她并不浇水到菜畦上,而是拿着水瓢,向湛蓝的天空上使劲泼洒,然后大声地叫喊"下雨了,下雨了"。③ 每当折腾累了,她就在地下随便找个阴凉的地方倒头大睡,没有枕头,也不用席子,就把草帽遮在脸上,天真无邪、不受拘束。除了植物、动物伙伴们,除了随地休憩的自由和随性,最关键的是,后花园里有祖父笑盈盈的眼眸和无限的关心,

---

① 萧红. 呼兰河传 [M]. 合肥:安徽文艺出版社,1997:序.

② 孟悦,戴锦华. 浮出历史地表:现代妇女文学研究 [M]. 北京:中国人民大学出版社,2004:175.

③ 萧红. 呼兰河传 [M]. 北京:北京师范大学出版社,2014:62.

在这里她可以享受到在祖母、母亲、父亲那里所感受不到的温暖和爱。对于萧红而言，后花园就是让她逃离漠视和打骂的一块可贵的精神乐土，哪怕时间流逝，在她的意识深处，这个后花园也是她不变的充满自由快乐、爱与温暖的地方。

  萧红除了把"后花园"当作童年的陪伴，更把它当作成年后梦魂萦绕的地方，当作自己精神的一种归宿。"回家"对流落他乡的萧红而言不失为一种奢望，更何况在那样一个战火纷飞的年代。但回忆能让萧红梦回后花园，她的笔则能帮助她找到心灵的"回家"路。在她的作品中，我们随处可见她对"后花园"的找寻。比如在《红的果园》《永久的憧憬和追求》《祖父死了的时候》等散文中都散落着"后花园"的影子，虽然只是一鳞半爪，但是却成为她深挚情感的载体。她回望着后花园，也回望着过去美好的记忆。除了这些散落在作品中的大量后花园的影子，很多作品中她还特别聚焦到"后花园"进行写作。比如那部蜚声文坛的《呼兰河传》，就是找寻后花园的集大成者。虽然这部小说只有七章，但是萧红用第三章一整章来描绘"后花园"世界。而且不光如此，其他章节仍旧散落着大量对"后花园"的描写，这些信手拈来、随处可及的描绘汇聚成一个完整的"后花园"世界，飘荡着萧红追忆的思绪："花开了，就像花睡醒了似的。鸟飞了，就像鸟上天了似的。虫子叫了，就像虫子在说话似的。一切都活了。都有无限的本领，要做什么，就做什么。要怎么样，就怎么样。都是自由的。"① 除了自由，喧闹也是属于"后花园"的。"后花园中有一棵玫瑰，一到五月就开花的。一直开到六月。花朵和酱油碟那么大。开得很茂盛，满树都是，因为花香，招来了很多的蜂子，嗡嗡地在玫瑰树那儿闹着。"② 这个欢乐自由的后花园曾经被逃离出家门的萧红丢失了，但是她通过文字，又让后花园以及其中美好的事物统统复活，通过这样的方

---

① 萧红. 呼兰河传［M］. 北京：北京师范大学出版社，2014：62.
② 萧红. 呼兰河传［M］. 北京：北京师范大学出版社，2014：67.

式,获得记忆的重现、心灵的满足与情感的寄托。

对萧红而言,后花园也同样意味着她自由、独立的创作方式。她不同于萧军、胡也频等左翼作家,描写革命主潮,她的内心充盈着"后花园"式的自由精神,这也促使她主动将"边缘"位置的人和物作为自己的描写对象,选择了一种与时代和社会保持距离的文学创作方式。而且不光从作品内容维度而言,从艺术技巧维度来说,她也积极探索与传统主流小说所不同的方式。她曾明确地向传统小说学发出挑战,"小说有一定的写法,一定要具备某几种东西,一定要写得像巴尔扎克或契诃夫的作品那样。我不相信这一套,有各式各样的作者,有各式各样的小说。若一定要怎样才算小说,鲁迅的小说有些就不是小说,如《头发的故事》《一件小事》《鸭的喜剧》等等"①。在这种意图创新、不受约束的意识下,萧红在百花齐放的文学创作中开垦出一片属于"自己的园地":诗意的散文化倾向。这种独特性成就了她的作品,也成就了这个年轻的女作家。以至于我们后人在谈论小说艺术的变革和创新时,总忘不了萧红的"萧红体"小说,总忘不了她小说中那些充满诗意的语言、挥之不去的抒情色彩,以及独树一帜的散文化结构,这一切构成了真正的"萧红式"叙述。总之,萧红秉持着"后花园"的那般自由,她选择了边缘化的续写方式,与其他左翼作家大相径庭,而且这种特立独行是她自己主动选择的结果。

二、凌叔华:在众声喧哗中选择平和与从容

五四时代像是又一个百家争鸣、众声喧哗的局面。正如张爱玲所说:"大规模的交响乐……是浩浩荡荡五四运动一般地冲了来,把每一个人的声音都变成了它的声音,前后呼啸喊嚓的都是自己的声音,人一开口就震惊于自己的声音的深宏伟大,又像在初睡醒的

---

① 萧红. 萧红选集[M]. 2版. 北京:人民文学出版社,1981:序.

时候所听见人向你说话，不大知道是自己说的还是人家说的，感到模糊的恐怖。"① 同时，五四时代也是一个匆忙前拥的时代，就像李长之说的，中国在近代是太走入于急功近利之一途了，一般人只知道纵耳目口腹之欲，学术界也只知道坚甲利兵，或者作短钉的考据，为什么不看远一些呢?② 就在众声喧哗、前簇后拥的五四时代，凌叔华出现了，她从容而又平和。沈从文在《论中国创作小说》中评价她说："女作家中，有一个使人不容易忘却的名字，有两本使人无从忘却的书，是叔华女士的《花之寺》同《女人》"③，这位女作家"以明慧的笔，去在自己所见及一个世界里，发现一切，温柔的也是诚恳的写到那各样人物姿态。叔华的作品，在女作家中别走出了一条新路"④。沈从文的评价十分中肯，凌叔华在激流突进的五四时代，保持着自己的平和，确实是一个特别的存在。和向前拼命突围的人群不同，她以冷静的思绪向后回望，在喧嚣不已的五四，她保持着对自己独立精神的固守。

她不像别的作家站在五四行进的队伍前列挥舞呐喊，她站在队伍之外，冷静地思考着喧腾背后为人们所忽略的地方。在她的作品中，文学的视野从来都没有被时代的影子所遮蔽，反而，通过对时代的凝视，更加深度地观察文学世界中的人情冷暖和隐藏的各种角落。比如，众所皆知，五四注重个性解放，几乎所有作家都在强调"人"的自主解放、民主性、阶级性和革命性等。这些作家强调的是人的动态发展过程。然而，凌叔华却格外看重静态的女性的生存。她的作品很少投射"娜拉出走"的女性解放的主题，而是聚焦在时代新潮涌动给女性带来的影响，从而透露出女性解放其实是一个复杂且艰难的漫长过程。

---

① 张爱玲. 张看 [M]. 北京：经济日报出版社，2002：263.
② 李长之. 苦雾集 [M]. 北京：商务印书馆，1944：59.
③④ 沈从文. 论中国创作小说 [M] //沈从文文集：第11卷. 广州：花城出版社，1984：176.

凌叔华的目光投射到了被喧腾的时代人流所忽视的高门巨族中的女子。当时新文化运动的风暴席卷中国大地，女性解放的呼声越发强烈，很多女性受到时代气氛的感染和新思潮的影响，开始大胆地逃离封建家庭，努力争取爱情的自主和婚姻的自由。但是对于自小生活在闺阁中的女性而言，她们身上烙下深深的闺秀烙印。尽管五四的文明之风不断吹拂，她们已经心泛涟漪，但是旧有的思想惯性和行为规范还是成为束缚她们的藩篱。她们注定会成为白白拥有幻想，但是却不能勇敢追求的女性。她们默默无闻，敢于张望，不敢于行动的状态促使她们独特地存在着。凌叔华独辟蹊径地关注到这群女性，这种独特的视角是对五四时代的一种补充或者弥补，她的作品提醒我们，除了叛逆，五四时代的时空中还有高门巨族中的一群闺秀女子，她们虽然不够典型，没有进入人们歌颂或者批判的高台，但是同样血肉丰满。比如《吃茶》中开始踏出家门的"芳影"面对异性，在崭新的环境之中像"门外汉"一样，充满了不知所措和百般疑惑；而《茶会之后》的两姐妹虽然已投入一定的社交活动之中，但是仍有一种无法融入和不能自如的忧虑和局促。凌叔华看到了旧式闺秀在时代转折的新旧夹缝之中前无出路、后无退路的窘迫处境。

　　在五四风云激荡的时候，凌叔华留存了自己的精神园地，在那里，她坚守着自己女性的立场，自始至终没有把自己的文字变成时代的传声筒，她怀着女性特有的敏感，从内心细腻的纹路捕捉广阔的时代风云，看到时代突转时期，社会变幻背后隐匿的东西。同时，她以女性的韧性和耐力，在辨识了生活的全部规律之后，面对任何变化都能从容自如，她就是有着自己精神园地的例证。

　　除了萧红、凌叔华，还有更多的新文学作家，他们都在万物嘈杂中，静下心来开辟着自己的精神园地。正是他们追求自我、坚持本色的精神，才让我们看到了他们独特的眼光，看到更多丰富的作品，聚焦到更深远的问题；才让我们感受到文人对自己精神园地的重视，看到从古至今追求自我精神独立的一脉传统。

第三节 追求独立的"狂人"与"超人"

新文学作家的精神园地强调的是文人独具的那份自由独立的意识，以及超脱于主流的果敢。屈原、陶渊明、李白等敢于远离官场，寄情山水。新文学作家中也同样有很多人，带着超俗的眼光和反叛、革新的姿态，甚至是以偏离于大众的面貌示人，比如新文学作家中的狂人鲁迅与超人郭沫若，这是一条不可忽视的具有承继关系的文人链条。

一、猖狂不羁的狂人——鲁迅

众所周知，在中国现代文学史乃至现代思想史上，鲁迅对传统文化的否定是极为激烈的。鲁迅要解放儿童，解放青年，认为古书承载着吃人的文化，会妨碍他们成为"真的人"，因此对被奉若神明的"四书五经"、诸子百家之类颇不以为然，尤其对儒家经典更是予以激烈的批判。他曾说孔孟的书他读得最早、最熟，然而却似乎和他不相干，自称"绝望于孔夫子和他之徒！"然而自幼饱读经书，精通中国传统文化的鲁迅不可能不受到孔子思想的影响，从儒家的伦理标准来看，鲁迅最忠诚地遵守了"克己""复礼"的要求，他对弟弟周作人的忍让，对那段漫长的无爱婚姻以及对母亲的孝道都是一个忠实于传统家族伦理的中国人的行为。这里只谈及鲁迅的"狂"的精神特征。孔子说："不得中行而与之，必也狂狷乎？狂者进取，狷者有所不为也。"孔子对"进取"和"有所不为"的品格是并重的。朱熹解释说："狂者，志极高而行不掩；狷者，知不及而守有余。"儒家虽追求的是"中庸之道"，但是要做到太难了，所以孟子又曰："不得中道而与之，必也狂狷乎！狂者进取，狷者有所不为也。孔子岂不欲中道哉？不可必得，故思其次也。"中国历史上有不少这样的狂者与狷者，以魏晋时期为多，如嵇康、阮籍、刘伶、孔融和陶潜等,而魏晋时期的文化又对鲁迅影响很大,《魏晋风度及文章与药及酒之关系》就是他研究魏晋思想的心得。鲁迅对嵇康、阮籍等的喜爱表明了他"于我心有戚戚焉"的精神共鸣。

鲁迅的"狂"有着进取的一面,在他离家到南京求学后的1898年,鲁迅给自己起的第一个笔名即"戛剑生"①,意为舞剑、击剑之人,体现出鲁迅高昂的斗志和战斗的激情。在日本留学期间写下的诗句"我以我血荐轩辕"②,更体现出他的"天将降大任于斯人也",欲以匹夫之勇挽狂澜于既倒、救国救民于水深火热之中的"狂"的精神志向。自《狂人日记》开始,鲁迅小说中出现的一系列"狂人"形象更是体现了他的"狂"的一面。鲁迅的言语很狂:"大胆地说话,勇敢地进行,忘掉了一切利害,推开了古人,将自己的真心的话发表出来。"③ 鲁迅的精神很狂:"掊物质而张灵明,任个人而排众数","以反动破坏充其精神,以获新生为其希望,专向旧有之文明,而加之掊击扫荡焉"。④ 鲁迅的行为是狂的:自新文化运动后,鲁迅又开始了持续不断的论战,一次次激烈的论战充分体现了他的"狂"。即使鲁迅在一次次的希望破灭、一次次陷入绝望中时,他仍然要反抗绝望,"虽然明知前路是坟而偏要走,就是反抗绝望,因为我以为绝望而反抗者难,比因希望而战斗者更

---

① 鲁迅. 戛剑生杂记 [M] //鲁迅全集:第八卷. 北京:人民文学出版社,1981:467.

② 鲁迅. 自题小像 [M] //鲁迅全集:第七卷. 北京:人民文学出版社,1981:423.

③ 鲁迅. 无声的中国 [M] //鲁迅全集:第四卷. 北京:人民文学出版社,1981:16.

④ 鲁迅. 坟·文化偏至论 [M] //鲁迅全集:第一卷. 北京:人民文学出版社,1981:49.

勇猛,更悲壮"①。事实上鲁迅也是这么做的,到晚年仍写有"敢有歌吟动地哀,心事浩茫连广宇"②的诗句,表明他摩罗战士的雄心依旧。他一方面"俯首甘为孺子牛",另一方面又"横眉冷对千夫指"③,"世不彼爱,而彼亦不爱世,人不容彼,而彼亦不容人"④,到死前还说"让他们怨恨去,我也一个都不宽恕"⑤。这是何等地"狂"!狂者有着鲜明的叛逆和异端思想,为追求理想不计代价,勇往直前。鲁迅绝对不同于铁屋子中的庸众,他内心的那份狷狂就是自己为自己保留的园地。

二、能量爆裂的超人——郭沫若

就像鲁迅一样,在郭沫若的心中,也有一片自己的精神园地。在那里,他肆意展现着脱俗的超人意志。

超人哲学由19世纪德国哲学家尼采提出。他认为超人是有血有肉、有思想、有灵性的人。这些人不怕斗争,不怕痛苦,不怕伤害,严厉地毁灭一切颓废和守旧,向来自旧宗教、旧哲学、旧道德的一切使人堕落、腐化、软弱的东西战斗,在战胜这些影响中,毁灭旧我,永远向上。他是新世界、新文化的创造者。郭沫若也曾发表过相似的见解。他在《论诗三札》中就表明天才有直线形的发展,也有球形的发展,而球形的发展是将它所具有的一切天才,同

---

① 鲁迅. 致赵其文 [M] //鲁迅全集:第十一卷. 北京:人民文学出版社,1981:442.

② 鲁迅. 无题(血沃中原肥劲草)[M] //鲁迅全集:第七卷. 北京:人民文学出版社,1981:448.

③ 鲁迅. 自嘲 [M] //鲁迅全集:第七卷. 北京:人民文学出版社,1981:147.

④ 鲁迅. 坟·摩罗诗力说 [M] //鲁迅全集:第一卷. 北京:人民文学出版社,1981:83.

⑤ 鲁迅. 死 [M] //鲁迅全集:第六卷. 北京:人民文学出版社,1981:612.

时向四方八面立体地发展起来。比如歌德，他是解剖学的大家，也是理论物理学的研究者，而且绘画、音乐无所不能。他有他的哲学，有他的伦理，有他的教育学，他是德国文化史上的一大支柱，是近代文艺的先河。歌德这个人却是不容易了解的。他是浮士德，是神，是超人。郭沫若觉得歌德真可算是"人中的至人"，并认为歌德的灵、肉两方面都发展到了完满的地位。可见，郭沫若所要求的超人是从最大限度释放人本体固有的原生力量这一人的本性要求出发，以古今最杰出的全才人物为效法的榜样，追求个性的一切方面，最大限度地发展天才。他的这种精神决定了他超越大众的超人意志。

郭沫若的早期诗集《女神》正是在这种原生力量的尽情释放中去追求完满个性的。周扬在《郭沫若与他的〈女神〉》一文中，曾做过概括：他的诗比谁都出色地表现了五四精神，那常用"暴躁凌厉"之气来概说的五四战斗精神，在内容上表现自我，张扬个性，完成所谓"人的自觉"，在形式上，摆脱旧诗格律的镣铐而趋向自由诗，这就是当时所要求于诗的，这就是五四精神在文学上的爆发。[1] 正如他所说，郭沫若的诗歌充满革新精神、个性精神，充满了超人式的强力。比如那首家喻户晓的《天狗》。天狗是一个庞大而威猛的天兽，有吞食日月的天才本能，这使他能够迅速聚集宇宙的全部能量，在能量充盈机体之后化为奔腾的激情，并将其倾泻而出。于是"我如烈火一样地燃烧！／我如大海一样地狂叫！／我如电气一样地飞跑！"[2] 火一样的激情，海一样的气势，电一样的热力，此时在"我"身上汇聚，成为冲决一切罗网，摧毁一切旧枷锁的自我解放的精神力量。这个具有无限能量的自我在发展着，但它在发展"自我"并毁灭旧世界的同时，还强烈地要求毁灭自己。

---

[1] 周扬. 郭沫若和他的《女神》[N]. 解放日报（延安），1941-11-16.

[2] 郭沫若. 天狗[N]. 时事新报·学灯，1920-02-07.

"我"就是要通过自我的爆裂实现诗人摧毁一切、创造一切的革命愿望。整首诗贯穿着高昂的战斗激情,这种激情不仅使"我"具有了吞噬宇宙一切的豪情,而且具有了超越一切的巨大能量。

从鲁迅到郭沫若,他们共同的特点是追求自我、超越常俗。鲁迅不惧虚伪礼教,狷狂不羁;郭沫若不受时空制约,释放自我。他们向世人奏响了一曲自我精神独立的凯歌,这也是一脉相承的文人品格。

综上所述,对自我精神的寻求,对自由、独立的追索,是从古至今的文人传统。在那片精神的家园,他们随心所欲,一方面获得精神的释放,另一方面不用太多顾忌主流认知,尽力书写自我,体现着文人的解脱和超拔。阮籍、鲁迅、郭沫若,他们更是体现着狂妄、超人的精神意志,不畏惧权贵,不在意礼教,不受时空束缚,恣意挥洒想象力。在生活与创作中,尽可能坚持自己的文学立场,捍卫自己的原则;魏晋文人的那份疏狂,和经年之后京派文人的气场彼此呼应,不谋而合;甚至在硝烟弥漫的战争中,还有很多人坚守着自己的精神王国。战火可以摧毁生命,但是不能摧毁精神。

第五章

"文人结社"与新文学社团

与古代文人的会社如王羲之等人曲水流觞的"兰亭雅集"、嵇阮领衔的"竹林七贤"相比,新文学社团虽有传统意识的延续,但从本质上仍是两种不同的社会产物。从根本来看,新文学社团不是因闲情而聚集的,他们大多数是将文学作为一种事业,这是一种根本性的观念转变。在这短短数十年间,这些涌现出的诸多社团,虽然有的看似以主义划分,或精于某一文类,或专事一种风格,有着迥异的文学纲领和社团宗旨,但总而言之,它们大多都是以"德先生""赛先生"为旗,秉持着理性的精神,为新文学的创造而服务,他们的聚集是为了集中力量促成中国文学从旧到新的转变,同时,也担负起了文学现代化的重任。

这一阶段新文学社团活动呈现出作家、社团与期刊三者互动共生的局面,其中特别以刊物为中心,三者一起构筑起新文学社团的基本面貌。作家代表了社团活动最重要的知识力量,而社团代表了组织和行政的部分,期刊则是社团重要的活动阵地和部分经济来源,三者的互动共生是新文学作家活动的重要基础。

"文人结社"在现代文学史上也有其利弊。由于新文学社团过度强调"有所为",也使得现代文学发展过程中通俗文学一直处于被打压的态势,文学发展生态一度失衡。而且,除了以鸳鸯蝴蝶派为代表的通俗文学受到打压,还有一些现代文学作家作品也在新文学社团确立的格局里被忽略了。另外,社团这种自发的文人组织,没有足够的社会资源和物质资源作为保障,又受到社员情趣、追求、联络等的限制,聚得快散得也快,没有持续性。每当大敌当前,需要并肩战斗时,各自为政的小团体很快就会暴露出不善协作的弱点。这时候,作家联合起来共同创造出影响力更大的作品,就成了历史发展的需要。

第一节 新文学社团为何"蜂起"

中国现代文学史上最令人瞩目的现象即文学社团的林立,尤其在五四运动以后出现了大批具有强大影响力的文学社团,如文学研究会、创造社等。唐弢认为,中国新文学从幼稚走向成熟的重要标志就是这些文学社团的相继涌现。区别于其他行业社团的是,中国现代文学史上的新文学社团主要以爱好文学的知识分子为主体,共同探究和讨论众多文学问题,且大多文学社团为志趣相投的文学青年聚合而成的同人会社。相比较于如中国古代文学史上的唐宋派、竟陵派等形式松散的文学流派,新文学社团通常具有一定的组织性和群体性,且大都具有共同的文学理念和创作宗旨。势单力薄的知识分子以"结社"的方式联合起来,在一定程度上形成了集团优势,不仅对社会产生了重大影响,同时也造就了20世纪中国文学的繁荣局面。现代文学社团大多不是因文人的闲情逸致而形成,各路青年以选择文学社团而非政治社团为时髦,很重要的原因就是他们希望可以借助社团这个平台,为现代文学、现代政治、现代文化乃至整个现代社会发出"集团的声音",以启发民智、振兴民族和国家。

新文学社团最大的功绩是促使文学的社会功能可以被高度重视。其中文学研究会自然是文学社会功能的头号践行者,其宣称"将文艺作为高兴时的游戏或失意时的消遣的时候,现在已经过去了,我们相信文学是一种工作,而且又是于人生很切要的一种工作"。就连林语堂主办提倡幽默的小品文的论语社,在"题辞"里也写道:"人生在世为何?还不是有时笑笑人家,有时给人家笑笑",然而他们也还有使青年读者注重观察现实的立意,而且否认"幽默即滑稽,无思想主张的寄托,无关弘旨"的说法。

这样的思想境界和人生气魄着实令人动容，这许许多多社团、刊物、作品，承载了那一代年轻人的热情和使命，文学不是无病呻吟，不是消遣娱乐，而是思想的武器、斗争的旗帜。文学青年在当时那个时代能够获得世俗意义的成功，可以说正是得益于文学社团的存在。

文学社团的形成原因是复杂多样的，这里主要从动荡社会的需求、言论与结社的自由、外来文化思潮的影响以及传统文人结社的风气影响四个方面探究其形成原因。

首先是动荡社会的需求。中国现代文学三十年同时也是中华民族饱受帝国主义侵略的屈辱的三十年，国家的命运与每一个中国人的命运紧密相连。面对深重的国难和社会的动荡不安，爱国的民众纷纷进行斗争，商人罢市、工人罢工、学生罢课，一致反对军阀的腐朽统治，捍卫祖国的正当权益。国难当前，拥有深远报国传统的知识分子更是不甘落后，也开始了救国救民的探索，为了壮大自身力量，往往组织起来，通过文学斗争来启迪民众、鼓舞斗志。

其中影响较大的是1921年1月在北京成立的文学研究会。文学研究会是中国现代文学社团中成就最高、影响最大的文学社团，以《小说月报》为其代用会刊，注重文学的社会功利性，反对将文学视为消遣娱乐的工具，主张作家应注重对社会的黑暗现实进行观察和描写，用笔来激励和唤醒愚昧的民众。文学研究会的成员大都具有强烈的社会责任感，其创作的文学作品在一定程度上解放了人们的思想，提高了文学的社会功用，表现出作家变革现实的时代精神，同时也为新文学的建设做出了重大贡献。

1909年成立于苏州的南社则具有更加浓烈的现实政治性，在中国近现代的历史进程中产生了巨大的影响。它以《南社丛刻》为机关刊物，大力抨击清政府的腐败统治，主张进行资产阶级民主革命，为辛亥革命的顺利进行做了十分重要的舆论准备。又如成立于日本东京的创造社，前期受浪漫主义文学思潮的影响注重表达自我、强调文学的美感，而伴随着革命的深入与发展，后期创造社则顺应时代潮流提倡"表同情于无产阶级社会主义的写实主义文学"，号召大家到"革命的漩涡中去"，为革命的进行做了重要的舆论准备。

20世纪20年代，新文学社团的诞生与社会政治大环境的混乱与动荡是密切相关的，这些社团的出现在很大程度上体现了中国知识分子高度的社会责任感与奉献社会的载道精神。

其次是言论与结社的自由。文学社团的成功组建除了众多知识分子志趣相投、情谊深厚能彼此达成文学共识以外，还需要有宽松的社会政治环境。只有在宽松的社会环境里，知识分子才有可能拥有自由言论、自由结社的权利。五四前后的中国，社会动荡不安，政府腐败无能。面对帝国主义的侵略和国内此起彼伏的爱国运动，无能的政府头疼不已，在一团糟的混乱中无暇顾及对社会舆论的掌控，也减少了对知识分子进行过多的干预。这恰好为知识分子的自由言论、自由结社提供了条件。

除了混乱的政治环境带来的思想和文化上的自由以外，北洋政府在政治上对知识分子做出的有效限制也为新文学社团的林立奠定了一定的基础。传统的知识分子寒窗十年很大程度上并不是为了实现自己的文学梦想，更多的是渴望考取功名，得到帝王将相的赏识，从此在政坛中挥斥方遒，实现治国平天下的宏大目标。如一生放荡不羁的柳永也曾多次参加科举考试，希望走上仕途。又如伟大的诗圣杜甫，更是一生忧国忧民、执着于政治，希望能为国家富强、民众安乐贡献一分力量。五四前后的知识分子同样也渴望有机会能参与政治，报效祖国，然而腐朽无能、名不副实的北洋政府并未能给予知识分子平等参与政治的机会。虽然颁布了文官考试制度，但这些考试制度只是徒有其表，并没能发挥选拔优秀人才的实际作用。北洋政府的腐朽决定了其政府官员多为阿谀奉承、贪污受贿的无能之辈，因此文官考试制度也注定只能流于形式。心灰意冷的知识分子在一定程度上失去了在政治舞台中大展身手的机会，只能投身于文学事业中，将精力都放在文学中，文人的文学才能才得以尽情地展现，因此文学社团才大量形成并逐渐走向繁盛。思想文化上的相对自由与政治权利受限两者的共同作用使知识分子执着于文学，并渴望能以笔报国，控诉政府的腐朽统治并启迪民众。

再次是外国文学思潮的影响。五四时期是一个相对开放的时代，一批具有远见卓识的先进知识分子大力引进西方文化，大量翻译外国文学作品和理论文章并开始学习西方的文艺思想，在抨击落后愚昧的封建旧文学的同时也积极投身于新文学的建设中。五四以后西方现实主义、浪漫主义、自由主义等文学思潮传入中国，这些文学思潮促使新文学社团形成各自的创作宗旨和创作风格。因此，中国现代文学史上新文学社团的形成和发展与知识分子吸收外国文学思潮是密不可分的。

外国文学思潮是丰富繁杂的，其中对于中国新文学建设影响最大的莫过于现实主义文艺思潮了，这几乎成为20世纪中国文学的主流思潮。现实主义又被称之为"写实主义"，其作为一种文艺思潮最早出现在法国。现实主义主张描写真实的社会生活，客观地再现社会现实，并要求作品饱含细节上的真实，描写方式具有典型性以及客观性，代表作家有巴尔扎克、莫泊桑、狄更斯等。想要真实、客观地再现社会生活就要求作家必须扎根于生活之中，熟悉生活，对生活有深刻的体会，这与中国作家的载道意识和社会责任感有极大的相似之处。

文学研究会受西方现实主义文艺思潮影响最大，其创作宗旨是"研究介绍世界文学，整理中国旧文学，创造中国新文学"，并坚持"反对把文学当作消遣品，主张文学为人生"的创作原则。文学研究会"为人生而艺术"的创作理念与西方现实主义思潮的影响有密切关系。其代用会刊《小说月报》曾鼓励作家大量翻译西方现实主义的文学作品和理论文章，学习现实主义的创作手法，并宣称"写实主义在今日尚有切实介绍的必要"。文学研究会的成员着重翻译俄国、法国、印度等国的现实主义经典作品，重点介绍了托尔斯泰、契诃夫、高尔基、莫泊桑、泰戈尔等文学大师的作品，在介绍西方现实主义文学上付出了许多努力。其中俄国现实主义文学对文学研究会影响最大，1921年在《小说月报》上开辟了《俄国文学》研究专号，大量翻译和介绍俄国文学作品，文学研究会的作家们看到了俄国现实主义文学对俄国的十月革命产生的推动作用，这给予"为人生而艺术"的文学研究会极大的鼓励，他们在大量吸收外国现实主义文学的养分的同时也积极创作现实主义的文学作品。

除了现实主义文学思潮在中国新文学文坛上产生过重大影响外，浪漫主义文学思潮也有着不容小觑的影响。尤其主张"为艺术而艺术"的创造社受浪漫主义文学思潮影响最大。创造社的主要成员大都曾留学日本，相比国内的学子，他们能更加广泛而全面地了解西方先进的文艺思想。其中，拜伦、惠特曼、尼采等浪漫主义诗人、哲学家给予了他们强烈的心灵震撼。西方浪漫主义中尊重个性、表达自我的特质正好契合了五四时期推崇的"人"的觉醒和"自我"意识的觉醒。创造社以郭沫若为领军人物，大力推崇浪漫主义，在新文学的领地中树立起了浪漫主义的旗帜。

最后是中国传统文人结社的风气影响。传统文化具有的多样因素直接或间接地影响着新文学社团的形成与发展。中国知识分子固有的"治国平天下"与为帝师、为民师的意识促使他们关注社会，顺应时代的变化。传统文学的载道功能使作家们自觉自愿地承担起了文学的历史使命和社会使命。

新文学社团天生具有使命感，即"必须克服闲情逸致，在文化、思想和文学上体现出较强的'有所为'的要求"①。这一天生

---

① 朱寿桐. 现代文学社团与传统文人会社比较论［J］. 深圳大学学报（人文社会科学版），2005（4）.

使命带来的好处是：促使文学的社会功能被高度重视，有利于聚集成一股创作和斗争的力量，有利于文学思想展开广泛论争，有利于培养新文学作家创作大量优秀作品。

新文学社团具备复合性，它既是新文学的创造基地，同时又是新文化、新思想的宣传战斗阵地。新文学作家既是新文学的创造者，同时也是旧文化的革新者。总体而言，新文学初期作品的思想性超过了文学性。

第二节　作家与社团的互动共生

文人结社的典范如"兰亭雅集""竹林七贤"等成为后世历代文人结社的前驱，这样的风气流传甚久，也深深影响了现代文学的发展。在明末清初，先后就诞生了数百家社团，可谓山头林立，一时百家争鸣。清末出现的"南社"被认为是具有现代性气息的社团，他们拥有具有约束力的社规、完整的组织架构以及社刊《南社丛刻》①，无疑已经具有了现代文学社团的标准配备。同时，我们也必须注意到古代文人的会社与20世纪初涌现的新文学社团之间虽有传统意识的延续，但从本质上仍是两种不同的社会产物。

在中国古代，文人社团建立的核心仍是志趣的趋同性，讲究的是文学风格或生活趣味的和谐与统一，并不是具有严格组织架构的文学团体，有的文人社团甚至不仅仅只是关乎文学，如明末的"复社"就有强烈的复古的政治倾向。古代文人会社过分倚重兴趣的成分，这也是古代文人聚集起来的文人群体多称之为"派"或"体"，而少有以"社"或"会"命名的原因。此外，有的学者认为，在古代文人会社的组织中，其必备条件在于"闲情逸致"，参

---

① 袁行霈. 中国文学史：第四卷 [M]. 3版. 北京：高等教育出版社，2014：424.

与和组织的文人要有闲情逸致①，在一定程度上到达了"以文会友，以友辅仁"的目的。而新文学社团不同，从根本来看，新文学社团不是因闲情而聚集的，他们大多都是将文学作为一种事业，这是一种根本性的观念转变。在五四运动之后，思辨激荡，风云变幻，众多觉醒的文人开始组织在一起，成立社团，掀起了文学界的革命，乃至于开始在社会变革中发挥他们的力量，而不只是将社团作为文人们在政治生活幕后纵情诗酒的舞台。

在这样一种背景下，作为先驱者，新文学作家成为文学社团最重要的主体，他们是最先提倡并使用白话文创作新文学的人，从胡适提倡"八事"开始，语言的变革开始了，但是独木难成林，裘廷梁、陈荣衮等早在清末就发出了"崇白话而废文言"的呼声，其后也有陈独秀、梁启超等呼应，但是声势甚微。因此，群体的力量开始凸显，众多新文学作家进行结社行动，共同发声，创造新文艺。据统计，仅五四后的第一个十年，就有150余个文学社团成立，仅1922年到1923年，就出版文艺刊物多达50多种，这些大大小小的文学社团也构成了中国现代文学史上一道醒目的风景，也掀起了前所未有的新文学的建设高潮。

中国现代文学社团从运作风格来看可分为两大类，即传统型和现代型。传统型文学社团如南社、礼拜六派，还有前期的新月社，这些文学社团基本保留着古代文人聚会的一些传统，即以社交、酬唱、自娱自乐为目的，以风雅才情、正则行规为旨趣，与旧的文人会社传统始终保持一种承继关系。② 而所谓现代型文学社团则是现代文学史上最为重要的一部分，也是数量最多的，本文主要论及的

---

① 朱寿桐. 中国现代社团文学史［M］. 北京：人民文学出版社，2004：27.

② 朱寿桐. 中国现代社团文学史［M］. 北京：人民文学出版社，2004：31-32.

也是这一部分现代型文学社团。

首先,与古代文人会社不同,大部分新文学社团也并不仅止于社团成员的某种趣味相投,而是对文学事业同样的追求。新文学社团克服了闲情逸致的传统,在文化上、思想上和文学上体现出较强烈的"有所为"的要求①,文学研究会、创造社等一大批社团,都是作家自发号召成立的,他们共同起草、发布公告章程,组织社团活动,并且将文学置于社团活动的中心位置。当然,现代文学社团的形成也会有一些特殊原因,例如有些文人团体是以地缘关系或地缘因素为依据的,而有些文学社团则是以学缘因素为构成原则的。② 例如创造社就是以留学日本的中国青年学生为主,而浅草—沉钟社则主要由四川同乡构成。

其次,作家的创作不能无所依靠,文艺作品需要面世就必须依靠载体传播。清末以来报刊业、印刷业的繁荣使得文艺作品的大面积流播成为可能。纵览现代文学社团的发展史,文学社团往往以刊物为中心阵地,文学社团的活动也就主要体现在刊物和丛书的编辑发行上。在众多报刊中,期刊的影响力尤为巨大,较为成熟的订阅发行体系,因为定时定期定量的特点,能够及时地反馈作家文学创作的实情,一定程度上保证了社团的经济运作,也能够充分满足市民阅读的巨大热情。因而每个社团成立伊始都拥有自己的社刊,如新月社的《新月》杂志,语丝社的《语丝》杂志。许多社团还不止一个社刊,如文学研究会就有《文学周报》《诗》和《文学旬报》等几个社刊。新文学社团以期刊作为园地,倾心耕耘、发声,彰显出前所未有的向心力。

---

① 朱寿桐. 中国现代社团文学史 [M]. 北京:人民文学出版社,2004:33.

② 朱寿桐. 中国现代社团文学史 [M]. 北京:人民文学出版社,2004:59.

再次，作家与社团的联系也呈现出更为复杂的局面。以文学研究会为例，作为现代文学初期声势最大的文学社团，其成立之时的宗旨："研究介绍世界文学，整理中国旧文学，创造新文学"①，其内涵之广泛，充分展现了前所未有的包容性，并不囿于某一个狭隘的范畴或生活趣味。而加入的资格也并不难，只需要"凡赞成本会宗旨，有会员二人以上之介绍，经多数会员之承认"②便可。

而相反，早期的新月社就类似古代的文人会社性质，最开始是徐志摩等一帮文人闲暇时的聚餐会而已，主要由留美学生组成，虽然有一定的经济支持，但没有固定的文学活动，也没有正式的组织形式，直到1925年以后，新月社才逐步开拓出规模。

同时，早期的新文学社团与行政权威关系并不密切，大都坚守纯文学的立场，但是政局变化及战乱等导致革命文学声势高涨，文学社团逐渐开始接受了各种政治思想的指导，最具代表性的是后期创造社，其在"五卅惨案"后转向提倡"表同情于无产阶级的革命文学"③。1930年左翼作家联盟成立，将这一潮流推向高潮。

最后，社团的宗旨纲领并不影响社团多样性与作家的参与自由。新文学社团并不是主张严格的风格思想统一，这些社团大都组织方式上较为正式，精神上却十分自由不拘。正如茅盾自言："文学研究会是非常散漫的文学集团。"④ 其创作气氛自由多元，作家们并不指望组织起一个文学队伍或政治附庸。例如向来被认为是"为人生"的现实主义风格的文学研究会，其中的几位作家如庐隐、许地山、冰心等，虽然坚守"人生派"的创作意识，但在表现方法上却比较"浪漫"，多是指向内心的抒情或是象征化的写法，并不

---

①② 贾植芳，苏兴良，刘裕莲，等. 文学研究会简章［M］//文学研究会资料（上）. 北京：知识产权出版社，2010：5.

③ 钱理群，温儒敏，吴福辉. 中国现代文学三十年［M］. 北京：北京大学出版社，1998：18.

④ 茅盾. 关于文学研究会［J］. 现代，1933（1-3）.

纯粹地跟着文学研究会所提倡的"写实主义"或"自然主义"的路径走。由此看来，这些作家在社团的标签之下都略显另类，同时也充分显示出新文学社团的包容性。

总的来说，这一阶段的现代文学社团活动呈现出作家、社团与期刊三者的互动共生，其中特别以刊物为中心，三者一起构筑起现代文学社团的基本面貌。作家代表了社团活动最重要的知识力量，而社团代表了组织和行政的部分，期刊则是社团重要的活动阵地和部分经济来源，三者的互动共生是新文学作家在当时活动的重要基础。

一个文学组织的生存当然离不开金钱，成功运作的背后也意味着要有强有力的经济支持。事实上，多数现代文学社团不是靠经济基础建立的，他们也需要金钱，但不是屈从权威。正如《文学研究会宣言》中提到，社团的成立只是为联络感情，并不是为了政治或经济利益。再例如，文学研究会会刊《文学周报》在"五卅惨案"上的尖锐立场则突出表现了作家们"为人生"的文学态度：

在独立出版的第一期（第172期）发行两个礼拜之后，上海发生了震惊中外的五卅惨案，南京路上血流成河。亲眼目睹了惨状的郑振铎等人纷纷撰文表示愤怒和哀悼。《文学周报》第177、179期几乎是五卅运动纪念专号，发表了文学研究会为首等团体的《上海学术团体对外联合会宣言》，对英国巡捕房提出释放被捕学生、严惩凶手等严正要求，并号召全国抵制英货。《文学周报》发表沈雁冰的杂文《五月三十日的下午》、叶圣陶的诗歌《五月三十日》、刘大白的散文《我底恸哭》、朱自清的诗歌《给死者》、西谛的散文《街血洗去后》等等，来对这场惨剧的凶手表示了严厉声讨，对死者表示了深切的悲哀，对这个沉默软弱没有反抗的民族表示了愤慨。①

　　这样集中的"宣战檄文"也彰显出文学社团的强大能量，作家、社团、期刊三者在这一事件上完成了一次成功的合谋。相反的，作为文学研究会成员的沈雁冰所主编的《小说月报》，其撰稿虽然大都由文学研究会同人承担，但毕竟不由文学研究会全权负责，组稿、行政等方面仍为商务印书馆所掣肘，因此社团或作家们在这样的局面下仍不能充分发挥其力量，充分实现其批判、开蒙的理想诉求。可见，在充分的独立与团结下，文学研究会以《文学周报》为阵地，并没有被权威所压垮。《文学旬刊》"作为文学研究会的会刊，无所顾忌、勇往直前地站在各种争论和批评的最前端，风格之尖锐敏捷是《小说月报》所难以企及的"②。

　　此外，作家作为社团的中坚力量，作家之间的关系变化或文学理念的冲突也关系着其存亡，一旦发生了争论，则会极大地损害社团的团结和刊物的发展。例如由鲁迅一手发起领导的莽原社，由于高长虹等人的出走，《莽原》杂志最终停刊，而莽原社也不到三年时间便宣告结束。后来鲁迅成立的未名社也遭遇到同样的分裂境地。③还有 1947 年创刊的《诗创造》，在次年便因为观念不合分道扬镳，辛笛、陈敬容等人旋即从中分离出来，创办了《中国新诗》，后来他们与穆旦一同开创了"中国新诗派"。

　　当然三者的互动也有十分积极的一面，文学社团的存在和专门的文学刊物的出版发行，使得众多默默无闻的青年作家获得了出头的机会。例如王统照在主编《文学旬刊》期间就大力扶植了许多青年作家，他们后来也成为文学研究会乃至是当时文坛的重要创作力量。如李健吾从 1923 年起"就不断在《文学旬刊》上发表诗文小

---

　　①② 石曙萍. 文学研究会研究［D］. 上海：复旦大学，2005.
　　③ 贾植芳. 中国现代文学社团流派：上卷［M］. 南京：江苏教育出版社，1989：384.

说，当时他才是北京师范大学附中的学生，年仅十六七岁"①。沈从文和塞先艾等也多受其帮助，不断在期刊上发表作品，不仅获得了生活来源，也奠定了各自的文学道路。同时，在国家危急存亡的关头，作家们也以笔为枪，使文学社团焕发出巨大的能量，建立起抗敌卫国的文化战线。1938年成立的"文协"就团结起各种观点不同、倾向立场对立的上百位作家，在民族解放的旗帜下实现了统一，开展了"文章下乡、文章入伍"以及广场戏剧等各类文艺活动，为抗战宣传做出了重大贡献。

新文学社团形式自由松散，不像政党组织那么严密，因此可以给成员提供良好的创作交流环境。可以说社团是现代文学作家成长的摇篮，志趣相投的青年聚集在一起，实践相似的创作题材和风格，从而形成一股文学力量。从全国范围看，社团将众多文学青年组织在一起，形成了巨大的文学创作声势。

文学研究会、创造社这样的大咖社团及其大牌作家自不待言，就连浅草社、弥洒社、论语社等这样的小型社团，也都在现代文学史上留下了一席之地。弥洒社创办的初衷只不过是想在"为人生的艺术"和"为艺术的艺术"这场论争中发表自己的文学见解，"文学作品是情绪之流，作者顺应灵感（inspiration）而创造好作品，决不能预定了一定的目的、一定的格式后做出来"②，这样别出新意的角度，如果不是因为以社团的形式发声，很可能淹没在那场热闹的论争中。

除了发表自己的文学见解，新文学社团还积极参与到现实的斗争中去。左联是最为典型的例子，国民党可以编制"文网"，鲁迅却发明了"钻网术"。鲁迅在1933年至1935年的杂文创作中，是带着枷锁跳舞的，他艰难地冲破每一道国民党的"文网"控制，或

---

① 石曙萍. 文学研究会研究［D］. 上海：复旦大学，2005.
② 钱江春. 一封叙述弥洒起源的信［J］. 弥洒月刊，1923（4）.

频繁更换饶有深意的笔名,或将表达方式改得更加隐晦。总之,鲁迅以他的杂文成功应对了文化围剿。这对左联一大批作家都是极大的鼓舞,鲁迅更是在现实中帮助提携一大批左联青年,如丁玲、叶紫、沙汀、艾芜、周立波、张天翼、萧军、萧红等青年作家很快便成长起来,创作出了大量引人瞩目的作品,充分展现了无产阶级革命文学运动的实绩。在国民党查毁刊物、逮捕甚至杀害革命作家的黑色恐怖下,左联斗士拧成一股绳,顽强地营救、对抗,这是任何个人都无法做到的。

再次,新文学社团有利于文学思想开展广泛的论争,从而有益于文学创作。在新文学第一个十年,各文学社团因其思想主张和艺术追求的差异性,展开了激烈论争。文学研究会和创造社之间的"为人生"与"为艺术"之争影响深远。有时社团内部也会产生争论,如创造社后期一部分转向左联革命文学,一部分还坚守浪漫主义主张,可以说种种社团论争贯穿了整个现代文学历程。

论争是文学发展中必不可少的催生剂,左联同"自由人""第三种人""论语派""京派"理论家的论争亦属此类。这些论争中诞生了鲁迅的《故事新编》等经典杂文。此外,茅盾的《子夜》《林家铺子》《春蚕》,丁玲、张天翼等人的小说,田汉、洪深、夏衍等人的剧作,中国诗歌会的诗歌,都以其思想上、艺术上的新突破,展示了左翼文艺的实绩,产生了广泛而深远的影响。

社团内部的论争,如大众化问题,是左翼文艺理论论争的焦点之一。为了使革命文艺能够为大众所接受,大都主张采用大众所熟悉的旧形式。瞿秋白则认为,在旧形式中则应加入新成分。鲁迅在《论"旧形式的采用"》一文中指出,既不能一味搬用旧形式,也不能全盘否定旧形式。他认为:"旧形式的采取,必有所删除,既有删除,必有所增益,这结果便是新形式的出现,即就是变革。"这样的论争有利于作家辩证地看待创作问题,更好地把握艺术形式的发展规律。

最后，新文学社团有利于培养新文学作家，从而创作出更多优秀作品。新文学社团为中国现代文学培养了一大批代表性作家，创作出大量优秀的文学作品。以社团为载体，作家培养和作品创作呈良性发展的态势，这也是现代文学为何短短三十年就成就斐然的重要原因。

作家们的联合使新文学站住了脚跟，众多新文学创作也进入了普通人的视野，同时借助着社团和刊物的影响力，作家也不只是高坐书斋的文人，更成为关心社会发展和民族复兴的进步力量。当然中国现代文学史上，文学社团众多，散发出耀眼光芒的却是少数，只因它们许多都无法平衡好三者的关系，或是中途分崩离析，或是由于社会大变动而直接夭折，还有的则尝试通过改变而使得社团得到新的生机，如浅草社在《浅草》停刊后，旧社同人和后加入的杨晦一起重新组织出版《沉钟》杂志，建立了沉钟社。这三者看似和谐共生，其实一个文学社团的运作则充满了挑战，这也注定了许多文学社团寿短的命运。

第三节　社团——现代文人结社的新组织

如果追溯中国现代文学社团的滥觞，除《新青年》杂志同人，第一个可以确认的具备现代组织架构的应该是新潮社。1919年，新潮社紧跟《新青年》步伐，在五四的启蒙浪潮下，由傅斯年、罗家伦等一帮在《新青年》影响下成长起来的北京大学的学生创办。新潮社热衷于新文化的传播，其主办的《新潮》杂志是一份综合的文化刊物，尽管新潮社的罗家伦也被认为是"问题小说"最早的写作者之一①，但它并不能算作单纯的文学社团。从某方面来看，新

---

①　钱理群，温儒敏，吴福辉. 中国现代文学三十年［M］. 北京：北京大学出版社，1998：55.

潮社却提供了一个相当规范的社团组织模式,以社团机关刊物为中心,有章程、宣言、目标等,其内容和方向也始终充满了独立的个性。

但是,《新潮》很快便被众多的新兴杂志和社团所包围,如前文所述,在这几十年间内,可数的文学社团大大小小有150个之多,经过文学研究者的发掘研究,最终只有少数文学影响力大、成就高的文学社团留在了文学史上。其中,文学研究会、创造社、新月社和语丝社被称为是现代文学三十年的"四大社团"。究其原因,这四大社团都在新文学的开创阶段做出了巨大成就,文学研究会和创造社作为综合性的大型社团,率领一大批新文学作家,开辟出了"现实主义"和"浪漫主义"两条道路,而新月社和语丝社则为新文学的诗歌、散文两种体裁贡献出了最早一批新文学的范本,具有影响深远的开拓意义。

文学研究会成立于1921年,是四大社团中成立最早、规模最大的文学社团。它的诞生可以追溯到《新社会》和《人道月刊》两本杂志,因为当政者的阻挠,这两本杂志相继停刊,使得郑振铎等人决定联合起来重新办一个刊物①,作为他们战斗的新阵地,以聚拢更多的文学爱好者。由此,商务印书馆旗下的《小说月报》从鸳鸯蝴蝶派的手中交由沈雁冰接管并进行改革,成为文学研究会最早的阵地。文学研究会发起人有茅盾、郑振铎、叶圣陶、周作人、王统照、耿济之、蒋百里、孙伏园、许地山、叶绍钧等人。在1931年《小说月报》停刊前,文学研究会的会员最多时超过170人,其中还包括朱自清、庐隐等众多知名作家。它后期还陆续编印了《文学旬报》及《诗》《戏剧月刊》等刊物,出版了"文学研究会丛

---

① 石曙萍. 文学研究会研究[D]. 上海:复旦大学,2005.

书"200多种。①

《小说月报》在发表的《文学研究会宣言》中，首先表明其宗旨："研究介绍世界文学，整理世界文学，创造中国新文学"，其次说明了成立的三个目的：一联络感情，二增进知识，三建立著作工会的基础。同时这份由周作人起草的宣言又补充到："将文艺当作高兴时的游戏或失意时的消遣的时候，现在已经过去了。我们相信文学是一种工作，而且又是于人生很切要的一种工作；治文学的人应当以这事为他终身的事业，正同劳农一样。"② 从这里也可以看出文学研究会已经开始逐渐摆脱过去那种消遣文学的意识。随后，周作人继续提出"人的文学""平民文学"的说法，认为平民文学必须要写真实的社会生活情状。因此，文学研究会从初始便定下了"为人生"的现实主义基调。

文学研究会虽然只存在短短十数年，但其文学创作成果丰硕，在现代文学史上的贡献不可忽视。一方面，蹇先艾、王鲁彦、彭家煌等一批青年作家在此期间掀起了现代文学的第一个小说流派——乡土小说。乡土小说也始终秉承着现实主义的方法，反映内陆乡村的凋敝和农村社会的落后与闭塞，充满了对封建意识的反抗与批判情绪；还有朱自清、冰心留下了《背影》《荷塘月色》《繁星》《春水》等诸多传世名篇。此外，还有叶绍钧、庐隐、王统照、许地山等作家独具一格的写作，都为现代文学带来了新鲜的活力。另一方面，"秉承介绍世界文学"的宗旨，文学研究会聚集了诸如耿济之、傅东华等翻译大家，翻译事业的成就也十分耀眼。其中着重翻译的是西方写实主义思潮的作品，"对印象派、表现派、未来派、无政

---

① 钱理群，温儒敏，吴福辉. 中国现代文学三十年[M]. 北京：北京大学出版社，1998：16-17.
② 贾植芳，苏兴良，刘裕莲，等. 文学研究会资料（上）[M]. 北京：知识产权出版社，2010：3.

府主义、浪漫主义、感伤主义等思潮流派,文学研究会也有一些介绍。此外,文学研究会还最早介绍了俄国无产阶级文化理论"①。假如没有文学研究会,没有《小说月报》,没有茅盾、郑振铎、叶圣陶开创文学期刊史上"首开先河"的重要举措,就不会涌现出冰心、王统照、许地山、庐隐、丁玲、沈从文、巴金等人的短篇小说,以及朱自清、朱湘、戴望舒、梁宗岱等人的新诗。这些作品在广阔的背景上从各个不同侧面描绘出20世纪20年代中国社会的生活和时代风貌,具有强烈的现实主义精神。这些作品不仅是现代文学史上一颗颗璀璨的明珠,也是滋养后来一代一代文学爱好者的精神食粮。

创造社于1921年在东京成立,由在日本的留学生们发起,包括郁达夫、郭沫若、郑伯奇、成仿吾、田汉等人。"在传统文化中浸淫日久、如今又深得西方文学滋养、对文艺有着天然爱好的这些青年学子,就想到要结社创办一种纯文艺刊物,一来给当时枯瘠的中国文坛输入新的生机;同时欲以刊物为阵地,自由标榜个人的文艺见解;并藉创作宣泄自己怀才不遇、报国无门的愤懑之感。"②其后相继出版了《创造》季刊、《创造周报》以及"创造社丛书"等。在全盛期过后,1928年,创造社成员李初梨、冯乃超等从日本回国后,开始鼓吹革命文学,郭沫若也在一篇文章中宣称:"个人主义的文艺老早过去了","代替他们的必定是无产阶级文艺"③。由此也开启了后期创造社由浪漫主义的"为艺术"向革命文艺的转换。

甫一出世,创造社的文学主张就与当时势头正盛的文学研究会

---

① 石曙萍. 文学研究会研究 [D]. 上海:复旦大学,2005.
② 王澄霞. 创造社研究 [D]. 苏州:苏州大学,2002.
③ 郭沫若. 英雄树 [M] //郭沫若著作编辑出版委员会. 郭沫若全集·文学编:第十六卷. 北京:人民文学出版社,1989:45.

不同，他们最重要的是强调作家内心的要求，注重作家的主观情感，提倡主观抒情的创作手法，强调艺术自我表现和内心的自然流露。① 正如郭沫若所说的："文学的本质是有节奏的情绪的世界。"② 创造社同人们所信奉的文学观正是对内心情绪的表达，重视创作者的自我直觉，这与文学研究会的"写实主义"风格迥异，一个面向社会现实，一个则面对内心现实。其个性流露的风格最具代表性的就是郭沫若的诗歌和郁达夫的"自叙传"小说。郭沫若的诗歌充满了诗人的主体意识，汪洋恣肆，在《女神》中表现得酣畅淋漓。其次，最具代表性的是郁达夫诉说青年苦闷的系列小说，如《沉沦》《茫茫夜》《春风沉醉的晚上》等，主角都是充满了自传性质的主人公，他们的性格大都十分忧郁、神经质，承受着孤独和性苦闷，无法在社会中立足，被称为"零余者"。郁达夫的小说也依靠细腻的心理描写和情绪化的节奏描写出这些青年由于个性无法释放带来的孤独感和压抑感，充满了浓郁的浪漫抒情色彩。

新月社的发展有一个较为漫长的过程，最早是 1922 年由徐志摩、胡适、陈西滢等人组织起来的聚餐会，这个聚餐会并非正式的社团，只是当时北京一群名流、文人等定期的聚会而已，参与者构成复杂。其后闻一多、熊佛西等人加入，后来借由徐志摩主编的《晨报副刊》，新月社的文学活动才日益壮大起来，先后开办了《诗镌》和《剧刊》，也以此形成"新月派"，代表诗人有徐志摩、闻一多、饶孟侃、朱湘、孙大雨等人。1926 年，因闻一多、饶孟侃、胡适、徐志摩等相继离开北京，新月社也暂告一段落。直到次年，新月社成员又重新在上海聚集，胡适在大家的提倡之下开办了

---

① 刘勇，邹红. 中国现代文学史［M］. 2 版. 北京：北京师范大学出版社，2010：151.

② 郭沫若. 文学的本质［M］//郭沫若著作编辑出版委员会. 郭沫若全集·文学编：第十五卷. 北京：人民文学出版社，1990：353.

新月书店,并出版了《新月》月刊。新月社的代表诗人徐志摩和闻一多可谓是开创了中国新诗的新规范,在新文化运动期间,白话诗开始涌现,但多不成熟,重白话而少诗味,郭沫若式的自由诗因为其诗体过分自由、情绪泛滥的风格也引发了闻一多的批评,他认为其"过于欧化"。因此闻一多发表《诗的格律》,提出"诗的格律化",给刚刚诞生不久的中国新诗建立了新的审美规范。其文学主张的核心即在于"音乐美、建筑美、绘画美"①。闻一多的诗歌也实践了这一主张,如《死水》《发现》诸篇,因其豆腐块式的格式和严谨的音律而引发热议。闻一多的诗歌充满了爱国激情,充分表达了对社会现实的不满和对理想的追寻,代表诗集有《红烛》《死水》。与闻一多的昂扬激越不同,徐志摩的诗歌则显得飞动飘逸②,甚至温柔婉转,语言轻快,讲究飞扬的乐感,如《雪花的快乐》《沙扬娜拉一首》《海韵》等,充满了对理想和美好事物的追求。徐志摩的散文也很有特点,著有《翡冷翠一夜》《猛虎集》《巴黎的鳞爪》等。

四大社团中时间最短、看起来也最不起眼的社团就是语丝社。语丝社的规模并不大,1924年成立之时,仅有16位发起者,其中包括了鲁迅、周作人两兄弟,还有孙伏园、川岛、顾颉刚等。语丝社不像文学研究会、创造社等社团,它是"先有刊,后有社",因此刊物的编辑发行是其活动的中心。在周作人所写的《发刊词》中声明:"我们并没有什么主义要宣传,对于政治、经济问题也没有什么兴趣,我们想做的只是冲破一点中国的生活和思想界昏浊停滞的空气。""我们这个周刊的主张是提倡自由思想,独立判断,和美

---

① 闻一多. 诗的格律[J]. 晨报副镌,1926(56).
② 钱理群,温儒敏,吴福辉. 中国现代文学三十年[M]. 北京:北京大学出版社,1998:117.

的生活。"① 鲁迅后来也谈到了《语丝》的特色即在于"任意而谈，无所顾忌"②。因此，《语丝》也保留了《新青年》杂志"随感录"的自由批判之风，对当下社会的诸多现象都多有关注，对于落后、迂腐的社会习惯和封建礼教予以抨击。鲁迅和周作人为《语丝》撰稿最多，此外还有林语堂、钱玄同、刘半农等人。《语丝》周刊共发行 260 期，据初步统计，鲁迅一共为之撰稿 147 篇，他的杂文集《华盖集续编》《而已集》《三闲集》，以及散文诗集《野草》都全部发表在《语丝》上。③《语丝》周刊的宗旨使它虽小而不缺乏力量，在与"现代评论派"的论争中，鲁迅、周作人等人轮番上场批评"现代评论派"，充分发挥出其犀利、简单的言辞和不拘一格的自由谈论的风格，表现了语丝社的战斗品格，因此也被称之为"语丝体"。语丝社秉持着批判的立场，先后发表了众多抨击时政的文章，其中包括鲁迅的杂文《"醉眼"中的朦胧》《无花的蔷薇》等，周作人也有《关于三月十八日的死者》等文。虽然语丝社只有短短五年，但"语丝体"也因其"亦庄亦谐，嬉笑怒骂"的讽刺艺术和"无所顾忌"的批判立场而最终被铭记在中国现代文学史上，或许这也是鲁迅说"散文小品的成功，几乎在小说之上"的原因之一。

及至文学研究会的诞生，新文化运动不再仅是《新青年》同人的自弹自唱，而是拥有了更多思想进步的知识分子和作家，开始逐渐掀起新文学的创造浪潮。文学研究会的诞生迎合了当时许多作家的紧迫的希望，因而迅速成为当时新文学的中心。但后起之秀并不甘心，于是在 1921 年 9 月 29 日与 30 日的上海《时事新报》上，

---

① 贾植芳. 中国现代文学社团流派：上卷［M］. 南京：江苏教育出版社，1989：356.

② 鲁迅. 我和《语丝》的始终［M］//鲁迅全集：第四卷. 北京：人民文学出版社，2005：171.

③ 陈怀琦. 语丝社研究［D］. 上海：复旦大学，2005.

出现了一篇措辞激烈、锋芒毕露的《纯文学季刊〈创造〉出版预告》,部分内容如下:

> 自新文化运动发生后,我国新文艺为一二偶像所垄断,以致艺术之新兴气运,渐灭将尽。创造社同人奋然兴起打破社会因袭,主张艺术独立,愿与天下无名作家共兴起而造成中国未来之国民文学。①

这篇由郁达夫所写的文章,昭示着文学研究会与创造社争端的扩大化。原本是郭沫若与郑振铎等人的个人误会,现在反而升级成了两大文学阵营的斗争,使新文学发展初期便形成了"为人生"派与"为艺术"派对立的两大格局。

文学研究会成立之初,便形成了一股现实主义的风潮,这股风潮由茅盾和周作人共同推动。茅盾主张文学要立足社会、表现人生,并认为文学的目的是综合地表现人生,无论是用写实的方法,还是用象征比喻的方法,其目的总是表现人生,扩大人类的喜悦和同情,由时代的特色做它的背景。②郑振铎也提到:"我们所需要的是血的文学,泪的文学,不是'雍容尔雅''吟风啸月'的冷血的产品。"③此外,茅盾也特别注重对西方写实主义、自然主义的译介,再加上文学研究会诸多作家的创作实践,在文坛便进一步奠定了"为人生"的创作道路。而创造社同人则反其道而行之,认为文学研究会是垄断的"文坛霸主",其主张"为艺术而艺术",及作家应该忠于内心的感觉等。

---

① 郁达夫. 纯文学季刊《创造》出版预告[N]. 时世新报,1921-09-30.
② 刘勇,邹红. 中国现代文学史[M]. 2版. 北京:北京师范大学出版社,2010:136.
③ 吴中杰. 文学研究会与为人生的艺术[J]. 阴山学刊(社会科学版),1994(3).

"为人生"派和"为艺术"派在创作上也显示出两派分野的局面。"为人生"的一派，通过乡土小说充分挖掘乡土的弊病，对封建社会进行了揭露与批判，例如王鲁彦的小说《黄金》《菊英的出嫁》等，以及叶圣陶教育题材小说《潘先生在难中》《倪焕之》等都是对社会现实的讥弹与讽刺。而创造社以"情绪"为依归，除了郭沫若式的呐喊的诗歌，沿着日本私小说的道路，郁达夫开辟出现代文学的"自叙传"抒情小说，注重个性的张扬与灵感的释放，充分展示出作者的真实情绪与想法。但是，新文学初期的发展情况并不能严格以"为艺术"和"为人生"或是"现实主义"和"浪漫主义"来简单划分，创造社郑伯奇在《中国新文学大系》的导言中谈道："文学研究会被认为是写实主义的一派，创造社是被认为有浪漫主义倾向的一派，这也不过是个大概的区分。文学研究会里面，也有带浪漫主义色彩的作家；创造社的同人中也有不少有写实倾向的作品。但就集团的主要倾向来说，这样的区别还是相当正确的。"①"将文艺当作高兴时的游戏或失意时的消遣的时候，现在已经过去了。"文学研究会在宣言中将靶子直接指向了以鸳鸯蝴蝶派为代表的通俗市民文学。不仅是文学研究会诸人，新文化阵营中几乎所有社团都把鸳蝴派文学当作封建旧文学的余孽痛加批判与否定。鉴于这种以民族、国家为终极关怀的启蒙文学观的立场和追求，中国古代小说的写作传统由此被当时的主流文学观彻底否定了。

　　通俗文学的趣味性本应是进行"劝俗"和"教化"的媒介与桥梁，却被新文学家们一刀切地看成是醉生梦死的麻醉剂，少有一些中肯的声音，如朱自清所说"正经作品若是一味讲究正经，只顾人民性，不管其艺术性，死板的长面孔，教人亲近不得，读者恐怕

---

　　① 郑伯奇. 中国新文学大系·小说三集 [M]. 上海：上海文艺出版社，2003：导言.

更会躲向那些刊物里去了",再如鲁迅所说"实际上,悲愤者和劳作者也是时不时需要休息和高兴的"①,不能一直都湮没在批判的洪流中。一直到了20世纪七八十年代,金庸武侠、琼瑶言情小说兴起,通俗文学才再次得到了关注。

第四节　报刊——现代文人结社的新阵地

在我们意识到新文学作家在现代文学的创造上的卓越贡献外,也不能忽视它的载体——报刊的重要性。如果没有报刊,那么诸如梁启超、陈独秀和鲁迅等人的新思想也将被湮没在历史尘埃中,近代中国革命的影响力也将受到极大的限制。报刊,作为一种延续至今仍然发生作用的纸质媒体,在百年前的文学革命中,也担负起了独特的使命,不仅成为人们获取信息的平台,更是新文化的孕育地和新文学作家们的战斗阵地。

中国报刊业起步比较晚,最早是洋人开办的报纸。在清代末期,报刊开始逐步繁荣起来,但囿于清廷的言论限制,办报人和撰稿人并不能得到充分施展的机会。直到梁启超等先驱志士,意识到西方的强大,于是兴起办报启蒙的风潮。维新派开办了许多时事政论性的报纸,如《时务报》《国闻报》和《清议报》等。随着晚清启蒙的加深,人们阅读报纸的兴趣越来越深,因而推动了白话文运动的萌芽。裘廷梁主办的《无锡白话报》创刊于1898年5月,随后发表《论白话为维新之本》,鲜明地提出"崇白话而废文言"的主张。② 其后更多白话报刊产生,1901年《京话报》在北京诞生,

---

① 鲁迅. 过年[M]//鲁迅全集(五). 北京:人民文学出版社,1959:358.

② 刘勇,邹红. 中国现代文学史[M]. 2版. 北京:北京师范大学出版社,2010:26.

1903年《中国白话报》在上海发行。① 白话文作为新文学及新文化的基础，不仅顺应开启民智的呼声，也在报纸上首先掀起了革命性的改变。报纸作为阅读量较大的媒体，极大地促进了白话文在民间的传播和使用，也推动了新文化的斗士们改革的决心。

以报刊为阵地，也掀起了新文学势力与守旧势力之间的论战，从而树立起了新文学的声势，可以说，正是依靠了报刊，才使文学革命在发生之初就站稳了脚跟。其中主要是《新青年》同人以《新青年》杂志为阵地展开的，首先是针对"复古"的林纾，林纾恶毒地攻击新文化阵营，斥新文化为"覆孔孟，铲伦常"，随后李大钊、鲁迅等群起而攻之。此外还有与"学衡派"和"甲寅派"的论辩，双方分别依靠《学衡》《甲寅》批判新文化阵营。在新文学尚不成熟的草创期，《新青年》和《新潮》两种刊物撑起了新文化革命启蒙的重任，不断地为新文化立威，也最终一步步奠定了新文化在社会中的优势地位，开始慢慢为大众所接受。

清末民国以来，国门洞开，各种思想纷纷涌入，贸易的发达也使得报刊业呈现出繁荣的局面，各类报纸刊物层出不穷。同时这些刊物为了适应部分读者的需要也开辟了文艺副刊，于是形成了所谓的"四大副刊"，即五四时期的《晨报》副刊、《时事新报》的《学灯》副刊、《民国日报》的《觉悟》副刊，以及《京报副刊》。这些副刊依靠大型报纸为依托，发表了许多新文学作品，有的副刊也干脆为新文学作家所用，成为其发声阵地。这样一来，新文学的声势则更大。其中，北京的《国民公报》最早成为新文化阵营的同盟，不仅因为它是较早使用白话文的大报，同时《国民公报》的副刊置于第五版上，被称作《新文艺栏》，从名目上便显示出对文学

---

① 刘勇，邹红. 中国现代文学史［M］. 2版. 北京：北京师范大学出版社，2010：27–28.

革命的支持与响应①。

这些报刊当然不仅仅只是新文学、新文化的战斗阵地,更是作家们的耕耘阵地。正如作家萧乾所说:"中国报纸副刊从开始就起着文艺摇篮的作用。多少后来成为大作家的,都是先经过向报纸副刊投稿起步的。接着在杂志上出现,最后,由出版社出书。"② 这些大作家中就包括了郭沫若、郁达夫等人。远在日本的郭沫若看到了康白情发表在《学灯》上的白话诗,燃起了创作的欲望,因此向《学灯》投稿,从此开启了文学生涯。冰心也是从《晨报》副刊中走出来的作家,1919 年她在《晨报》发表了第一篇小说《两个家庭》,其后以她的《斯人独憔悴》为标志,正式引发"问题小说"之创作风气。③ 此后,冰心的散文《繁星》《春水》和《寄小读者》均发表在《晨报》副刊上,可以说《晨报》一路见证了作家冰心的成长。此外,还有郁达夫开始也是在《学灯》副刊上发表创作的,梁实秋和许钦文等作家也是从副刊获得了许多发表作品的机会。除了"四大副刊",还有许多报纸也开辟了文艺副刊,以增加其丰富性,特别值得一提的是《大公报文艺副刊》,《大公报》在当时开办"大公报文艺奖金",以此鼓励新文学的创作。

除了大型报纸的文艺性副刊,新文学的专门文艺刊物中最多的则要数由各个社团创办的期刊。在文学革命掀起的初期,除了《新青年》《新潮》这样的综合性刊物,影响力较大的要数由沈雁冰改革后的《小说月报》了,《小说月报》原被"鸳鸯蝴蝶派"所占领,

---

① 员怒华. "四大副刊"与五四新文学[D]. 武汉:华中师范大学,2011.
② 萧乾. 老报人絮语[M]//傅光明. 萧乾文集 5:散文卷. 杭州:浙江文艺出版社,1998:419.
③ 钱理群,温儒敏,吴福辉. 中国现代文学三十年[M]. 北京:北京大学出版社,1998:55–56.

充斥的都是旧派通俗小说，在新文化潮流的席卷之下，商务印书馆决心改革，1921年沈雁冰接任《小说月报》主编。"改革后的《小说月报》将'人'视为文学的根基和本质，小说也是'为人生'的，这种观点从根本上颠覆了传统的文学观，实现了文学观念上的现代转型，将小说上升到了真正艺术的高度，更加突出了文学的审美本质。"① 《小说月报》在本质上也充分显示出文学的现代性特征，打破了旧有的陈腐的文学观，打响了"为人生"的文学旗号。依靠众多文学研究会作家，依托白话文的使用，《小说月报》逐渐成为新文学创作的重要阵地。同时，新时期的《小说月报》也特别重视以俄国文学为核心的文学翻译，在全面改革的第一年就已出版了《被损害民族的文学号》和《俄国文学研究专号》，可以看出俄国文学在五四时期就受到极大的关注。② 在沈雁冰接手《小说月报》的短短两年时间，就已经呈现出完全不同的风貌，在新文学作家的共同耕耘之下，开启了新文学的繁荣。诸多名家作品都在《小说月报》上面世，比如茅盾的小说《动摇》《幻灭》，老舍的《老张的哲学》，还有朱自清的散文《荷塘月色》，等等。

1921年，创造社"横空出世"，给当时的文坛带来了新的气息，其创办的《创造》季刊和《创造周报》在当时获得大卖，创造出惊人的销量。

自1923年7月21日起，创造社一连推出"季刊""周报"和"日刊"三种期刊，其中特别是《创造周报》最受大家欢迎，刊行数由初刊每期三千份增加到后来的六千份，但仍不敷销售，还要经常再版。③

事实上，创造社的产生也改变了当时文坛的格局，《创造》季刊和《创造周报》就其宗旨立意上来说继承了创造社同人的期望，

---

①② 蔡淼. 中国现代文学期刊研究 [D]. 温州：温州大学，2016.
③ 王澄霞. 创造社研究 [D]. 苏州：苏州大学，2002.

他们注重个性的解放和自我的表达，寄希望于艺术的创造，强调自由与独立的创作精神，这也使得创造社的刊物群独树一帜。

经历了五四新文学初期的繁荣，随后的华夏大地便陷入了长期的困苦当中，国家摇摇欲坠，又遭遇日寇入侵。于是整个文坛风气为之一变，连早期主张"为艺术"的创造社都转投入"无产阶级文艺"的行列，左翼开始在文坛占据上风。20世纪30年代，左联成立之后，也涌现出许多左翼的刊物，如《萌芽月刊》《文学周报》《文学导报》以及太阳社的《太阳》月刊等。但是除此之外，还存在着自由主义作家的声音，以《文学杂志》《骆驼草》《水星》等杂志刊物为代表，围绕它们形成了所谓的"京派"作家群。

新文化兴起后，一时间纯文学的刊物大量涌现，许多刊物的名字甚至就是直接来源于其社团名称，如创造社的《创造》季刊、莽原社的《莽原》杂志、语丝社的《语丝》周刊等。同时这些文艺刊物不仅数量庞大，各有特色，还反映出新文学在各方各面的创造力，推动了新文学的多面发展，其主题不只限于小说、诗歌等综合文艺刊物，还有许多专事戏剧的社团所办的戏剧刊物，以及散文、杂文的专门刊物。鲁迅一人就先后编辑过《语丝》《莽原》《奔流》，还有弥洒社的《弥洒》、沉钟社的《沉钟》等刊物。这些新文学刊物大多看重小说散文，当然也未忽视现代戏剧的发展，如田汉发起的南国社也编辑了《南国月刊》，郑伯奇、冯乃超等人发起的上海艺术剧社编辑出版的《艺术》和《沙仑》。①

报刊业的繁荣也促进了新文化、新思想在人们生活中的传播，同时，各种报刊也给予了各式各样的创作者施展的舞台，在大大小

---

① 钱理群，温儒敏，吴福辉. 中国现代文学三十年［M］. 北京：北京大学出版社，1998：367.

小的纸质报刊的助力下,新文化不仅日渐收获人心,新文学也以其新生的魅力感染了众多读者,使大众逐渐摆脱了传统专制社会的陈腐思想,接受了新文化,不仅文学实现了现代化,人也实现了现代化。

第六章

"文人相轻"与新文学论争

自从曹丕提出"文人相轻"这一说法,这四个字便成为中国文人群体无法摆脱的负面标签,似乎文人就是狂妄自大、睚眦必报的代名词。其实,如果我们深入探究历史上那些所谓体现"文人相轻"的案例,会发现对立双方的矛盾大多出于对自身文化立场和价值观念的坚守,而不是个人恩怨。从这个意义上来说,"文人相轻"所体现的恰恰是中国文人重视个人文化价值的优良传统。从嵇康与山巨源的"绝交",到鲁迅与其"论敌"的关系,甚至扩展到中国现代文学史上的诸次论争,无不体现这一传统。

第一节 相轻:自古文人相处之态

"文人相轻"这一词语最早出现在三国时期魏文帝曹丕的《典论·论文》中,即"文人相轻,自古而然"①。而所谓"自古而然",则表明"文人相轻"是古代文人相处的常见形态。《文心雕龙》中所言"世人为文,竞于诋诃,吹毛取瑕,次骨为戾,复似善骂,多失折衷"②。苏轼批评文人"患在于好使人同己"③,尤侗感于文人的偏私而称"执此而弃彼,举一而废百"……这些均为对"相轻论"的补充或印证。

古人通常将"文人相轻"视作文人间的"疏离"。清代尚镕在《持雅堂文集》中分析了"文人相轻"的原因:"自古文人相轻,一由相尚殊,一由相习久,一由相越远,一由相形切。"④ 在尚镕

---

① 陈振鹏,章培恒. 古文鉴赏辞典:上 [M]. 上海:上海辞书出版社,2014:454.
② 刘勰. 文心雕龙·奏启 [M]. 杭州:浙江古籍出版社,2011:89.
③ 苏轼. 苏轼全集:下 [M]. 北京:中国文史出版社,1999:1 090.
④ 孙敏强. 中国古代文论作品与史料选 [M]. 杭州:浙江大学出版社,2014:69.

看来,"文人相轻"的原因是审美趣味、过于熟稔、观念差异、一味苛求等导致"相轻"。这四种原因,都指向的是文人相处时的问题,将"文人相轻"作为一种需批判的文化对待。

北魏时期"北地三才"间的"疏离",具有一定的代表性。《魏书》中记载了"三才"的提出:

"初,齐献武王固让天柱大将军,帝敕收为诏,令遂所请,欲加相国,问收相国品秩,收以实对,帝遂止。收既未测主相之意,以前事不安,求解,诏许焉。久之,除帝兄子广平王赞开府从事中郎,收不敢辞,乃为《庭竹赋》以致己意。寻兼中书舍人,与济阴温子升、河间邢子才齐誉,世号三才。"①

对于"北地三才"中邢邵和魏收二人的争名之事,史书中记载颇多:

"初河间邢子才及季景与收并以文章显,世称大邢小魏,言尤俊也。收少子才十岁,子才每曰:'佛助察人之伟。'后收稍与子才争名,文宣贬子才曰:'尔才不及魏收。'收益得志。自序云:'先称温、邢,后曰邢、魏。'然收内陋邢,心不许也。"②

魏收不满自己的名字被放于邢邵之后,这便是"相轻"心态。

但实际上,"文人相轻"除了"疏离"这一形态之外,还存在"相得"的相处形态。所谓"相得"便是形容文人间默契、融洽的关系,但"相得"亦可分为两种类型。其一是"相亲",文人间的交游形式并不只有"相轻",虽然"相轻"古已有之,但并非必然形态,"文人相亲"则是另一种文人间的相处模式。这可以阮孝绪与刘杳的交游为例。南梁时期,阮孝绪是一位有才但无钱无势的处士,他竭尽心力编纂一部足以反映当时文化积累和成果的《七录》

---

① 魏收. 魏书:卷一四〇 [M]. 北京:中华书局,1974:2 324.
② 魏收. 二十四史:魏书 [M]. 延吉:延边人民出版社,2003:443.

目录书。而刘杳则是当时的一位名士，其名已入《梁书·文学传》，是个"自少至长，多所著述"① 的名人，曾撰《古今四部书目》草稿。当刘杳听闻阮孝绪正在编纂《七录》时，便将自己的资料与草稿全部拿出，助《七录》成书。这样的文人相处形式便是"相得"中的"相亲"形态，两者互为知己，互帮互助。

其二是"同谋"，如果说"文人相轻"是因为"道不同不相为谋"，那么"文人相得"则是因为"道虽不同，但仍可同谋"。而这种"相得"的形态，对于后世的影响更为深远。

嵇康与山涛便是例证。嵇康与山涛均是"竹林七贤"的成员，两人间本存在深厚的友谊。山涛的本记有记载："与嵇康、吕安善，后遇阮籍，便为竹林之交，著忘言之契。"② 但由于山涛归向朝廷，嵇康愤而写下《与山巨源绝交书》。一句"非汤武而薄周孔"是全文的要害，可以说，它甚至成为嵇康被司马昭杀害的原因之一。但值得关注的是，即便留下了《与山巨源绝交书》，嵇康对山涛仍是信任的，他在自己临诛前对儿子嵇绍说："巨源在，汝不孤矣。"③ 山涛也没有辜负嵇康对自己的信任。后来，在推荐嵇绍时，即便承担了风险，面对"时以绍父康被法，选官不敢举"④ 的局面，仍对嵇绍极为推崇。据《三国志》记载："山涛启以为秘书郎，称绍平简温敏，有文思，又晓音，当成济者。帝曰：'绍如此，便可以为丞，不足复为郎也。'"⑤ 由此可见，嵇康与山涛虽"道不同"，也曾有"相轻"的姿态，但仍彼此信任，这便是另一种"相得"的含义。

现当代文学时期，"同谋"的态势更为明显，而"同谋"的原

---

① 吕绍虞. 中国目录学史稿［M］. 武汉：武汉大学出版社，2012：39.
②③ 吕思勉. 两晋南北朝史：文明卷［M］. 武汉：华中科技大学出版社，2016：377.
④ 陆侃如. 中古文学系年［M］. 北京：人民文学出版社，1985：697.
⑤ 陈寿. 三国志［M］. 裴松之，注. 北京：中华书局，2006：363.

因不仅是个人间的情感左右，更是共同信念的支撑。以陈独秀和胡适为例，两人在中国现代文学史上均具有不可替代的作用。同为安徽老乡，在陈独秀创办了《新青年》杂志后，胡适予以大力支持。两人之间有大量的书信往来，比如在1916年8月21日，胡适致陈独秀信，在分析当时旧文学现象后说："综观文学堕落之因，盖可以'文胜质'一语包之。文胜质者，有形式而无精神，貌似而神亏之谓也。欲救此文胜质之弊，当注重言中之意，文中之质，躯壳内之精神。"① 他还依据自己多年来的思考和观察，提出文学革命的"八事"。陈独秀看到信后十分高兴，10月5日给胡适写信说："文学改革，为吾国目前切要之事。此非戏言，更非空言，如何如何？《青年》文艺栏意在改革文艺，而实无办法……此事务求足下赐以所作写实文字，切实作一改良文学论文，寄登《青年》。"② 可见在此期间，陈独秀与胡适是"神交颇契"的朋友。但由于政治观念的差异，两人逐渐分道扬镳。1925年12月间，胡适与陈独秀就"火烧《晨报》馆"事件产生了分歧，在胡适给陈独秀的一封信中，便可看出两人此时已经大伤和气，宣布互为"仇敌"。胡适在信中说："政治主张尽管不同，事业上尽管不同，所以仍不失其为老朋友者，正因为你我脑子背后多少总还同有一点容忍异己的态度。如果连这一点最低限度的相同点都扫除了，我们不但不能做朋友，简直要做仇敌了。"③ 但即便两人在思想上争执不休，也始终保持着朋友情谊，依然走动频繁。两人仍会彻夜长谈，胡适对陈独秀在文学革命上所做出的功绩也始终予以肯定与认可。在一次题为《陈独

---

① 胡适. 胡适文存：第一集［M］. 北京：首都经济贸易大学出版社，2013：8.

② 中国社会科学院近代史研究所中华民国史研究室. 胡适来往书信选：上［M］. 北京：社会科学文献出版社，2013：2.

③ 中国社会科学院近代史研究所中华民国史研究室. 胡适来往书信选：上［M］. 北京：社会科学文献出版社，2013：258

秀与文学革命》的演讲中,胡适指出了陈独秀的三大贡献:"一是由我们的玩意儿变成了文学革命,变成三大主义;二是由他才把伦理道德政治的革命与文学合成为一个大运动;三是由他一往直前的精神,使得文学革命有了很大的收获。"① 实际上,胡适对陈独秀的肯定,也表明了自己的思想立场。两人在追求自由以及用文学解决社会问题上,是殊途同归的。

第二节 论争:新文学发展的内在动因

五四新文化时期是一个中西文化彼此碰撞的关键时代,形成了十分活跃的思想氛围,有识之士受到了不同的文化熏陶,产生了不同的思想观念,所主张的方式亦有差异,但归根结底,均是在寻求国家发展的有效路径。

一、从文白之争看文人的相轻与相得

在中国现代文学的发轫期,语言的变革是文学革命中的重要一环。在五四这一特殊的历史阶段,《新青年》不失时机地把握了语言革命这一突破口,提出用白话文取代文言文,而以学衡派为阵地的胡先骕等人,则极力反对废文言取白话。两方阵地引发了激烈的论争。从某种程度上来说,两派就文言与白话的争论,实际上是两派中以"个人"为主体的、文人间的思想之争。

胡适与梅光迪就"诗之文字"曾展开争论,这实际上是个人的行为,同时也代表了两类思想之间的差异,但在这差异中,可以发现文人间的契合点,即文人相得中的"同谋"。胡适与友人任叔永、梅光迪等人于1915年夏探讨了中国文学革命的相关问题,遭遇了

---

① 沈卫威. "学衡派"编年文事 [M]. 南京:南京大学出版社,2015:15.

任叔永、梅光迪他们的强烈反对,其中态度最为激烈的是梅光迪。此后,胡适想要将诗歌作为文学革命的突破口,但这一想法开始实施之后,1916年,梅光迪又一次和胡适就"诗之文字"这一命题进行了激烈的争辩。虽然梅光迪也反对近世诗歌创作中陈陈相因的现象,却依然坚持诗文有别,而胡适则持有不同的看法。双方通过讨论,将这一命题进一步拓展到文学的内容和形式上。

1916年7月,梅光迪在致胡适信中就胡适当时在酝酿的语言改革提出了反对意见,这种意见体现出了《学衡》今后文学理念的基本走向。在这封信中,梅光迪对文学革新的必要性进行了肯定,但是却反对通过白话代文言的途径开展文学革命,更加反对由于文言的弊端而彻底否定中国文学的本身。换言之,胡适与梅光迪的争论是有关途径选择的争论而非对于目标的争论。

在反对白话文运动的营垒之中,并非只有学衡派,还有其他的代表性人物,如林纾、黄侃、章士钊等人。林纾曾于1917年、1919年先后写了四篇文章来反对废除文言文。林纾在文章中表达了四点理由:其一,文言文与中华的文化是合为一体的,若废除文言文,那么就是在否定传统文化,正所谓"必覆孔孟,铲伦常为快"①。其二,白话文是下层民众所使用的语言,"若尽废古书,行用土语为文字,则都下引车卖浆之徒所操之语,按之皆有文法,不类闽广人为无文法之啁啾;据此则凡京津之稗贩,均可用为教授矣"②。其三,中国的古书中含有丰富的知识,应为人们所继承。但若要读古书,就必须沿用文言文。"且使人读古子者,须读其原书耶?抑凭讲师之一二语即算为古子?若读原书,则又不能全废古

---

① 刘勇,李怡. 中国现代文学编年史(1895—1949):第三卷[M]. 北京:文化艺术出版社,2015:159.
② 蔡尚思. 中国现代思想史资料简编:第一卷[M]. 杭州:浙江人民出版社,1982:492.

文矣。"① 其四，古文是"白话之根柢"②，若想写好白话，就需要先学好古文。不难看出，林纾所提的几点理由，其中不乏中肯之言。从第一条与第三条来看，将传统文化与文言文相联系，是有一定道理的。文言文作为传统文化的载体形式，对传承中华文化是有着极大助益的。不可否认，林纾在争论中的失败是必然的，但不可忽视的是，林纾的主张与《新青年》之间存在着"同谋"的关系。他不反对白话，只是提出希望文白共存，使文言文在提倡白话的潮流中能存活下来。林纾在一定程度上已经看到了文言文衰败的必然性，认识到了文言文的不足，也有意识要进行改革，这其实与陈独秀等人的主张并不冲突。比如林纾曾用文言文来翻译外国作品，注重吸收外来语和民间语言，这实际上也对传统的文言文产生了一定的冲击。文白之间的争论看似水火不容，是革新与保守两派之间的争论，但也应辩证地看到，两派间各自有理由与不足，但最终目的是共同探寻中国文学的发展之路。

二、从《学衡》与《新青年》的论争看文人的疏离与归合

《学衡》杂志实际上是在与《新青年》的对峙中，不断确立了自身。换言之，论争让双方文人各执一词，在不断的争论中巩固自身的思想，思想间的差异越大，"疏离"也就愈发明显。但在不断"疏离"的过程中，文人间的观点常有"疏漏"，从这"疏漏"处便可看到归合。

1922—1923年间，《学衡》杂志的"通论"栏目基本形成了批判社会主流的思潮，陆续发表了《评提倡新文化者》《评今人提倡

---

① 蔡尚思. 中国现代思想史资料简编：第一卷 [M]. 杭州：浙江人民出版社，1982：492.

② 林纾. 论古文白话之消长//赵家璧. 中国新文学大系·文学论争集. 上海：上海良友图书印刷公司，1935：81.

学术之方法》《论批评家之责任》等文章。这些文章所表达的论点均是针对《新青年》已经存在的观点进行反驳。反之，新青年派认为仔细研究学理已经没有必要，胡适、周作人、茅盾等人也仅仅是在报端以杂文笔法对学衡派进行了回击。

两者的论证其实是无法通过保守与激进来简单形容的。诚然，《学衡》激烈的思想批判直指《新青年》，对其提倡的新文化运动的方法、方向、思维模式等都实施了严厉的批评，但是学衡派本身对于新文化运动的理解也是非常复杂的，并非仅有单一的认识。吴宓曾经表示自己并非是不断辩驳的文人，但他还是批评了新文化运动，其主要原因是"渴望真正新文化之得以发生"。吴宓所批判的是新文化运动不得其法，但他没有对新文化运动本身予以反驳。学衡派的其他成员亦有类似的观念，其中言辞最为激烈凌厉的梅光迪也称"夫建设新文化之必要，孰不知之"①。在和《新青年》进行争辩的背后，体现出了自我价值，学衡派中也因此有取而代之的文化渴望。吴芳吉对胡适的"八不主义"进行了严厉批驳，有"文人相轻"、要一较高下的意味。吴宓在《论今日文学创造之正法》中对文学创造的原理和方法进行了阐述，列举了九项原则，同时要求文学创作者"深信而力行之"②。另外，他们分别谈论了诗、文、小说、戏剧等的著作之法。这样就使人想到了胡适《建设的文学革命论》，同样通过列举的方式，对新文学创作次序进行了全面阐述。因此可见《学衡》与《新青年》的殊途同归。

虽然新文化运动在批判传统、否定权威、要求个性扩张的过程中体现出浪漫主义，但是理性精神依然是新青年同人开展思想启蒙的核心精神。五四新文化运动提倡民主、科学、平等，都是与民族发展需求相适应的理性选择，胡适曾经认真总结了这一新思潮的意

---

① 廖超慧. 中国现代文学思潮论争史 [M]. 武汉：武汉出版社，1997：35.
② 杨毅丰，康惠茹. 学衡派 [M]. 长春：长春出版社，2013：43.

义，是具有浓厚理性色彩的批判的态度。无独有偶的是，学衡派也十分推崇理性，他们严格遵守规训和纪律，重视选择与同情，采取谨慎的思辨精神对待中国问题。由于新文化运动的核心是把中国社会政治问题全部归结到文化问题上来，新青年派没有根据文化的内部价值开展文化批判，而是通过一种工具结合政治目标开展理性批判，学衡派则着重判断事物自身的价值。

不管是新青年同人还是学衡派，都是基于世界性框架来考察本民族的文化。对于新青年同人来讲，一方面，民族主义情绪通过激进的方式积极表现，也就是通过民族生存、国家富强等形式对社会秩序与文化传统进行改变。另一方面，新青年同人基本上承认了世界文化仅有西方发展这一种模式，认为传统民族文化必将影响中国现代化抑或是世界格局。因此，从侧面分析文化改造就是分析怎样能让民族性与世界性更好适应。对此，陈独秀发表了十分激烈的言论，他主要是在未来时空对文化的民族性与世界性的矛盾提出有效解决的方法，在寄托世界民族愿望的基础上形成了自身观点。至于学衡派，他们把民族文化作为世界文化的重要内容，很明显，对于民族性及世界性的理解，学衡派和新青年同人之间形成了一定时间差。

学衡派和《新青年》之间的争论，实际上体现出关于现代性的不同价值取向。根据福柯的定义，现代性属于一种态度，并非是一种历史时代。现代性的态度属于一种人和现实的关系方式，一种既定人群的自主选择，一种关于思想、情感与行动的方式。学衡派和新青年派正好对这两种态度进行了选择，一种是基于文化的现代性，另一种是关于启蒙的现代性，二者同根同源，都属于现代化历程的重要产物。学衡派所推崇的独立学术精神、艺术准则都是现代性文化的代表，也是艺术自律性的体现。新青年派提倡的是社会规划以及重建社会秩序，努力发展社会现代化。在新文化运动的后期，学衡派对抗新青年派，体现出文化现代性和启蒙现代性之间的对抗。基于逻辑角度分析，这两种现代性形成了不同的侧重点，分别体现出深刻的内涵，能够在一定程度上并行不悖。在社会整体系统中，二者是彼此支撑和制约的两个极端。启蒙的现代性产生了社会的巨大变迁，而文化的现代性则严厉批判了社会变迁过程中的价值理念，在社会文化体系中二者的互动也实现了自身的平衡调节。基于这一意义分析，学衡派与新青年派相同，在中国文学现代化的发展过程中体现出了独特的价值意义。但是，学衡派的很多观点，由于无法融合中国现代文学创作实践，表现出弱势的一面。学衡派之后，在中国思想文化体系中尚未全面展开文化现代性研究，在很长一段时期内启蒙现代性依然拥有较强的话语权。

正如有学者所阐释的："新文化运动攻击'礼教'，有助于人们的思想解放；学衡派强调传统道德某些方面的普遍性和永恒性，也不失为一种补充。所以，新文化派与学衡派，实相反而相成，都对历史作出了一定的贡献。"[①]

三、论争背后"共生"的必然趋势

无论是文白之争还是学衡派与新文化派的争论，实际上都走向了一个必然的结果："共生"。

以文白之争为例。很长一段时间，人们对五四运动以来所倡导的进化论观念予以赞同，同时用进化论的观点来看待文白之间的关系。但进化论观点出自自然科学领域，是否完全适用于人文领域尚有待商榷，正如简·爱切生所说，"并无迹象可以说明有语言进化这回事"[②]。同样，在进化论用于文化的层面上，人们更多关注其

---

① 欧阳军喜. 论学衡派对新文化运动的批评[J]. 清华大学学报（哲学社会科学版），1999（3）.

② 爱切生. 语言的变化：进步还是退化？[M]. 徐家祯，译. 北京：语文出版社，1997：284.

积极的意义而对进化论的适用性与消极作用闭口不谈。这实际上回到了一个本初的问题，即如何看待"传统"与"现代"中"新"与"旧"的关系。究竟是否"新"便意味着正确，"旧"就意味着落后？的确，在思想转型期，相对的文化激进主义能够促使文化的突破与发展，这也是文化得以不断前进的根本原因，但同时也需要与之相反的力量予以制衡，如此才能保证思想始终在既定的轨道上。从这个角度来说，"激进主义"和"保守主义"二者缺一不可，是相互制约与依存的关系，必将走向"共生"。20世纪末的文白之争，"是借'旧的'问题引发'新的'思考，学界通过对文白话题的讨论而深入到对当代社会文化的积极反思。经过海内外学者长期的思考和讨论，学人们对五四新文化运动以来激进与保守这两种思潮，以及二者的集中表现——'文言'与'白话'之争，有了越发理性、客观、深入和全面的思考，这对现代汉语与文学发展，以及当代社会文化的发展都有积极意义"①。

而新文化派与学衡派之间，同样也存在共生的关系。《新青年》和《学衡》作为主场的对垒是贯穿中西文化领袖之间的对话，之所以可以产生交相辉映的场景，得益于它们之间的共生态势。

学衡派斥新文化派专断和浅隘，但实际上，新文化的支持者是拥有博大情怀的。比如胡适曾经说过："一切主义，一切学理，都应该研究，但是只可认为一些假设的见解，不可认作天经地义的信条。"② 李大钊则对新文化派和学衡派之间的对抗价值有这样的形容："历史所诏，欲兴其一，二者必当共起。"③ 而学衡派也并非只

---

① 邹铁夫. 从"旧"的文白之争到"新"的文化反思：论上世纪末语言与文化讨论 [J]. 名作欣赏，2015（12）.
② 安徽大学胡适研究中心. 胡适研究：第三辑 [M]. 合肥：安徽教育出版社，2001：343.
③ 朱文通，等. 李大钊全集：第二卷 [M]. 石家庄：河北教育出版社，1999：719.

有"过激言论"这一面,他们也在努力思考新文学和新文化,探讨着文化与文学的发展脉络。他们并非一味反对文学的创新,甚至在理论框架中,就不是以"新文化"或是"新文学"为论争对手的,而是在更高的层次上对新文化、新文学提出期望。吴宓曾自言:"吾惟渴望真正新文化之得以发生,故于今之新文化运动,有所訾评耳。"① 这就是说,他所强调或者批判的是目前正以"不正确"的方式从事新文学运动的人,他指出:

"新文化运动,其名甚美,然其实则当另行研究,故今有不赞成该运动之所主张者,其人非必反对新学也,非必不欢迎欧美之文化也,若遽以反对该运动所主张者,而即斥为顽固守旧,此实率尔不察之谈。"②

由此可见,学衡派并非反对新文学或新文化,而是有着自己心中所向往的新文学或新文化。这其实与新文化派并不冲突。

简而言之,新文化同人与学衡派之间,看似宿敌关系,但双方有更多的共同点,这种共同点就是对未来的统一追求。二者都是在民族性与时代性、传统与现代、肯定和否定的过程中,探寻着振兴中华的文化脉络。一种文化的发展需要某一种"必要的张力",这既是文化生长机制的需求,也是发散与收敛思维互相补充的原则。学衡派与新文化派之间就构成了彼此的"必要张力"。一方面,新文化派的激进对学衡派的守旧产生了促进;另一方面,学衡派坚持古典主义,指责情感泛滥的浪漫主义等行为也弥补了新文化派的不足。正是这一张力,导致在发展文化的过程中形成了内部动态构成,进一步避免出现极端观念,也体现出文化流动发展。各种文化形态之间的彼此限制和补充,对文化良性发展给予了极大保障。

---

① 杨毅丰,康惠如. 学衡派[M]. 长春:长春出版社,2013:35.
② 杨毅丰,康惠如. 学衡派[M]. 长春:长春出版社,2013:28.

第三节　鲁迅与他的笔墨官司

一、鲁迅参与下的"文人相轻"之争

中国现代文学史上有很多次的"文人相轻"之争，而其中最有资格称为"文人相轻"之争的论争发生在鲁迅和林语堂以及左翼作家与林语堂之间。鲁迅在这次论争中起到了关键的作用，发表了众多看似属于"文人相轻"的文章。但细查起来，这些文章却在"文人相轻"之外有更加深刻的意味。因此，按照时间的顺序，将论争的脉络加以梳理，从而探讨鲁迅在"文人相轻"问题上的观念，就十分必要了。

1935年1月，林语堂在《论语》上发表了一篇名为《做文与做人》的文章。林语堂采用幽默甚至有些讽刺的语气书写了此文。其中对于文人的批判不可谓不犀利。其批判的立足点主要有三：其一，"文人薄命与红颜薄命相同"①。其二，"文人好相轻，与女人互相评头品足相同。世上没有在女人目中十全的美人，一个美人走出来，女性总是评她，……文人不敢骂武人，所以自相骂以出气，这与向来妓女骂妓女，因为不敢骂嫖客一样道理，原其心理，都是大家要取媚于世"②。其三，如"妓女""今朝事秦，明朝事楚，事秦事楚皆不得，则于心不安"③。

简言之，在林语堂看来，文人相轻的原因在于不敢骂武人，缺乏独立性与恒定的立场，善于说一套做一套。其实，此文并没有针对某一流派或某一人，只是概而论之对知识分子的弊端进行分析，但林语堂在执编《论语》《人间世》时曾经受到了左翼作家的猛烈

---

①②③　林语堂. 论东西文化的幽默［M］//寇晓伟. 林语堂文集：第九卷. 北京：作家出版社，1996：459 - 460.

抨击。① 而且文中的一句"白话派骂文言派，文言派骂白话派，民族文学派骂普罗，普罗骂第三种人"②，引发了左翼作家的不满。

林语堂此文发表之后，曹聚仁在1935年4月9日发表了《论"文人相轻"》一文。在曹聚仁看来，"文人相轻"仅仅是批评，绝没有相骂的意思。他将"文人相轻"看作一种比较普遍的文坛争论，并非是人身攻击。正所谓"文坛有如战场，自古以来，从不曾有过'平静无事'的气象"③。

鲁迅于同年5月在《文学》月刊上发表了《"文人相轻"》一文，批评了林语堂的说法。他认为，林语堂把文坛论争"轻蔑"为"文人相轻"，那是"混淆黑白"。鲁迅特别指出：

"凡批评家的对于文人，或文人们的互相评论，各各'指其所短，扬其所长'固可，即'掩其所短，称其所长'亦无不可。然而那一面一定得有'所长'，这一面一定得有明确的是非，有热烈的好恶。假使被今年新出的'文人相轻'这一个模模糊糊的恶名所吓昏，对于充风流的富儿，装古雅的恶少，销淫书的瘪三，无不'彼亦一是非，此亦一是非'，一律拱手低眉，不敢说或不屑说，那么，这是怎样的批评家或文人呢？——他先就非被'轻'不可的！"④

他认为批评家必须积极开展文学批评，在所谓的"文人相轻"的恶名面前不能胆怯。

---

① 高玉国，刘印房．鲁迅摒弃"文人相轻"思想探微［J］．山东社会科学，2007（8）．
② 林语堂．论东西文化的幽默［M］．北京：人民文学出版社，2014：83．
③ 曹聚仁．文笔散策　文思［M］．北京：生活·读书·新知三联书店，2007：99．
④ 鲁迅．"文人相轻"［M］//鲁迅全集：第六卷．北京：人民文学出版社，2005：308-309．

同年6月，鲁迅又一次发表《再论"文人相轻"》，指出："文学的修养，决不能使人变成木石，所以文人还是人，既然还是人，他心里就仍然有是非，有爱憎；但又因为是文人，他的是非就愈分明，爱憎也愈热烈。……单用了笼统的'文人相轻'这一句空话，是不能抹杀的，世间还没有这种便宜事。"① 这实际上是对林语堂观点的再批判。

1935年第8期的《芒种》上，魏金枝结合鲁迅的《再论"文人相轻"》观点发表了《分明的是非和热烈的好恶》一文。文章开篇便说："人应有分明的是非，和热烈的好恶，这是不错的。文人应更有分明的是非，和更热烈的好恶，这也是不错的。"这对鲁迅的观点予以了肯定，但紧接着，魏金枝谈道："但天下的事情，并没有这么简单，除了是之外，还有'似是而非'的'是'，和'非中有是'之非，在这当口，我们的好恶，便有些为难了。"②

鲁迅结合魏金枝的文章，发表《三论"文人相轻"》进行了回应。鲁迅一针见血地指出魏金枝所谈的"似是而非""非中有是"其实仍旧是有是非、有好恶的。之后，鲁迅在《文学》月刊第五卷第三号发表了《四论"文人相轻"》《五论"文人相轻"》《六论"文人相轻"》，持续对"文人相轻"的命题加以阐释。

1935年8月，沈从文发表《谈谈上海的刊物》一文，文中对一部分刊物之间的争斗问题进行了批评。他说：

"说到这种争斗，使我们记起《太白》《文学》《论语》《人间世》几年来的争斗成绩。这成绩就是凡骂人的与被骂的一股脑儿变成丑角，等于木偶戏的互相揪打或以头互碰，除了读者养成一种'看热闹'的情趣以外，别无所有。……争斗的延长，无结果的延

---

① 鲁迅. 再论"文人相轻"[M]//鲁迅全集：第六卷. 北京：人民文学出版社，2005.
② 鲁迅. 鲁迅全集：第六卷. 北京：人民文学出版社，2005：387-389.

长,实在可说是中国读者的大不幸。我们是不是还有什么方法可以使这种'私骂'占篇幅少一些?一个时代的代表作,结起账来若只是这些精巧的对骂,这文坛,未免太可怜了。"①

沈从文的这篇文章本意是对上海刊物进行讨论,在一定程度上延续了"海派"的批评。但是他提出的争论话题显然使自己加入了"文人相轻"的论争之中。

鲁迅对沈从文的说法通过《七论"文人相轻"——两伤》这篇文章进行了辩驳。文章认为,文坛中的相骂存在着是非曲直,读者也绝非是完全的混沌,一些事情是可以自行判断的;相骂者也绝不是丑角。鲁迅还认为,沈从文的这一观点类似于"文人相轻"的观点,都属于黑白混淆、是非不分,使文坛失去了文艺思想。关于私骂,鲁迅认为,私中也隐藏着公,在骂中包含了一定的理。

二、鲁迅关于摒弃"文人相轻"思想的内涵

(一) 关于"倡导相争"

鲁迅认可文人间相争的必要性。他认为知识分子之所以成为知识分子,其前提是应该有明确的是非和强烈的爱憎。文人间的"相轻",可以表现为碰撞、摩擦甚至争斗,但正因为这样的"相轻"行为,才使得社会从不平静、不和谐之中达到某种高度的和谐。因此,鲁迅主张论争,不仅是不同营垒之间的知识分子需要论争,同一营垒中的知识分子亦应该通过论争与批评,获取新的生命力。正如鲁迅在《再论"文人相轻"》中谈道,文人处处顺从,事事随和,消泯了一切爱憎是非观念,收敛了所有锋芒棱角,"这自然也

---

① 沈从文. 沈从文全集:第十七卷 [M]. 太原:北岳文艺出版社,2002:92.

未必全无好处,但做文人做到这种地步,不是很有些近乎婊子了么?"① 因此,鲁迅始终批判以"文人相轻"为名,不主张论争的观点。他认为,在重大的是非面前,文人是不应该沉默和回避的,"他得像热烈地主张着所是一样,热烈地攻击着所非"②。

除此之外,还应看到鲁迅所倡导的论争并非毫无原则。"文人相轻"绝非普通的"骂战"。首先,论争需要做到说理。"不妨尖刻",但必须是为了说理的尖刻。无理生非,强词夺理都是要极力反对的。其次,论争必须直指对方的缺点,用写实的手法来批判。最后,要注重论争的态度与文风,"倘在诗人,则因为情不可遏而愤怒,而笑骂,自然也无不可。但必须止于嘲笑,止于热骂……而自己并无卑劣的行为,观者也不以为污秽,这才是战斗的作者的本领"③。唯有论争的双方都秉持相互促进、和谐的姿态,才能让"文人相轻"不止于"骂战"。

(二)关于"禁忌相轻"

鲁迅虽然支持文人间的论争,把"文人相轻"作为双方论争并相互促进的前提。但是,鲁迅对文人间只"相轻"而无促进的倾向极其反对。认为没有目标的"相轻",只会增加文人间的矛盾,此外,还可能导致整个社会风气的恶化。正如鲁迅在《七论"文人相轻"——两伤》中所说:"所谓文人,轻个不完,弄得别一些作者摇头叹气了,以为作践了文苑……如果篱中篱外,有人大嚷大跳,大骂大打,南山是在的,他却'悠然'不得,只好'愕然见南山'

---

①② 鲁迅. 再论"文人相轻"[M]//鲁迅全集:第六卷. 北京:人民文学出版社,2005.

③ 鲁迅. 辱骂和恐吓决不是战斗[M]//鲁迅全集:第四卷. 北京:人民文学出版社,2005.

了。"① 不难看出，鲁迅对于"文人相轻"的问题，将"倡导相争"与"禁忌相轻"明确区分开来。"倡导相争"的前提是尊重对方，遵守有关争论的准则，而"禁忌相轻"又必须以"倡导相争"为前提和基础。二者之间互为条件而又是相辅相成的辩证关系，若只提倡"禁忌相轻"而不以"倡导相争"为前提，那么，对文学、文化的发展也毫无助益。

（三）鲁迅摒弃"文人相轻"思想的当代启示

1. 广大知识分子必须积极承担社会赋予的使命

对落后的国民性积极改造，这是鲁迅一生斗争的目标。他认为，一定要从民族精神之中剔除那些腐朽和丑恶的内容，加入健康的特质，而知识分子恰恰肩负这样的重任。当年鲁迅弃医从文就是这一目的，鲁迅在知识分子中提倡彼此相争，严禁互相相轻，强烈反对旁观。

2. 知识分子必须拥有独立的思想，积极创新

鲁迅认为，社会中的知识分子是一个独立存在的群体，拥有自己的观点，他不断鼓励"文人相争"，就是在鼓励知识分子关于独立思想形成争论并对不同社会问题意见进行争辩。若缺少了具有独立思想和人格的知识分子，整个社会与民族将会停滞不前。对当代社会而言，要想实现创新，就需要创造一个轻松、自由的学术环境，最大限度提高知识分子的创造力，打破知识分子的精神禁锢，只有如此才可以形成新的意见。

3. 知识分子必须不断加强道德修养

只有不断提升道德水平才可以更好地规范自身行为。通过开展思想教育，采取有效的手段，令广大知识分子凭借良好的精神状态

---

① 鲁迅. 七论"文人相轻"：两伤［M］//鲁迅全集：第六卷. 北京：人民文学出版社，2005.

培养团结合作的精神，进一步形成正确的价值理念。此外，知识分子还必须善于"审己度人"，对自己和别人都有一个准确的认识。不能用自己的优点比较别人的缺点，也不能一味掩藏自己的不足，妒忌他人的优点。在做学问的过程中无法缺少一定的争论，但是不能通过揭短而对他人进行恶意攻击。在知识分子之间尽量建立彼此亲近的关系，坚持实事求是。此外，还要做到端正态度。文人出现相轻主要是具备了一定的资本，相轻也必须注意分寸与方法。

第四节 "文人相轻"之"重"

一、文人相轻的理性认识

对文人相轻的社会现象有一种理性认识的态度，才能得以剖析其积极意义所在。最早对文人相轻形成理性认识且予以道德判断的人是曹丕，其理论在《典论·论文》中展现无遗：

"文人相轻，自古而然。傅毅之于班固，伯仲之间耳，而固小之。与弟超书曰：'武仲以能属文，为兰台令史，下笔不能自休。'夫人善于自见，而文非一体，鲜能备善。是以各以所长，相轻所短。里语曰：'家有敝帚，享之千金。'斯不自见之患也。"①

从上文中不难看出，曹丕较为客观地指出了文人相轻的原因，主要从心理偏见与文学创作的差异性方面予以认识。但曹丕的理论又受到道德的明显限制，对文人相轻的现象持否定态度，认为文人相轻是不道德的，甚至是不利于社会发展的。从某种意义上来说，曹丕的思想是儒家思想文化的典型价值观。这种价值观对后世影响

---

① 陈振鹏，章培恒. 古文鉴赏辞典：上 [M]. 上海：上海辞书出版社，2014：454.

极大，这就使得文人相轻最终成为中国文人集体印象中的"陋习"。

除曹丕的理论之外，《文心雕龙·知音》对曹丕的理论持支持的态度。不仅以示例来证明"自古而然"，还突出了文人相轻的两大特点，即"贵古贱今"和"崇己抑人"。从汉末文人的情况来看，文人相轻的社会现象很突出。《后汉书》卷四十三《朱穆传》中记载朱穆慨叹当时社会风情的变化，"然而时俗或异，风化不敦，而尚相诽谤，谓之臧否。记短则兼折其长，贬恶则并伐其善。悠悠者皆是，其可称乎！凡此之类，岂徒乖为君子之道哉，将有危身累家之祸焉"①。这种诋毁他人的风气与多种因素有关，比如与东汉的"选举"用人制度有关。清代的学者赵翼在归纳了东汉诸多事例之后，提出了"东汉尚名节"之论。② 所谓重名节就是道德境界的追求。曹丕等人试图从理论上阐明危害，遏制文人相轻的现象，但在现实中却收效甚微，反而愈演愈烈。

但逐渐地，人们开始意识到文人相轻的现象不仅仅是道德的范畴，也可以是由于人的性情、心胸、度量而导致的。比如杨万里在《答陆务观郎中书》中说："古者文人相轻，今不相轻而妒焉。"③ 文人相轻所表现的讥讽，通常都是由妒忌所引起的。

而值得注意的是，在清代学者赵翼的《陔余丛考》中，在文人相轻的问题上有了更为全面的认识，对现代科学地阐释文人相轻的问题具有启发意义。赵翼指出，文人相轻是旧有的"陋习"，但也看到了文人间"相励"的一面。然而遗憾的是，他指出"相励"与文人相轻无关，未能鞭辟入里，并没有直接指出文人相轻的"重"。

---

① 司马迁. 二十五史精华：第一卷［M］. 北京：线装书局，2011：242.
② 赵翼. 廿二史札记校证［M］. 王树民，校证. 北京：中华书局，1984：102-103.
③ 王新龙. 陆游文集：下［M］. 北京：中国戏剧出版社，2011：176.

但不可否认的是,古代学者对于文人相轻的理性认识开始逐渐深化。虽将其始终放在道德范畴内予以探讨,将其看作消极的社会现象,持否定与排斥的态度,但对于文人相轻的问题,已出现多元化的思维方式,也为日后能够更加深入地挖掘该问题奠定了基础。

二、文人相轻的积极意义

文人相轻的意义可以体现在文学创作与文学评论两个方面。从文学创作方面来看,不难发现,古代文献中所记载的文人相轻的典型范例,通常涉及的是当时的著名文学家。换言之,文人相轻就是要棋逢对手,是在强者之间发生的论争。如此的竞争,实际上形成了文学流派间的对峙,在很大范围内促进了文学的创作。而用后世的眼光来看,文人相轻的结果往往能让后代学者看到一朝一代的文学思想与主流风格,能看到当时文学创作最具特点的部分。从这个角度来说,文人相轻与道德品质无关,甚至有可能是文学创作活动的兴盛表现。

从文学评论方面来看,文人相轻的积极意义可总结为两个方面:其一,将文学评论引向深入;其二,文人相轻所形成的文本是有一定的艺术欣赏价值的。如果只是用评论的眼光来看文人相轻所带来的文本,即便文章语言辛辣,其中所体现的深刻思想、诙谐方式也都值得思考,带来的是某种审美的快感。元好问与孟郊两大诗人,是典型的"文人相轻"的例子。元好问对孟郊的评价是"高天厚地一诗囚",而后人对此的评价却是"新甚趣甚"。这其实就是刨除道德评价之后的审美体验。

假如回归到道德范畴之下,那么文人相轻的积极意义还包括激浊扬清的正义宣扬。换言之,某些文人相轻的内容与行为,就是针对不道德的品行,对其进行谴责。比如元好问《论诗》中一首,针对的是潘岳的媚骨。"心画心声总失真,文章宁复见为人?高情千古《闲居赋》,争信安仁拜路尘。"全诗处处用反衬之法,如"高情千古"反衬"拜路尘",表达了作者对潘岳的反感与鄙视。再如李清照嘲讽张九成文章中的"桂子飘香",实际上是对当时迂腐文人的棒喝,丝毫没有个人恩怨掺杂其中。清人贺裳曾说:"诗文之累,不由于谤而由于谀。"这对文人相轻的道德意义是有一定借鉴意义的。批评往往比阿谀更有效,辩证地看待"谤"与"谀",才能认真思考文人相轻中嘲讽与批评的作用,看到其有所助益的一面。

第七章

"好为人师"与"敬告青年"

"好为人师"并非是一个贬义词,实际上它是一种"诲人不倦"的姿态,这是根植于中国传统文化中的一份责任,也是回望历史与遥望未来时所流露出的文人传统人格的体现。中国的文人传统中的"好为人师",源远流长,其中儒家经典《论语》就记录了孔圣人以"人师"之姿态与弟子进行了一系列有关人生、理想、哲学、世界等看法的言行。相传孔圣人有弟子三千,贤弟子七十二人,而孔圣人作为中国传统文人顶礼膜拜的文化偶像,在《论语》中,以"子曰"的方式,完成了"好为人师"的仪式与历程。在"半部《论语》治天下"的俗语中,一个传统文人,常常以师之口吻发声,也以此实现自我心灵的救赎。

当然,面对不公、不平,总是忍不住发声的态度,也是一个知识分子理想人格的实现方式与存在价值的体现。"好为人师"这一概念,饱含了文人传统中的谏言、批判、责问以及以树立自身楷模形象的特征。《离骚》作为带有自传性质的抒情诗,不仅塑造了作者屈原忧国忧民的文人形象,也是对楚国黑暗现实与腐朽政治的发声,震古烁今。虽然屈原谏言的对象不是青年,但是"好为人师"这一姿态拥有相同的潜在内涵。一定程度上的发声、批判与谏言,也是传统文人与社会、政治之间的一层关系方式,这一关系常常以与青年对话的方式解决。

唐代韩愈"抗颜而为师",在《师说》中,他提出"师者,传道受业解惑者也。人非生而知之者,孰能无惑?惑而不从师,其为惑也,终不解矣。"其中一个见解为,年轻人需要有惑从师,但其实,师者是作为以"传道受业解惑"为生的人,也需要有"受业"对象存在。实际上,师与生之间还存在着身份、矛盾等种种心理层面的冲突,这也是文化世代更替与传承中的存在方式之一。正因如此,中国传统文化层面的师与生之间的对话,本身就并非平等交流。以至于本章中另一个关键词"敬告青年",在精神内核中就包含着师者由上而下的谆谆教诲。

《敬告青年》刊登于 1915 年 9 月 15 日《青年杂志》第一卷第一号，陈独秀所著，作为发刊词具有提纲挈领之用。《青年杂志》后来改名为《新青年》，这是一份引领时代风气，改变时代思潮的期刊。《敬告青年》是陈独秀先生以师者姿态发表的一篇振聋发聩的长文，它也成为文人传统中"好为人师"在新文学历史上的标志性文字，勾勒出了五四新文化运动时期师与生、长者与年轻人之间的一种对话形象，这种对话式的碰撞也成为五四时期新文学运动背后的多元文化源流之一。本章就从陈独秀的《敬告青年》作为论述的起点，从部分个案启航，描述与梳理五四新文学时期的文坛大家与青年人之间思想碰撞的个案、历史影响与思想收获。

　　此外，青年之所以需要"敬告"，也是因为在每一个时代，青年身上都充满了归属于这个时代的叛逆、冲动与孩子气。青少年这一群体接过前辈文人学者沉甸甸的思想价值框架的交接棒时，总是伴随着复杂的过程，并非一蹴而就，特别是在心理范畴，将产生一系列的"化学反应"。

第一节　办刊时代：从《新青年》到《努力》

　　在没有微博和微信公众号的年代，"大V"尚未出现，传播路径与手段也相对匮乏。五四时期，对于一个有情怀、想发声的知识分子来说，办刊物是表达思想、谏言评论的最佳平台与方式。办刊物也是完成传统文人"传道受业解惑"的现实目标与遵从儒家思想，积极干预时代、参与政治、表达思想的最佳方案之一。

　　事实也证明了这个时代的文人与传媒之间拥有密切的关系，而新文学运动的刊物兴办，是从安徽人开始的。1915 年 9 月 15 日，安徽安庆人陈独秀刊载于《青年杂志》（后改名为《新青年》）的《敬告青年》开启了一个全新的时代。《青年杂志》的诞生是历史性事件，他所树立的大旗，也开启了五四新文化运动的浪潮，在一个尚没有网络新媒体的时代，百家争鸣、学术论争、社会评论等文化思想的重镇就在各种刊物中。可以说，在那个时代，几乎每个有思想的知识分子，都有一个关于主办刊物、针砭时弊、激扬文字、对社会发声的文人侠客梦，这也是师长之职责。于是，文人传统到了新文学运动中，与青年人的交往和对话成为它的重要一环，并构成了《新青年》这份具有重大历史意义刊物的思想基础，也为五四运动中青年人的呐喊与活动埋下了伏笔。

陈独秀在《敬告青年》中明确肯定了青年人对时代与社会的重要意义，他把革命与梦想的前途也系于青年人的身上。然而，从文中可见，陈独秀对于当时国内的青年人还存在诸多不满，以至于不得不说。而从杂志的改名中，也可以窥见陈独秀对于青年的希望，从《青年杂志》改为《新青年》，表明了青年人除了要有青年人的肌体，更要有新思想。陈独秀站在师长的位置，给青年人提出了一系列的建议，并以题眼"敬告"的口吻喊出："自主的而非奴隶的""进步的而非保守的""进取的而非退隐的""世界的而非锁国的""实利的而非虚文的""科学的而非想象的"等。这六个基本原则，承载着五四时期的启蒙思想，陈独秀希望用它们唤醒众多思想还较麻木的青年们的思想，并对他们的思想进行彻底改造。

当然，作为发刊词，这篇文章自然也有非同凡响的色彩，即确立了《新青年》中师长对青年的引导与劝诫之意。做一个简单的考察，从1915年9月15日的第一卷第一号，到1916年2月15日的第六号，其中涉及青年的文章题目如下：陈独秀的《今日之教育方针》，谢鸿的《德国青年团》，易白沙的《战云中之青年》《青年之敌》，美国马克威、斯密士的《青年论》《英国少年团》，孟明的《青年与性欲》《巡视美国少年团记》《英国少年团规律》等作品。在第二卷的第一号中，又有李大钊先生的《青春》与陈独秀先生的《新青年》等文章。

由上可见，作为新文学运动核心刊物的《新青年》，是在一种师与生的对话仪式中产生的，也是在循循善诱、诲人不倦、好为人师的姿态中产生的。正如其在《青年杂志社告》中提到："后来责任，端在青年。本志之作，盖与青年诸君商榷将来所以修身治国之道。……凡学术事情足以发扬青年志趣者，竭力阐述，冀青年诸君于研习科学之余，得精神上之援助。"（摘自《青年杂志》1915年9月15日发刊词）而早期的《新青年》也挖掘到了一批这个时代的优秀青年导师作为该刊物的主要作者，陈独秀、李大钊、胡适、鲁迅、周作人、刘半农等，都用自己的文字给在思想与精神层面有所枯萎的青年人带来一份精神的滋润。如果说《新青年》是当时最有知名度与影响力的大旗，其他一系列刊物在这个时期竞相绽放的情况也不能忽视。从刊名上看，就有众多与青少年相关的刊物，比如《少年中国》《少年世界》《少年社会》等。

　　中国传统文人身上所拥有的风骨之一，就是对青少年的批评、鼓励与引导，这也是师者的责任。戊戌变法失败后，晚清著名学者梁启超在1900年写下了振聋发聩的《少年中国说》一文，道出了他对青少年的殷切期盼与寄托："少年智则国智，少年富则国富……"从中也可以感受到新文学时代的一系列对青少年殷切期盼与寄托的端倪，而此后，在《新青年》等一系列刊物以及文人学者的文章中，与青少年对话的内容贯穿了整个现代文学史。在那个新文学运动浩浩荡荡的时代里，以《新青年》等刊物为代表的内容，塑造出一个有针对性的泛指化青年形象群体。青年本来就指向了青春、活力与未来，再加一个"新"，就是陈独秀等一代前辈所期盼中的具有新思维的青年。这样的新青年泛指的意向群体，则与《新青年》等刊物中不断撰文、引导思想阵地的学者们，形成了对话的两极。

　　以《新青年》为代表的相当多的刊物，在发刊词、宣言等多方面呈现出了"对话青年"的色彩。让我们重新穿越历史的风云，掀开那个时代的一些进步刊物,去抚摸那烙印在历史风尘中的铿锵句子。"国势陵夷,道衰学弊。后来责任,端在青年。本志之作,盖欲与青年诸君商榷将来所以修身治国之道……我国青年,虽处蛰伏研求之时,然不可不放眼以观世界。"(摘自《青年杂志》1915年9月15日发刊词)从中我们可以看到,对话青少年成为众多刊物的重要宗旨与追求,而撰稿人也大多把青年人作为主要对象。其中的代表刊物《新青年》作为一份带着革新色彩而登上历史舞台的刊物,天生就有着革新的细胞与血液,无论是改用白话文,还是采用新式标点符号,都是现代文化史上的大事。此外,在反封建方面,《新青年》的姿态也令人侧目,战果辉煌。五四运动以后,新文化运动不再是铁板一块,出现了内部的分化,第八卷第一号的《新青年》已经改成了中国共产党在上海发起组织的机关刊物,这也标志着对青年引导与敬告的方式有了新动向。

新文化运动澎湃起伏,作为新文化运动旗帜之一的刊物《新青年》,引导着青年开始走向了革命。而此前,李大钊先生于1916年9月1日在《新青年》第二卷第一号上发表的《青春》,则是一篇有标志性意义的文章。歌颂青春和对青年人的期待与寄托等内涵,则在此文中尽情彰显。

"惟真知爱青春者,乃能识宇宙有无尽之青春。惟真能识宇宙有无尽之青春者,乃能具此种精神与气魄。惟真有此种精神与气魄者,乃能永享宇宙无尽之青春。"① 这样的文字,把青春的歌颂与生命和宇宙,放进了同一个维度,也能从中窥出作者对于青春无限的赞美,这甚至也成为他生命哲学的一部分。这些文字充满了生命张力,有着恢宏的叙事效果;这样的呐喊声里,也反映了李大钊毕生的追求与信念。在他大量的著述中,都有关于青春与青年的对话与情

---

① 李大钊. 青春[J]. 新青年,1916,2(1).

感。诸如："努力呵！猛进呵！我们亲爱的青年！"① "青年者，人生之王，人生之春，人生之华也。""国家不可一日无青年，青年不可一日无觉醒。""有精神、有血气、有魂、有胆之青年……"②

李大钊曾在十月革命之后于《新青年》月刊第五卷第五号上发表《布尔什维主义的胜利》以及《庶民的胜利》，这是中国最早的传播马克思列宁主义的理论文章，从此，"新青年"进入了一个新的时代。第二年，《新青年》就推出了《马克思主义研究专号》，李大钊先生又掷地有声地发表了《我的马克思主义观》（上）、《我的马克思主义观》（下）。李大钊先生毕生都把"新青年"作为他奋斗的主要对象与追求，他在北大期间培育和团结了大量的青年朋友，以师之姿态与青年人为友，帮助和引导大量进步青年了解马克思主义理论，同时也帮助大量的青年朋友排忧解难，为他们指引人生之路。

此后，《新青年》逐渐转变为宣传社会主义的刊物。1920年5月1日，第七卷第六号出版了"劳动节"纪念专号，从这一期开始，面向社会主义的发展方向开始成为主导，宣传马克思主义与工人运动渐渐成为刊物的主潮，而宣传的对象并没有改变，还是要影响时代大潮中的进步青年。此后也展开过与"无政府主义"等观点的多次论战，也借这样一轮又一轮的大讨论，在青年人中播撒革命思想的种子。1921年，中国共产党成立之后，《新青年》继续出版，在1923年6月改成了季刊，成为中国共产党的理论性机关刊物。"好为人师"往前一步走，便是干预现实，再往前踏出一步，就是政治了。

1917年，安徽绩溪人胡适先生，带着令不少传统文人与青年所羡慕的光环从海外读书归来，那时候，他表示"二十年不谈政

---

① 李大钊. 现代青年活动的方向［N］. 晨报，1919-03-14.
② 李大钊.《晨钟》之使命［J］. 晨钟，1916（1）.

治"。从1919年发表的《多研究些问题,少谈些主义》开始,参与了《新青年》《每周评论》等刊物的编辑,经历过种种波折,胡适带着恰似哈姆雷特般的犹豫,开启了他新的办刊历程。这一次的办刊,则是完完全全由他本人作为灵魂人物与主编,开始了他新的"好为人师"之旅。1921年,胡适与丁文江、王云五、蒋梦麟、任鸿隽、陈衡哲等人,组建了民间学术同人团体"努力会",定期举行谈话会以议论政事。1922年5月7日,《努力周报》正式创刊。当年宣布不谈政治的胡适,从这份刊物开启了他新的努力。尽管胡适经历了千百年来不少传统文人心头难以绕过的两难抉择:思想与理想的徘徊,但他仍旧决定办刊。我们在《努力周报》的办报宗旨中,看到了胡适先生的新祈盼:"天下无不可为的事……阻力吗?他是黑暗里的一个鬼;你大胆走上前去,他就没有了。朋友们,我们唱个《努力歌》:'不怕阻力!不怕武力!只怕不努力!努力!努力!阻力少了!武力倒了!中国再造了!努力!努力!'"[①]

学者从书斋中走出,以笔做枪,积极投身时世,开始参与政治评论。我们也从《努力周报》的办刊历程与内容中,发现了一个文人学者在学术与政治之间的犹豫和摇摆。在这份刊物中,虽然胡适开始破戒谈论政治,但思想、学术与文艺类的内容也并不少,两种内容在刊物的发展历程之中,也经历了一番交替变化,时而东风压倒西风,时而西风压倒东风。但综观这份刊物,还是胡适实践自己梦想的一种尝试,也寄托着他对于青年人未来发展的希望与反思。

从《新青年》到《每周评论》,再到《努力周报》,胡适先生都把对青年的引导与帮助作为其为学、为文和为人的重点。胡适先生的"敬告"青年不是把重点放在批评与警告上,更多的是帮助和引导,而且能够非常亲和地与青年学子用文字谈天,给出具体的

---

① 胡适. 为人与为学:胡适言论集[M]. 萧伟光,评注. 北京:中国纺织出版社,2015:270-271.

"药方"。比如,他在《努力周报》增刊《读书杂志》的第七期上,给清华的同学们开了《一个最低限度的国学书目》;还有《青年人的苦闷》等专门为青年人答疑解惑、排忧解难的文字:"今年6月2日早晨,一个北京大学一年级学生,在悲观与烦闷之中,写了一封很沉痛的信给我。这封信使我很感动,所以在那个6月2日的后半夜写了一封一千多字的信回答他。……今日无数青年都感觉大同小异的苦痛与烦闷,我们必须充分了解这件绝不容讳饰的事实,我们必须帮助青年人解答他们渴望解答的问题……"①

一个享有盛誉的大学者,各种工作在身,却能始终以青年为友,清晨接到一个北大学子的求助,当天便能连夜认真地写一封长信给予回复。背后支撑他这一行为的就是一种"好为人师"的人格理想,而青年朋友们也愿意将胡适先生作为他们的精神导师。胡适把"敬告青年"变为与青年朋友们促膝谈心,娓娓道来,自然这也是更容易让青年朋友接受的方式。胡适先生就像那个时代的"大V",拥有众多拥戴的青年粉丝,人生困惑、爱情烦恼等各种苦闷,他都能与你共承担,并且还能指出一条路来。这大概也就是他的"努力"方式。

在新文化运动的时代里,百家争鸣,众多学者用办刊的方式发声,与政治发生微妙的关系。另外,他们也用中国文人的风骨,影响着一批又一批的青年人。虽然政治的现实常常让他们陷于无奈的境地,但是在他们的影响下,一代又一代的青年在成长。或许在他们看来,与青年人对话,和他们发生思想上的碰撞,就是最好的"入世"方式吧。

---

① 胡适. 读书与做人 [M]. 广州:广东旅游出版社,2014:54.

第二节 鲁迅与"新青年"的对话

新文化运动的战将很多,思想、观点的碰撞与激辩带来百家争鸣的局面。然而在这样一个名家辈出的时代里,鲁迅先生的存在就像一座巨大的山峰,他以独特的魅力发挥着非同凡响的作用,特别是对青年人。鲁迅先生本身就有一个重要的身份——教师,他曾经在北京大学、北京高等师范学校、北京女子高等师范学校以及中山大学等多所学校担任教职,"好为人师"的姿态可谓事出有因。鲁迅的这一姿态很多,更为世人所了解与熟知的,还是他的文字。

鲁迅先生曾经在《热风·随感录四十一》中写下这样的句子:"愿中国青年都摆脱冷气,只是向上走,不必听自暴自弃者流的话。能做事的做事,能发声的发声。"[1] 如这样的文字流露出鲁迅对于青年人的些许苛责,希望青年人能振奋一点,哪怕能力和才华有限,哪怕"发一分光"也很好。以长者的身份,给青年人引路和指明方向,鲁迅也一直用自己的方式在努力。他与《新青年》刊物之间,也有不解之缘。"自《狂人日记》发表到1921年8月1日,鲁迅在《新青年》上共发表作品50余篇,计小说5篇,新诗6首,杂文29篇(其中随感录27篇),通讯3篇,译文4篇,其他(附记、正误)7篇。"[2] 利用这一份杂志,鲁迅先生向青年人传递了他的思考与全新的文化观念。改造国民性,一直是鲁迅先生提出的重要理念,而改变国民性和思想的核心在青年,当时的青年需要改变和引导的地方,都是鲁迅先生一直所关注的。

《狂人日记》不管对于新文学运动、《新青年》,还是鲁迅自己来说,都有着极不一般的标志性意义,它被认作是中国新文学史上

---

[1][2] 上海鲁迅纪念馆. 鲁迅与《新青年》[M]. 上海:上海辞书出版社,2016:22.

的第一篇白话小说。这一篇日破天惊的小说,身上本就背负革新气质,狂人的语言中,有不少青年人的狂傲姿态和青春热血的面貌。这篇小说中承载着鲁迅先生"好为人师"的精神师承,因为有人在小说中找到了鲁迅的老师章太炎的影子。中国文人的师生之道由来已久,而一代又一代的文人,大多有师承,除了孔孟老庄,还有自己学习生涯中的恩师。无论你是否愿意承认,文人学者都在潜移默化中受到来自老师深深的影响,而"好为人师"就是一种源远流长的文人生活姿态。所以,我们能够在《狂人日记》中触摸到一些章太炎先生的蛛丝马迹。这毫无疑问扛起了传统文人的精神脉络。

章太炎先生在"东京留学生欢迎会演说辞"里这样说:"大概为人在世,被他人说个疯颠,断然不肯承认……独有兄弟却承认我是疯颠,我是有神经病,而且听见说我疯颠,说我有神经病的话,倒反格外高兴。为什么缘故呢?大凡非常可怪的议论,不是神经病人,断不能想,就能想也不敢。说了以后,遇着艰难困苦的时候,不是神经病人,断不能百折不回,孤行己意。所以古来有大学问成大事业的,必得有神经病,才能做到。"[①] 曾经也有不少人把章太炎称为"章疯子",狂人还是疯子,大智慧还是大傻瓜,有时仅一步之遥。"鲁迅是章太炎的学生,对章太炎一直很尊敬,到临终前不久,还写了最后一篇文章《因章太炎先生而想起的二三事》。所以,有的学者就考据说,《狂人日记》里狂人的原型就有章太炎的影子。"[②] 由此,鲁迅对青年的言传身教,以及他用教学生涯与等身著作和青年穿越时空的对话,本身也是他从青年时代与老师关系的关系转换。一直以来,鲁迅对不少老师都有着深厚感情,包括他在日本学医时期的藤野先生。每一个好老师的出现,一定是其人

---

① 陈平原. 章太炎的白话文 [M]. 贵阳:贵州教育出版社,2001:111.
② 陈思和. 中国现当代文学名篇十五讲 [M]. 北京:北京大学出版社,2003:22.

生中经历了多个好老师的缘分和结果,薪火相传本来就是"好为人师"的特色之一。

关于鲁迅的新文学气质,还要记得他有一句话是"从来如此,便对么"。我们看到,鲁迅用文字构建的世界里,有一些令人难忘的人物,本身就充满了青少年的烙印,而这些人物身上存在的问题与伤疤,实际上就是作者另一种"敬告青年"的方式。鲁迅先生本来就有大量投枪匕首般的时评与杂文,而小说中的人物则是用另一种相对委婉的方式来发出声音。在小说的阅读中,一些人物形象,时时敲打在青年人的脑海中,警醒着每一个读过作品的人。比如,鲁迅作品《故乡》中的闰土,一个充满青春活力的少年,他在作者的印象中,和那意境之景一样烂漫:"深蓝的天空中挂着一轮金黄的圆月,下面是海边的沙地……那猹却将身一扭,反而从他的胯下逃走了。这少年便是闰土。"① 这少年宛如哪吒下凡间,其实这样精灵古怪的少年,正是带有青春亚文化气息、充满朝气的青年人的整体画像,他并不是一个单个的闰土。可是,这一位"心里有无穷无尽的稀奇的事"的可爱少年,在多年后,却对着他少年时最好的玩伴毕恭毕敬地叫了声"老爷",那个怀有青春气息的闰土,实际上已经不在了。

一个青年人以读者的心态看到这里,也忍不住为作者惋惜,童年关系那么好的玩伴,就这样在精神的层面形成了一道无法跨越的鸿沟,宛如天堑。再往前多想一步,你身边是不是也有许多童年的伙伴同样如此?低头一思索,你可能心中暗暗一惊,难道生活中这样的例子少吗?而青年读者在心中被电击一般划过之时,又怎能不联想到自己?那份青春热血还在吗?稀奇古怪的天真想法还在吗?对改变世界拥抱梦想的追求,改变了吗?鲁迅笔下的闰土,其实化

---

① 鲁迅. 故乡 [M] //鲁迅全集:第一卷. 北京:人民文学出版社, 2005:502.

成了一个符号，类似于警钟的符号。以小说的方式来"敬告青年"，指出问题的症结所在，重新激起奋斗的热情与方向。

《在酒楼上》中的人物吕纬甫，"敬告"的意味更加明确，且更有指向性，在现实的生活中，更是比比皆是。如果说闰土是一个被旧时代摧毁的可爱少年，那么，在酒楼上偶遇的吕纬甫，就是被旧制度磨平了的青年。那时的吕纬甫，状态是这样的："细看他相貌，也还是乱蓬蓬的须发；苍白的长方脸，然而衰瘦了。精神很沉静，或者却是颓唐，又浓又黑的眉毛底下的眼睛也失了精采，但当他缓缓的四顾的时候，却对废园忽地闪出我在学校时代常常看见的射人的光来。"① 可是吕纬甫在青年时代曾"到城隍庙里去拔神像的胡子"，也曾经"连日议论改革中国的方法以至于打起来"，这是激情澎湃、斗志昂扬的革命青年。显然，《在酒楼上》给我们不动声色地刻画了"一个革命青年的沉沦史"。吕纬甫的变化，重要的可悲之一是，他慢慢变成了他曾经痛恨厌恶的模样，从战斗者成为苟活者。这篇小说比《故乡》更直接地一针见血地敲打着一代青年人和从青年走过来的中年人们。

另一个形象，则更为超越且典型，那便是阿Q。阿Q是个农村青年形象。《阿Q正传》这部小说中多处可以给出他年龄的线索：如"阿Q，你这浑小子！你说我是你的本家么？"②"谁知道他将到'而立'之年，竟被小尼姑害得飘飘然了……"③ 据这些可以看出，阿Q二十多岁，不到三十，属于一个未婚的单身青年，身上还充满了各种青春亚文化烙印色彩。阿Q身上有着中国人的许多劣根性，

---

① 鲁迅. 在酒楼上［M］//鲁迅全集：第二卷. 北京：人民文学出版社，2005：26.

② 鲁迅. 阿Q正传［M］//鲁迅全集：第一卷. 北京：人民文学出版社，2005：513.

③ 鲁迅. 阿Q正传［M］//鲁迅全集：第一卷. 北京：人民文学出版社，2005：525.

更是刻画出了处于青春期后段的亚文化特质,一来他也具有性冲动的渴望,想与吴妈"困觉",二来也要闹"革命",很怕别人揭他伤疤,这一些特征,都包含了青春亚文化的特点。阿Q身上的毛病,在许多中国青年人身上同样存在,青年人在阅读小说时,如果忍不住想笑阿Q,笑的时候常常可能也会突然冒出一身冷汗。因为,阿Q身上的毛病与问题,不同样也在自己身上么?"敬告青年"用一种委婉的方式达成,鲁迅的杂文一针见血,而小说则委婉警醒。而这一种委婉的方式,确实能起到绝佳的妙用。

小说《药》当中,鲁迅的"敬告青年"别具一番寓意。两个青年的故事,一个是叫夏瑜的革命青年,因为参加了革命运动被斩首牺牲;另一个青年华小栓因为得了肺痨病快不行了。愚昧的老父亲,去买了沾了烈士鲜血的馒头,希望来挽救儿子的生命,没想到孩子把费尽周折弄来的馒头吃了之后,还是死了。夏志清先生在《中国现代小说史》中,专门论述了鲁迅作品中与青年对话的一种关系和隐喻。"这两个青年之死,情形虽个别不同(一个是为理想而牺牲的烈士,一个是无知愚昧的牺牲品),可是对他们的母亲来说,他们怎样死去是不重要的。鲁迅在这篇小说中尝试建立一个复杂的意义结构。两个青年的姓氏(华夏是中国的雅称),就代表了中国希望和绝望的两面,华饮血后仍然活不了,正象征了封建传统的死亡,这个传统,在革命性的变动中,更无复活的可能了。"①两个死去的青年因为革命与迷信,建立了奇妙的关系,无论是革命的夏瑜,还是无知愚昧而去世的华小栓,都是鲁迅与青年对话的一种方式,他刻画出这些本该充满青春气息的青年人,却以不同的方式走向了死亡。在通向死亡的道路中,藏着无知、迷信与迷惘,而他们的长辈、父母,除了绝望的悲伤以外,也没有找到更好的路。鲁迅用小说指出了当时青年人身上所带有的病灶,一针见血,力透

---

① 林语堂,等. 评鲁迅[M]. 中和:喜年来出版社,1983:111-112.

纸背，从中也能感受到他对相当一部分年轻人的"哀其不幸，怒其不争"。他希望用自己小说中的一部分年轻人形象，敲醒沉睡中的青年。

　　再把视角转移到鲁迅笔下的另一个经典形象，那便是孔乙己。孔乙己作为一个破落书生，年龄不详，难以考证，从其外貌判断年龄，可能有五十来岁，但由于在小说中并未直接道出年龄，因此，他本身也具有典型意义，可以穿越年龄色彩。在他身上，鲁迅一针见血地指出了许多被毒害了的青年书生身上存在的问题。中年孔乙己则是从青年时期走来的，而青年时期所存在的问题，造就了他一生的悲剧。此外，文中的"我"，当时也是一个典型的青少年形象，"我从十二岁起，便在镇口的咸亨酒店里当伙计"，这个"我"便是与孔乙己直接发生联系的人物，"我"的身上还具有一定的现代性，对于孔乙己的态度，还有一些矛盾性，因为只有他到店里，"才可以笑几声"。我发出"笑"，能得到老板的宽容，更是因为孔乙己这样的穷酸破落文人被嘲讽与讥笑，能得到大众与社会在当时普罗价值观中的认同。我作为一个涉世未深的青少年，"笑"可能并没有包含多少的恶意，但被默许、被宽赦，显然得到了社会其他力量的怂恿，并用"笑"营造了难得的轻松氛围。这一"笑"便是石破天惊的敬告和警醒。

　　鲁迅先生不光用他的文字与小说，穿越时代和时空与青年进行对话，他更是用一生辗转的教师生涯和对青年学子的责任感与使命感，孜孜不倦地进行言传身教。青年是未来，但青年身上夹杂着单纯、激情与不成熟。每一代的青年都需要有精神层面的"灯塔"。

　　鲁迅对中国共产党早期的一些领导人也有重要的帮助和引导，最为人称道的便是瞿秋白。鲁迅曾经赠送瞿秋白一条幅，上写"人生得一知己足矣，斯世当以同怀视之"。瞿秋白在给鲁迅的信中写出这样的句子，可以窥豹一斑："我们是这样亲密的人，没有见面的时候就这样亲密的人。这种感觉，使我对于你说话的时候，和对自己说话一样，和自己商量一样。"① 从这样的文字中，可以感受到一个青年对鲁迅难以言说的情感。大多数青年由于青年人的特殊生理、心理特点，往往在一些重要的时期，经历人生的关键困惑和摇摆期的时候，并不会把这些事情与父母分享和交流，很多的时候也难以与同龄人去沟通。"好为人师"的这个"师"就是一盏青年人在人生大海上的灯塔，也是沙漠中的绿洲，而这也是师长展现"师"的宽厚、辽阔的思想与智慧的积淀的好时机，从而托起一个青年在苦闷海洋上飘荡的风帆。后来，瞿秋白在遭遇困境的时候曾经多次在鲁迅家中避难，鲁迅还请日本的朋友帮助瞿秋白寻找租处。在瞿秋白夫妇生活陷入拮据之后，鲁迅把自己的文稿交给了瞿秋白，让他编辑了《鲁迅杂感选集》，借此"送他三百元"。可谓是殚精竭虑，尽自己所能，全力以赴，帮助青年小友。

众所周知的还有"二萧"。萧军和萧红在文坛的存在与影响，更与鲁迅有着难解的缘分。萧军一生都把自己当作"鲁门弟子"，甚至还公开宣称过："鲁迅是我的父辈，而毛泽东只能算是我的大哥。"② 鲁迅去世后，萧军在悲痛之余还承担起鲁迅去世后各项琐碎的具体工作，在万国殡仪馆的灵前不眠不休地值守了三天三夜。甚至在中华人民共和国成立后，萧军也把宣传鲁迅作为了自己的事业。之所以萧军对鲁迅有如此感情，就是来源于鲁迅对于青年人的无私关爱。1934 年，因为萧军与萧红出版了一部涉及"反满抗日"题材的小说，引起了日寇的通缉，流亡到了青岛，在这里怀着忐忑的情绪，想请教当时的文坛领袖鲁迅关于作品的问题。那时候，鲁迅甚至都不认识他。令人惊讶的是，鲁迅很快就给萧军回了信，而且还在信中给予了解答："不必问现在要什么，只要问自己能做什么。现在需要的是斗争的文字，如果作者是一个斗争者，那么，无

---

① 卫华，化夷. 瞿秋白传 [M]. 长沙：湖南人民出版社，2014：201.
② 朱鸿召. 延安缔造 [M]. 西安：陕西人民出版社，2013：259.

论他写什么,写出来的东西一定是斗争的……"①,正是这样的一封信,犹如黑夜里的烛光,点燃了陷于人生未来困惑中的萧军,给他带来了莫大的鼓励。而对于从未谋面的一个普通青年作家,鲁迅这样的一封信,对于萧军来说,具有难以估量的意义。

而在后来的交往中,鲁迅对这样一个本来没有交情的文学青年给予的关怀,让人动容,除了为师的热情,甚至达到了慈父般的关怀。"当然,我们更可以看到鲁迅对萧军近于慈父般的关爱与悉心呵护,诸如建议根据不同的文章准备不同的笔名(第23信);代寄稿费单子(第31信);帮忙推荐作品发表并向杂志社催讨稿费(第33信);还有面对萧军的告借,坦承自己一时也'手头很窘'(第29信),但13天后一旦稍稍宽裕就通知他到内山书店去取'所要之款'(第30信)等等。"②鲁迅对萧军的提携、帮助与爱护,已经达到了融师与父为一体,而这样的悉心呵护同样也体现在其他的青年才俊身上。

"这些作为一个男人似乎最为隐秘的内心,都呈现在那一封封或简短或翔实的文字里。写下这些时,鲁迅已然54岁,一年后便告别了这个世界,而作为一代文化巨人的倾诉对象,萧军年仅28岁。""好为人师"的第一重境界是能以师之道传道授业解惑,能以自己为师的力量与资源来帮助弟子,而更高一层的境界,便是能与学生展开平等而坦诚的交心。

当然,萧红更不必说了,鲁迅于萧红有知遇之恩,而萧红也将鲁迅视为自己的人生导师。鲁迅亲自为萧红的《生死场》作序,他盛赞这部小说:"叙事和写景,胜于人物的描写,然而北方人民的对于生的坚强,对于死的挣扎,却往往已经力透纸背;女性作者的

---

① 上海鲁迅纪念馆. 上海鲁迅研究 [M]. 上海:上海社会科学院出版社, 2015:45.
② 叶君. 萧红与鲁迅 [J]. 北方文学, 2011 (6).

细致的观察和越轨的笔致,又增加了不少明丽和新鲜。"在当时的文坛,鲁迅的高度评价与亲自作序,给了萧红一次特别重要的机会,1935 年的冬天,《生死场》这部小说一举奠定了这个女子在中国现代文学史上的地位,"萧红"这一笔名随即在文坛崛起。当然,萧红也写下了一篇极为动人的《回忆鲁迅先生》,让读者见识了充满温情、富有生活气息的鲁迅先生。

此外,鲁迅自己的作品中,也反映了他对青年朋友们的各种关爱,比如,他著名的作品《记念刘和珍君》。鲁迅是怀着怎样沉重的心情,亲自写下这篇文章,纪念那真的勇士刘和珍君,控诉"三一八"惨案的刽子手们。在《为了忘却的记念》中,对"左联五烈士"的痛惜之心溢于言表,他满怀深情地回忆了自己与殷夫、柔石他们在文学事业以及在生活中交往的点点滴滴。在文字里,除了他对于青年人的点滴关爱之外,鲁迅对于青年人内心的把握以及对话方式的选择,也令人印象深刻。"由于历来的经验,我知道青年们,尤其是文学青年们,十之九是感觉很敏,自尊心也很旺盛,一不小心,极容易得到误解,所以倒是故意回避的时候多。"①

鲁迅先生在那个时代帮助了众多的青年,用写信、对话、心灵碰撞等方式完成了一次又一次的沟通。鲁迅既继承了前辈的文人传统,又用前所未有的创新思想感染着那个时代的青年们,而那些青年也不断把鲁迅精神与鲁迅思想传播到四面八方。此外,鲁迅留下的闪着光芒的文字,依然在敲打着一代又一代青年人的灵魂。

第三节 从文本到影像:青年标签的二重奏

不破不立。新文学作家登上文坛,就是带着青年人的一股奇特

---

① 鲁迅. 为了忘却的记念 [M] //鲁迅全集:第四卷. 北京:人民文学出版社,2005:495.

的热血呼啸而来，扛起了历史的重任。新文学作家与生俱来就有一种打破常规的特质，带着颠覆的能量，摧毁传统，在他们的作品中，首先就有站出来、不吐不快的力量。五四运动后，1920年2月，郭沫若的《天狗》以一种前所未有的"破坏力"闯入文坛。

> 我是一条天狗呀！
> 我把月来吞了，
> 我把日来吞了，
> 我把一切的星球来吞了，
> 我把全宇宙来吞了。
> 我便是我了！
> 我是月的光，我是日的光，
> 我是一切星球的光，
> 我是X光线的光，
> 我是全宇宙的Energy（能量）的总量！①

如今，在这个媒介融合、移动互联时代里，当我们再念起这首诗时，不免会感觉咆哮色彩较浓，诗歌的审美色彩还不够强，优美不足，接地气性也差了一截。但恰恰就是在那样的时代里，那一个情境里，《天狗》等诗歌所塑造的具有青春色彩的形象喷薄而出。它们不仅塑造了青春热血，更是给那个本来就受五四新文学运动影响、思想碰撞革新的时代再添一把火。郭沫若的诗集《女神》中体现的情绪，便是他作为新文学的先驱进行的呐喊，也是对青年、对时代的召唤。其实，在郭沫若后来的历史剧中依然体现了这种色彩，最明显的例子莫过于《屈原》。

本章开头引言之处，曾提到了屈原的《离骚》，而经过郭沫若之手的屈原则更是飘洒着传统文人风采，他敢于直言、敢于劝诫，

---

① 郭沫若. 女神［M］. 长沙：湖南师范大学出版社，2011：40.

哪怕被误解、被诬陷，也在所不辞，这就是"好为人师"，仗义执言。在这部历史剧中，著名的《雷电颂》继承了《女神》的风采，表达了对君王的"忠"与"恨"。中国传统文人的形象有相当一部分的源流就是屈原，而在新文学作家郭沫若的笔下，屈原以"斗士"形象再现。因此，在新编历史剧《屈原》中，历史上真实的屈原与郭沫若先生分别是以传统文人与新文学作家两个不同的身份，在剧本中完成了一次精神领域的邂逅。

如果说郭沫若是用《女神》《雷电颂》等诗歌展示了青年人内心世界的狂热与激情，用这一激励的方式来感召与敬告青年，那么用小说形式贡献了五四时代青年人物形象的新文学作家也有不少。对于大部分熟悉现代文学的人来说，头一个想到的，可能会是巴金先生。他的作品《家》中的兄弟三人，觉新、觉民与觉慧分别代表了三种青年人的状态，特别是他们各自对爱情的态度。几乎每个时代的青年读者，都能在这三个坐标中对应到自己的位置与存在。对于巴金来说，他对青年人也充满情感，他曾说："青春是美丽的东西，而且它一直是我的鼓舞的泉源。"巴金刻画出了高老太爷、克明等封建大家长代表的同时，也凸显了那个时代一系列的青年形象。觉新作为家族的长子，爱情被毁，新观念、新意识与传统封建伦理思想的冲突在他身上不断上演，内心苦闷，却难以反抗。与此相对的则是觉慧，"不顾忌，不害怕，不妥协"。无论是青春热血青年，还是背负一身道德伦理枷锁的中老年人士，几乎都能在这部作品中寻找到些许自己的影子，触碰到人生命运和梦想十字路口的心灵徘徊与感慨。可以说，《家》这部作品典型地具备了中国传统文人对于"家"这一个概念的解读。在面对中国文人与知识分子时，无论是传统文人，还是新文学作家，"家"是永远的坐标系。觉新背负了更多的传统，觉慧则甩开了更多的包袱，是冲往新生的、具有战斗革命精神的。如果按照文学概念来解读，在《家》中，既有文人传统的礼数与牺牲，更有五四新文学冲破历史枷锁的革命。

《家》中的系列青年形象，给青年读者们提供了参照系，更发出了一种警示与劝诫，这便是无形的"敬告"。

也许正是因为《家》中所包含的种种意蕴，新文学时代的戏剧大师曹禺先生后来也曾改编了《家》，用充满诗化、艺术化的手法重塑了《家》。其实，之所以改编《家》，是因为曹禺先生与巴金先生对青年人的刻画与描摹，在某些层面有相通的地方。在两人的交往过程中，有一个细节是令人难以忘却的。1933 年，那时还非常年轻的曹禺完成了《雷雨》的初稿，但是历经种种辗转，一直没能发表，直到获得巴金先生的垂青后，书稿才得到了命运的转折。1979 年《收获》第二期上，曹禺在《简谈〈雷雨〉》中说了这样一段话："那时靳以和郑振铎在编辑《文学季刊》，他们担任主编，巴金是个编委，还有冰心和别人。……过了一段时间，他偶尔对巴金谈起，巴金从抽屉中翻出这个剧本，看完之后，主张马上发表。……我记得《雷雨》的稿子是巴金亲自校对的。"① 可见，当时在文坛已经颇具影响力的巴金，对当时尚无名气的青年作家曹禺，也给予了极大的关爱与帮助，这便是文坛的一种传统。

曹禺先生的多部戏剧作品也都承担着历史责任感，也许有些内容在话剧中表现得不那么直接，但是"入世"的参与性还是非常强的。曹禺在《雷雨》的序中曾经写道："现在回忆起三年前提笔的光景，我以为我不应该用欺骗来炫耀自己的见地，我并没有显明地意识着我是要匡正、讽刺或攻击什么。也许写到末了，隐隐仿佛有一种情感的汹涌的流来推动我，我在发泄着被抑压的愤懑，毁谤着中国的家庭和社会。"② 由此可见，曹禺的《雷雨》其实就是要表达对中国家庭和社会的一种讽刺，这是传统文人解不开的情结。这

---

① 曹禺. 简谈《雷雨》[J]. 收获，1979（2）.
② 王兴平，等. 雷雨（序）[M]//曹禺研究专集：上册. 福州：海峡文艺出版社，1985：16.

一点,更鲜明地表现在《日出》当中。曹禺在这些作品中也给我们呈现了周萍、周冲以及方达生等一系列的青年形象,他们后来则在戏剧舞台上用青春的舞台形象感染和引导着广大的读者与观众。

如果说郭沫若用诗歌表达了青春激情,巴金、曹禺等作家给我们带来了青年形象图谱,还有一位作家则用第一人称完成了"青年"形象的构建,同时以"我"参与到了社会与国家的"呐喊"之中,那便是郁达夫。郁达夫的成名作是《沉沦》,这篇作品定稿于1921年。他在自序中曾写道:"《沉沦》是描写着一个病的青年的心理,也可以说是青年忧郁病(Hypochondria)的解剖,里边也带叙着现代人的苦闷,——便是性的要求与灵肉的冲突。"① 作品中,一些心理方面的自叙描写在某些方面继承了《狂人日记》,同时又表现了青春亚文化中关于性渴望等方面的心理需求,文中最后部分还发出了对祖国的呼喊:"祖国呀祖国!我的死是你害我的!你快富起来,强起来吧!你还有许多儿女在那里受苦呢!"② 面对当时积贫积弱的国家,郁达夫发出了青年的呐喊,他是这样写的,也是这么做的。1921年,他与郭沫若等人组创了文学团体"创造社",后担任了教师,在北京大学、武昌师范大学、中山大学、安徽大学等高校担任教职,此后又成为一名积极投身抗日的爱国人士,后期辗转新加坡、印尼等地,曾暗中救助和保护了不少文化界人士以及爱国侨领。身体力行、亲力亲为、用生命去投入,永远是"好为人师"和"敬告青年"最好的方式,而不是对着青年颐指气使或独好空谈。

一些女作家也非常值得关注,除了上面提到受鲁迅提携的萧

---

① 郁达夫.《沉沦》自序[M]//郁达夫全集:第五卷. 杭州:浙江文艺出版社,1992:20.
② 郁达夫. 沉沦[M]//郁达夫全集:第一卷. 杭州:浙江文艺出版社,1992:56.

红,另一名女作家丁玲也用作品表现了"好为人师"和"敬告青年"。她的成名作《莎菲女士的日记》发表于1928年,刻画的对象就是五四运动前后北京城里的青年。而其中的女主角就是莎菲,莎菲的形象具有多重性与复杂性,个性色彩与反叛精神极强,小说以日记体的方式,用充满心理色彩的解读,对莎菲的爱情心理历程进行了关照。其中与莎菲拥有情感关系的分别是苇弟和凌吉士,从象征性的角度看,苇弟代表了被制度、文化、生活压抑变形的典型,身上背负了过多中国传统文化的枷锁。而凌吉士则代表了另一极,他有一定西方文化的痕迹,虽然外表风流倜傥,内心却非常庸俗。通过叙述莎菲女士对两个青年男性代表由徘徊到拒绝的曲折故事,丁玲一方面表达了自己的思考与徘徊,一方面也给予了当时的青年人劝诫和敬告。

其实,在新文学运动前后,背负着厚重传统文化枷锁一路走来的新文学作家,拥有着革命与破坏的颠覆力,尤其在作品中以青年人物的塑造作为当时的一种潮流。众多的作品一改传统文风,吸收了很多来自西方的写作方式,也引入了不少西化的心理描写。不少作品一针见血地指出了时代的"问题",道出了青年人身上的"病症",同时也用种种方式为青年人摸索道路、寻求解药。与此同时,电影时代的到来,让新文学用影视多元化的媒介方式,产生了更为广泛的社会影响力。

电影时代悄悄来临,形成一股潮流,成为新文学时代一支不可忽略的重要力量,而这一支力量也是从新文学运动中分化而来,气质和精神的源流还是统一的。于是,"好为人师"和"敬告青年"迎来了影像时代,众多的青年形象闯入了电影画面。新文学运动是继往开来的,继往的部分就是中国传统文人的风范,还有中国味的东西。电影则是舶来品,影视运动更是一种新型的新文学运动。在这一时代,与青年内心进行对话的方式之一便是影视,用最直观的方式和更多的普罗大众建立直接关系。影视在某种程度上以文本为基础，又在一定程度上超越了文字。

当今，我们看到无论是让我们惊艳的大场面电影《战狼2》，还是前些年大获成功的《捉妖记》《泰囧》等，本身就是导演、编剧建构与青年对话的方式。《战狼2》点燃了新一代青年的爱国情怀，《捉妖记》扩展了青少年对神话古装世界的想象，《泰囧》时代则用娱乐狂欢与青年对话。总之，影视剧本身就是文人作品在商业化和影视化后与青年的对话，其中有引导、有劝诫、有种种精神层面的激情对话，更有潜移默化的感染。用影像来呈现思考、参与社会，本来就是"敬告青年"。

如果要描述新文学运动期间影视作品中的青年形象，首先我们要确定青春片中主人翁的年龄范畴：按照世界卫生组织（1998）的划分方式，"青春期"被界定为年龄10～19岁的人。另外，也有观点认为，"青春期"本身就是一个动态化的概念。"每个时代，都有每个时代的青年，因此，每个时代都有广义的青春亚文化。"① 下面，我们将梳理与溯源青春片中主人公的行为、爱情、价值判断，可以从中隐约感受到青春亚文化与主流文化间一种若即若离的发展思潮，勾勒出一段青春影像的精神流浪史。

20世纪20—30年代，恰好是中国电影的拓荒期，受五四运动的影响，表现青年人便成为电影中不可或缺的一部分。1919年，随着五四运动与新文化运动轰轰烈烈地展开，新青年与新思想成为时代号角，这一股打破旧俗创造新生的青春热潮才真正给青春电影带来了"养料"。旧思想与旧传统成为青年人批判和鞭挞的对象，打破旧体制与旧格局则成为时代最强音。一批左翼剧作家代表，本身也是新文学运动战将的夏衍、田汉、蔡楚生等，在大时代背景下，推出了一批具有新思想的电影作品。最早期的一些关于神怪、情爱的主题则有所收敛。到30年代，中国电影开始了现代阶段。

---

① 肖鹰. 青春亚文化概说［J］. 文艺争鸣，2004（4）.

这一时期，着力表现青年人的作品已经不少，且具有了相当的批判色彩，这种批判色彩就是新文学作家与新一代青年对话的方式之一。

其中，《渔光曲》（1934）讲述了渔民徐福的一对孪生子女小猴、小猫以及何家少爷这样一群年轻渔民人的成长故事。父亲捕鱼被大海吞噬，20年后，徐小猴在艰苦的拉网劳作中耗尽年轻的生命。作者用他们的苦涩青春勾勒了20世纪30年代渔民的血泪生活，底层青年生活尽显在影像之中。

1937年，由明星影片股份有限公司推出的《十字街头》更是具有轰动效应，被誉为"青春偶像剧的发端"之作。这部电影作品，充满了与青年人对话的色彩，"敬告青年"的特征非常之强。影片塑造了四个毕业即失业的大学同学加上一个女生，在人生以及国家的大背景下，面临着"十字街头"的不同选择与遭际。四个大学生，分别叫老赵、阿唐、刘大哥、小徐，四个人在毕业之际走上不同的人生轨迹。刘大哥参加了抗战，踏上了挽救民族存亡之路；老赵则在报馆里做校对工作；小徐对未来没有信心，一度消沉，并且欲自杀，幸亏老赵将他救下，后回到了家乡；阿唐在商店布置橱窗，过得很快乐。其实，几个青年的人生困惑和迷惘，在每个时代都会有，而这部电影则用影像、艺术的力量完成了与当时青年的时空对话。

同年推出的《马路天使》则是20世纪30年代的巅峰之作，其中勾画了一群生活在社会底层的贫苦青年的群体形象，把青年形象的群体进行了进一步的开拓。虽生活在最底层，但他们对自由、爱情和幸福的追求令人感动。该时期的青春形象，大多被排斥在主流社会之外，且大多经历了人生或生活上的种种无奈而一时沉沦，最终从茫然中幡然醒悟，开始觉醒或反抗。不管最终成败，那种青春理想犹在的气息却是丝丝闪现。

这一时期的左翼作家也参与了电影作品的创作。比如《青年进行曲》(1937)就是由田汉先生担任编剧,在"七七事变"后的第三天首映。影片主要描写了当时的富家子弟王伯麟的成长史,他经过艰难的人生选择,最终加入了抗日义勇军队伍。该影片对鼓舞青年人走向抗日救国的道路起到了积极作用,也因此被誉为国防电影的经典。

这一阶段还有不少以青年为主要表现内容的影片,如《姊妹花》(1933)、《桃李劫》(1934)、《新女性》(1934)、《神女》(1934)、《大路》(1934)等,不再一一赘述。

在此前的作品中,其实都有着一种对于青春亚文化的发现与表现,"敬告青年"的姿态也因而绵延到了中华人民共和国成立后。在此,谨以20世纪五六十年代的青春电影为例做部分补充。中华人民共和国成立之后,中国的青春电影契合了当时的思潮环境,歌颂劳动,强调集体主义精神,成为时代的主旋律,回顾抗战胜利与开启社会主义建设新征程成为两大创作主题,题材侧重宏大叙事。这一时期的青年人形象和命运,紧紧地与国家和集体相连,却常常陷入红色脸谱的模式化叙述中,青春亚文化的典型边缘特征被抛弃,青年影像被推向主流话语中心,比如《新儿女英雄传》(1951)、《董存瑞》(1955)、《青春的脚步》(1957)、《生活的浪花》(1958)、《悬崖》(1958)、《上海姑娘》(1957)、《柳堡的故事》(1957)等。在政治和时代的洪流下,青春亚文化一度被遮蔽,青春成长过程中最重要的环节意识和性萌动被禁忌化处理。真实青年的生理和心理状态被政治化和符号化,青春成为一个虚拟的概念符号。比如《红色娘子军》《董存瑞》《青春之歌》等,影片中的青春主人公几乎图解了政治概念化的需求,作为巩固中华人民共和国政权与建设新生活的一种意识形态需要。青春固有的迷茫、颓废以及性意识的萌动,大多被革命加恋爱的模式取代,爱情必然受政治影响。所有的青年在影片中都是以革命姿态出现的,哪怕是一场爱情。电影《青春之歌》中林道静的爱情,就是政治道路的选择史。而这样的选择，本身就给广大青年提供了选择的指导思想，那就是以革命、政治为中心，进行爱情选择与人生规划。"敬告"的政治色彩在中华人民共和国成立之后有了进一步加强，如果说中华人民共和国成立前的"敬告"更多是一种文化先辈的建议，那么中华人民共和国成立后的"敬告"则更多了一份政治上进步的明确要求，请广大青年主动团结到统一的方向上来。

此阶段，导演们对青春亚文化也进行了一种无意识探索。影片中前辈的"好为人师"和"敬告青年"，大多是以青年成长中的"犯错"作为标志的，而影片本身便成为"好为人师"的思想政治教材。且看《红色娘子军》中的吴琼花，她贸然行动，导致南霸天漏网；《董存瑞》中，初到军队的董存瑞不知爱惜子弹。不过，他们犯错后都受到了组织上的关心，改正了错误，获得了成长，这就成了该时期大部分青年的"亚文化"。而"好为人师"更多地由传统文人色彩转变为党和国家的帮助与召唤。在当时的文学和影视作品中，往往都会出现一个革命导师或前辈，会给予青年同志巨大的包容，并指引着青年找到方向、快速成长。"超越世俗的阶级觉悟和不懈追求革命理想的精神构成他们的典型形象特征，但同时，唱着颂歌的青年人在对辉煌历史和光明前景的膜拜和向往中，恰恰丧失了青春的独立品格和本位精神。"[①] 从艺术本体上来看，这一时期的作品，虽然是从新文学时期的源流而来，有着"好为人师"的风范，但政治性过于浓厚，在一定程度上影响了艺术效果。

第四节 青春焦虑：青春亚文化与"情礼之间"

"好为人师"本质上也是"讨好"青年，是要用帮助指导的名

---

① 蔡海波，何静. 脸谱化的代言人："十七年"时期电影青年人物形象分析［J］. 剑南文学（经典教苑），2012（9）：186.

义,拉拢青年站到主流的队伍中来;"敬告青年"则是拉开与青年的距离,进行一定程度的批判。这两种概念本质上是交替进行,从表面上看完全不同但内核上是趋向于一致的世界观。追根溯源,还是传统文人对青春亚文化的一种焦虑,因而发起的另类"宣战"。古人追求"君子人格",表现在思想行为上是"发乎情,止乎礼"。这也是青春亚文化与"情礼之间"的博弈和妥协。

如果要深入解读"师"与"生"的关系、"前辈"与"青年"的关系,必须把青春亚文化的概念再次拿出来,并认真探析。之所以称之为"亚文化",正是由于其边缘性的地位,青少年群体中所存在的文化秩序与主流成人社会的文化秩序是两种不同且有一定对抗性的文化系统。青春亚文化代表的利益主体,在主流秩序的压制与统治下,滋生出了一种边缘性、颠覆性和批判性的文化色彩。"师"代表的是主流文化,"敬告青年"本身就是主流文化对新兴的边缘文化的一种放话,边缘文化在一代又一代被"训导"的过程中,逐渐成长为新主流。通过对中国历史的千年追溯,不难看到这一点。青春亚文化从青春诞生时便已有之,每个时代都有每个时代的青春,中国最早的文学经典《诗经》中的《关雎》写道:"关关雎鸠,在河之洲。窈窕淑女,君子好逑。"这样的句子就已经呈现了青春悸动的情绪。一位青年男子对一位女子的追慕之意里,已经酝酿了一股青春冲动和青春荷尔蒙。不过,中国古代文化中的青春亚文化大多表现得比较隐晦。儒家思想等传统观念中,在尚古与尚父的传统权威压制之下,青春亚文化往往难以得到释放与展示。

不过,到了南北朝时期的乐府民歌中,关于青年人的爱情描写却有过一次比较大规模的涌现,爱情题材与男女情爱的书写呈现了繁荣的格局。这种情爱书写的亚文化泛主流有过这样的一次浪潮:"南北朝民歌也在挣脱了儒家'发乎情,止乎礼'的教条后,获得了一个表达情爱的短暂机会,儒家礼教的暂时缺席正好为女性最真实、最诚挚感情的自然流露提供了条件。"① 如《西洲曲》:"……开门郎不至,出门采红莲……低头弄莲子,莲子清如水。置莲怀袖中,莲心彻底红。忆郎郎不至,仰首望飞鸿。……"写一位少女对爱人的苦苦思念,大胆而直白地表现了爱情;甚至更有对青春男女欢情愉悦的直白诗句如"中宵无人语,罗幌有双笑"等诗句,对性与爱大胆的书写,以及对青年爱情与性冲动的展示,都是空前的。打破封建礼教长久以来的压制及主流话语中的情爱禁忌,这是青春亚文化的一场突围。甚至在汉乐府中,有著名的句子:"上邪!我欲与君相知,长命无绝衰。山无陵,江水为竭,冬雷震震,夏雨雪,天地合,乃敢与君绝。"对爱情与爱人毫无顾忌的山盟海誓、浓烈的表现,从民间与边缘的话语叙事里出现并迅猛发展,这也是青春亚文化通过诗歌方式在历史文学诗篇上的一次绽放。

作为宋词的代表人物之一的柳永,也是值得关注的对象,他对于青春亚文化的诠释别具一格。柳永一生写下了200多首词,其中情词有150首左右,他毫不掩饰地在词作中表达对女性的赞美,同时也流露出一种"性文化"影响下对女性的审美范式。其独特之处在于,柳永笔下吟咏的女性是被视为"贱民"的妓女。如"世间尤物意中人。轻细好腰身。香帏睡起,发妆酒酽,红脸杏花春","与解罗裳,盈盈背立银釭,却道你但先睡"等等。此外,除了由性冲动引发的与青楼女性的审美欢娱,柳永的词作中还流露出诗人的青年浪子形象。青春亚文化长期以来也代表了一部分边缘化的青年意识,而柳永在仕途受挫之后,自谑为"天涯行客",词作中也营造出一位天涯浪子形象。如《彩云归》中:"那堪听、远村羌管,引离人断肠。"

而在元代,杂剧代表作家关汉卿曾经自称"我是个普天下的郎

---

① 刘新文,孙瑞华. 乐府诗集中南北朝民歌之情歌百态[J]. 唐山学院学报,2008(5):77.

君领袖,盖世界浪子班头"。其中,在《南吕一枝花·不伏老》结尾一段,更有这样的著名句子"我是个蒸不烂、煮不熟、捶不扁、炒不爆、响当当一粒铜豌豆"。不管是"浪子"的自我形象还是"铜豌豆",关汉卿的文字中都表现出一种与传统体制相抗衡、处于主流之外的浪子气质。其亚文化的色彩十分浓厚,并饱含了颠覆传统的态度。

　　清代文人中纳兰性德(字容若)的作品中青春亚文化气质最为浓郁。康熙二十四年(1685),他因病去世之时,年仅31岁。作为清代最著名的词人之一,他的词"清丽婉约,哀感顽艳,格高韵远"。作为出身豪门的公子,却有着不羁的性格:对富贵不屑一顾,对仕途更是毫不在意。个人气质与青春亚文化色彩的无比契合,也体现在其词作之中。从"人生若只如初见"到"当时只道是寻常",这些词句表现了青年人对人生情感的思索,而其他一些词作也表现了他的忧伤、困惑与迷茫。青春亚文化的气质源流与他的人生轨迹与词作都充满了契合,甚至有不少红学家认定他与《红楼梦》一书中的贾宝玉存在渊源。到了20世纪,现代作家郁达夫、徐志摩等,继续以一种不羁的情感与浪子的人生形象,不断从青年及边缘化人物的视角丰富着多元化的文学思潮。

　　这种带有青春亚文化气质的文化源流,同样也以经典人物形象的方式出现在了各种类型的文学作品之中。《木兰辞》中的花木兰,替父从军,女扮男装去边关打仗,这一颠覆性的青春角色传颂千古。古典名著《西游记》《封神演义》等著作中提到的哪吒,更是带有青春叛逆气质的重要角色,打死东海龙王三太子,抽了龙筋作为腰带,最终为不累父母,割肉还母,剔骨还父,直到太乙真人用莲花、莲藕给他造了新的肉体。《西游记》中的孙悟空,更是反抗、颠覆主流话语体系的代表人物之一,大闹天宫的英雄事迹深深根植于国人的精神血液之中。古典名著的扛鼎之作《红楼梦》中的贾宝玉,本身就是封建大家族的叛逆者,不知悔改的叛逆青春,也成为青春亚文化在中国文艺作品中形成的重要标志之一。进入五四后的新文化时代，《新青年》等刊物代表的一种新型的思想与批判意识，成为现代文艺发展的养料。其中，颠覆、反抗传统的左翼思潮则与青春亚文化之间存在着密切的关联。

不过，东方的青春亚文化更多是无意识呈现。青春亚文化的理论概念，可以追溯到英国伯明翰大学，该校学者斯图亚特·霍尔和托尼·杰斐逊主编的《仪式抵抗》一书于1975年初版，这本书通过详细考察战后英国出现的广泛的青春亚文化现象［泰迪男孩（Teddy boys）、摩登族（mods）、光头党（skinheads）、黑人拉斯特法里派（Rastafarians）］，进行了大量的关注与分析，提出底层青少年阶层无法进入被主流文化认可的时尚领域，从而自发形成了具有对抗性的意识形态圈层。这一学说被誉为"伯明翰学派"，也是青春亚文化学说的策源地。此后，该学说引起了全球广泛的关注，并与媒介文化、大众流行文化有了密不可分的联系。电影作为媒介形式的一种，以媒介特征对边缘地位的时尚文化进行镁光灯般的放大，则产生了一股意想不到的颠覆与批判效果，也在中国产生了广泛影响。

有国内学者认为，青春亚文化存在三个最明显的特质：第一，青春感性冲动；第二，青春偶像崇拜；第三，都市文化（大众文化）模式。① 这三个特征分别从个体的身体条件发展，然后到因身体的变化而产生的行为，特别是模仿成人世界或一些新奇的做法，与一定时期下的社会主流文化碰撞之后产生化学反应，则生成了一种新的都市文化模式。这些青春期独特亚文化的形成，起源于青少年生理与心理的成长构建：在青春发育阶段，身体刚刚成熟而心理尚未成熟。首先是体能的高速成长，在这一阶段中，性意识、性特征开始萌动并成熟，尤其是性意识刚刚确立，心理方面在经历着激

---

① 肖鹰. 青春亚文化论［J］. 艺苑，2006（5）：5-6.

烈的初体验。对异性的渴望与对爱情的追求，构成了第一种特征。身体成熟，则开始渴望被成人世界接纳，这又是另一种特征；这一阶段的青少年心理饱含激情和诗意，但却被主流压制，则又会产生一种叛逆因子。

孔孟时代以来，文人身上所具备的传统文化基因，在掌握了一定的主流话语权威资源后，形成了与青春亚文化之间文化、心理方面的双重鸿沟。前辈学人与文人所掌握的主流话语，并不同于在政府层面掌握着国家机器和社会机器的公务人士。因此，指出青年人心理、行为中所存在的青春亚文化问题，不是一种普通的行为，而是传统文人骨子里浸润的使命感与责任感的驱动。

前辈与晚辈、老师与学生之间来自体制的、文化的、情感的分寸该如何拿捏，这不仅是个教育学的命题，更是文化传承的命题。从综上所述理出的脉络看，老师与青年学子之间有着年龄、代际、思想上的种种鸿沟，有文化学术上的传承与发展，更有情感上的耳濡目染与帮扶，可以说，师生之间也存在着"情礼之间"的分寸感。"发乎情，止乎礼"，这句话出自《论语》，形容男女之间的关系，套用另一种解释，也可以理解为师生之间的情谊和学术真理之间某种关系的辨析，也可以解释为青春亚文化与传统师道礼数之间碰撞关系的一种处理方式。有一句话说"吾爱吾师，吾更爱真理"，它图解了师生之间、前辈学人与青年学子之间关系的一种处理方案。

"情"与"礼"还可以递进一层解读。所谓"礼"，本来就是中国传统文化体系制度规范的重要部分，这一"礼"，本身就囊括了尊师的范畴，也就是以儒家思想中主流价值长久形成的一整套规范和"约束"。而老师则往往是这些内容的传承人，他代表了理性。"情"则更倾向于感性，倾向于青春亚文化的冲动、情感、不理性色彩，青年学子更多代表了"情"。"情礼之间"形成了张力，时而紧绷时而松弛的状态构成了内在的某种紧张关系。回溯历史的脉络，绵延千年的文化焦虑从未停歇过。"好为人师"与"敬告青年"其实就是"情礼之间"的游移与徘徊，在焦虑与张力中，不断实现着文化的代际传播。

谁可以平衡好"情礼之间"的关系？按照儒家观点来看，君子可以。学者钱念孙先生，就曾经在2014年提出并总结了君子文化的概念，影响相当广泛。他所提到的君子概念，是传统文人理想人格的化身。这篇文章表示："历代君子身上都颇为明显地体现出三大特质：以天下兴亡、匹夫有责为重点的担当精神和家国情怀，以仁义共济、立己达人为重点的互助理念和社会关爱思想，以正心笃志、崇德弘毅为重点的修身要求和向善追求。"① 这一对君子内涵的阐述，不正是描述了中国传统文人身上所具备的核心特质吗？"君子"本来就是一代又一代文人在追慕圣贤中形成的理想人格的体现，而教师、文人与君子在内涵上则是无限趋近的。回到本节的开头所说，"好为人师"就是诲人不倦的责任，就是无可逃避、必须承载的文人担当。

"好为人师"与"敬告青年"本质上是统一的概念。从陈独秀、胡适到鲁迅，从《新青年》到百年影视，只有投身到热血时代中，文人才进一步完整了他们"修身齐家治国平天下"的理想。文人不是官员，时常处于权力的边缘，最佳的方式就是用思想、文字对青年及其未来进行影响，以此实现自己的"入世"理想。在面对青春亚文化特质的青年人时，文人始终充满了焦虑，这一点在鲁迅的文章中也不罕见，"救救孩子""一代不如一代"的提法中，都包含了这一份担忧。就像当代，80后一代被担心为"扶不起的阿斗"，而如今，独生子女一代已经担当起了历史的重任。与此同时，"非主流"、操着火星文的90后一代也登上了时代的舞台。历史的

---

① 钱念孙. 君子文化与社会主义核心价值观［N］. 光明日报，2014-06-13.

车轮滚滚向前，站在今天回顾百年历史，在新文化运动的学者与事件中，在"情礼之间"的徘徊与焦虑中，我们还可以深深地感受到具有家国理想的知识分子身上的情怀，这些历史的感动不仅没有沉没，反而更让人心动。而这么多的尘封往事，传统文人与新文学运动的种种，透过绵延千年的青春亚文化的历史迷雾，也许可以浓缩在"好为人师"和"敬告青年"这两个对立统一的关键词里。

第八章

"春秋笔法"与"失事求似"

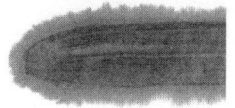

"春秋笔法"一词,或称"春秋书法""春秋义法"等,最早语出中国古代经学研究领域,是汉代儒家知识分子们为阐释孔子修订的《春秋》① 一书提出的一个重要命题,后来逐渐蔓延至史学和文学领域。而"失事求似"则是依据历史的基本事实,在此基础上进行艺术虚构和加工。"失事求似"建立在对"春秋笔法"的借鉴与改造之上,两者有着千丝万缕的联系。

第一节 "春秋笔法"溯源及其文学影响

最早从孟子开始,就已经有对孔子作《春秋》的原因和意义的讨论。《孟子·滕文公下》云:"世衰道微,邪说暴行有作。臣弑其君者有之,子弑其父者有之。孔子惧,作《春秋》。《春秋》,天子事也。是故孔子曰:'知我者其惟《春秋》乎!罪我者其惟《春秋》乎!'"意思是说,孔子有感于世道衰微,故作《春秋》,将242年的历史褒贬殆尽,以效天下。西汉的司马迁在《史记·太史公自序》中对孔子作《春秋》的初衷表达得更加清晰:

"余闻董生曰:'周道衰废,孔子为鲁司寇,诸侯害子,大夫雍之。……子曰:'我欲载之空言,不如见之于行事之深切著明也。'夫《春秋》,上明三王之道,下辨人事之纪,别嫌疑,明是非,定犹豫,善善恶恶,贤贤贱不肖,存亡国,继绝世,补弊起废,王道

---

① 关于《春秋》一书的作者,学界历来有几种说法。一种以《孟子》《公羊传》《史记》为代表,认为《春秋》乃孔子所作,但这一说法被唐代的刘知几、北宋的王安石和明代的徐学谟所质疑,五四时期的钱玄同、顾颉刚、曹聚仁等也纷纷著书响应,认为《春秋》与孔子无关;还有一种较为有共识的说法,就是《春秋》是孔子根据鲁史笔削修订而成,代表学者有钱穆、范文澜、匡亚明、白寿彝等人。这一论争自古至今讨论甚多,不是本文主要的讨论内容,本文倾向于《春秋》乃孔子作(修)而成的说法。

之大者也。……故有国者不可以不知《春秋》，……为人臣者不可以不知《春秋》，……故《春秋》者，礼义之大宗也。"①

这段论述，不仅表达了孔子修《春秋》是为了达到惩恶扬善、彰显礼义的目的，还把孔子写《春秋》时所采用的方法提示出来，即"载之空言，不如见之于行事之深切著明"，意即评价历史事件和人物时，与其空谈好恶褒贬，不如通过他们的具体事件和言行来说明。这从一个方面道出了春秋笔法其中的一个特色。

最早论及春秋笔法的文字出于《左传·成公十四年》，其中有"君子曰：《春秋》之称，微而显，志而晦，婉而成章，尽而不汙。惩恶而劝善。非圣人，谁能修之？"②《左传·昭公三十一年》又云："故曰，《春秋》之称，微而显，婉而辨。上之人能使昭明，善人劝焉，淫人惧焉，是以君子贵之。"③ 西晋时期的杜预在《春秋经传集解》中建立起了有别于《公羊传》《谷梁传》对《春秋》的阐释体系，强调了《春秋》和《左传》之间的承续关系，提出"发传之体有三，而为例之情有五"④，其中"三体"指的是"发凡言例"（或称"发凡正例"）与"新意变例""归趣非例"。根据旧史书的体例进行的修订称为"发凡正例"，结合旧体例而加以变化的称为"新意变例"，《春秋》里只记事，《左传》里说明意义，但不说明体例的称为"归趣非例"。杜预认为"发凡正例"乃是"经国之常制，周公之垂法"；"新意变例"是孔子遵照周公之典

---

① 司马迁. 太史公自序［M］//史记：第十册. 北京：中华书局，1959：3 297－3 298.
② 李学勤. 十三经注疏（标点本）·春秋左传正义：下［M］. 北京：北京大学出版社，1999：765.
③ 李学勤. 十三经注疏（标点本）·春秋左传正义：下［M］. 北京：北京大学出版社，1999：1 522.
④ 李学勤. 十三经注疏（标点本）·春秋左传正义：上［M］. 北京：北京大学出版社，1999：18.

"起新旧,发大义"所创立的变例;"归趣非例"则是左丘明因"经无义例,因行事而言,则传直言其归趣而已",故曰"非例"。"五例"指的是《春秋》在行文上隐寓褒贬的五种体例,即"一曰'微而显'""二曰'志而晦'""三曰'婉而成章'""四曰'尽而不汙'""五曰'惩恶而劝善'",这就是著名的"《春秋》五例"。

杜预认为,"一曰'微而显',文见于此,而起义在彼。'称族,尊君命;舍族,尊夫人'、'梁亡';'城缘陵'之类是也"。举《春秋》中一例加以说明,《春秋·僖公十九年》记有:"梁亡",《左传》解释说:"梁亡。不书其主,自取之也。初,梁伯好土功,亟城而弗处,民罢而弗堪,则曰:'某寇将至。'及沟公宫,曰:'秦将袭我。'""民惧而溃,秦遂取梁。"① 意思就是说,梁国君王以暴政待民,大敌当前,老百姓不战而逃,其实是梁国国君自取灭亡,《春秋》在记录此事时,没有写谁灭掉梁国,正在于自取灭亡之意,这个例子在杜预看来就是用词精微而含义显豁。

"二曰'志而晦',约言示制,推以知例。参会不地、与谋曰'及'之类是也。""'志',记也。'晦',亦微也。谓约言以记事,事叙而文微。"② 举例说明之,《春秋·桓公二年》记有:"公及戎盟于唐。冬,公至自唐。"《左传》解释说:"特相会,往来称地,让事也。自参以上,则往称地,来称会,成事也。"③ 意即桓公和戎在唐相会,两人互相退让,不肯做盟主,会不成,所以说"公至自唐",而不说盟会成功。《春秋·宣公七年》有云:"夏,公会齐侯伐莱。"《左传》解释说:"不与谋也。凡师出,与谋曰及,不与

---

① 李学勤. 十三经注疏(标点本)·春秋左传正义:上 [M]. 北京:北京大学出版社,1999:395.

② 李学勤. 十三经注疏(标点本)·春秋左传正义:上 [M]. 北京:北京大学出版社,1999:18-19.

③ 李学勤. 十三经注疏(标点本)·春秋左传正义:上 [M]. 北京:北京大学出版社,1999:19.

谋曰会。"① 意思是说，国家之间共同征伐，参与谋划的称为"及"，未参与谋划不得已出兵的称为"会"。可见，同一个"会"字，含义却有所差异，可以指诸侯国会盟成功，也可以指会盟没有成功但又不得不出兵协同作战的情形，这就是杜预所说的"约言"而"文微"，用词简约而含义隐微。

"三曰'婉而成章'，曲从义训，以示大顺。诸所讳辟，璧假许田之类是也。"② "辟"，作"避"解，意思是说婉曲其辞，是"为尊者讳"，以成文章的大顺。"四曰'尽而不汙，直书其事，具文见意'③，意思是说尽其事实，而不歪曲，以表达批评之意。《春秋·庄公二十三年》载："秋，丹桓宫之楹。"④ 按照当时的礼制，诸侯的屋柱用丹赤色是非礼之举，而《春秋》加以实录之，并不隐晦，以显示孔子的褒贬之意。"五曰'惩恶而劝善'，求名而亡，欲盖而章。"⑤ 杜预进一步解释说："善名必书，恶名不灭，所以为惩劝。"⑥ 举例说明，齐豹乃卫国之卿，按照《春秋》的写法，称呼公卿应称其名氏，但齐豹愤恨卫侯之兄，起而杀之，欲求不畏强御之名，孔子认为这一行为是恶的，所以《春秋·昭公二十年》记有："秋，盗杀卫侯之兄絷"⑦，"盗"字即表明孔子对于齐豹行为的批评。

可以看出，作为春秋笔法的基本内涵和重要特质，"春秋五例"

---

① 李学勤. 十三经注疏（标点本）·春秋左传正义：中［M］. 北京：北京大学出版社，1999：615.

②③ 李学勤. 十三经注疏（标点本）·春秋左传正义：上［M］. 北京：北京大学出版社，1999：19.

④ 李学勤. 十三经注疏（标点本）·春秋左传正义：上［M］. 北京：北京大学出版社，1999：277.

⑤⑥ 李学勤. 十三经注疏（标点本）·春秋左传正义：上［M］. 北京：北京大学出版社，1999：20.

⑦ 赵生群. 春秋左传新注：下［M］. 西安：陕西人民出版社，2008：1264.

这五种写史的方法自成一套逻辑体系。其中"微而显""志而晦""婉而成章""尽而不汙"指向的是春秋笔法所采用的修辞手法,"微而显""志而晦""婉而成章"意指《春秋》用词的婉约隐晦,"尽而不汙"指向的是秉笔直书,不加修饰。"惩恶而劝善"则是春秋笔法希望实现的社会价值和意义。

从历史发展长河来看,春秋笔法经历了从经学到史学再到文学领域的流变与整合的阶段。经学家们以西汉董仲舒为代表,他们视《春秋》为经,试图阐释的是其中蕴藏的"微言大义",即惩恶扬善、经邦济世的道理。当时的孔子因身为鲁国的司寇,并非诸侯,"言之不用,道之不行"①,只能通过记录鲁国历史来暗藏褒贬,辩明是非,从而寄托王道大义,这就是所谓借微言以表大义。史学家们以汉代司马迁为代表,《史记》一方面秉持了《春秋》"书法不隐""据事直书"的传统,另一方面则突破了《春秋》惩恶扬善的道德教化的层面,上升到对历史规律的探讨上。春秋笔法被文学家们所看重,进而运用到文学创作和文学批评的时期,当从魏晋南北朝时期开始。刘义庆的《世说新语》的语言成就曾被评价为"记言则玄远冷隽,记行则高简瑰奇"②,他在评骘人物时所体现的词约意丰的效果,都可以溯源到春秋笔法中的"微而显""志而晦""婉而成章"等手法。在文学批评上,刘勰在《文心雕龙》中虽然没有直接用"春秋笔法"一词,但却在诸多章节中谈到《春秋》言约而意丰的特点。《史传》篇中有:"……因鲁史以修《春秋》,举得失以表黜陟,征存亡以标劝戒;褒见一字,贵逾轩冕;贬在片言,诛深斧钺。然睿旨存亡幽隐,经文婉约,丘明同时,实得微

---

① 司马迁. 太史公自序 [M] //史记:第十册. 北京:中华书局,1959:3 297.

② 鲁迅. 中国小说史略 [M] //鲁迅全集:第九卷. 北京:人民文学出版社,2005:63.

言,乃原始要终,创为传体。"① 正是在《文心雕龙》中,春秋笔法作为一种文学批评的标准和尺度得到了确立,并对后世文论产生了深远影响。到清代,以方苞为代表的古文学家对春秋笔法加以重新整合。他将春秋笔法从经学到史学再到文学领域的变迁发展的过程加以理论化,提出"义法"之说,从重视"言有物"(即重视儒家的政治伦理教化)到重视"言有序"(文章的写作技巧和修辞手法等),并使之成为桐城派散文的重要理论基础。清末的刘熙载接续方苞的"义法说",在《艺概》中提出"文法"说,认同《春秋》中以简驭繁的"尚简"原则,并将自然现象和文章之理加以类比,通过对自然规律的体认来把握文章写作的方法。值得注意的是,无论是方苞还是刘熙载,都已经将春秋笔法加以泛化,脱离了其原有特定的经学和史学范畴,将其作为一种写文章的基本手法。②

现代以来,对春秋笔法进行开拓性研究的学者当推钱锺书。20世纪70年代,钱锺书在其笔记体学术著作《管锥编》中多次论及"春秋五例"。他指出:"……窃谓五者乃古人作史时心向神往之楷模,殚精竭力,以求或合者也……"③,他进而从如何撰写史书的角度分析说,"'五例'之一、二、三、四示载笔之体,而其五示载笔之用"。这里的"载笔之体"指的是文章谋篇布局、遣词造句等修辞方法,"载笔之用"则指的是劝善惩恶的社会价值和功用。同时,他又不无犀利地指出,杜预的"五例"对春秋笔法的分疏仍有不足之处,比如"'微'之与'显','志'之与'晦','婉'

---

① 刘勰. 文心雕龙译注 [M]. 陆侃如,牟世金,译注. 济南:齐鲁书社,2009:246.
② 李洲良. 春秋笔法论 [M]. 北京:中国社会科学出版社,2012:30 - 47.
③ 钱锺书. 管锥编 [M]. 北京:生活·读书·新知三联书店,2007:267.

之与'成章',均相反以相成,不同而能和",但是"'汙',杜注:'曲也,谓直言其事,尽其事实,而不汙曲。'杜序又解为'直书其事'。则齐此语于'尽而直',颇嫌一意重申,骈枝叠架,与前三语不伦。且也'直'不必'尽',未有'尽'而不'直'者也"。他同意清代学者焦循对"汙"的解释,认为"汙"字本作"洿",是'夸'字的假借,"夸者大也","言而求'尽',每有过甚之弊"。因此对于"尽而不汙",正确的解释应该是"不隐不讳而如实得当,周详而无加饰,斯所谓'尽而不汙'(the whole truth, and nothing but truth)耳"①。钱锺书还高度肯定了春秋笔法对后世文学创作和文论的影响力。他于1982年写给学者敏泽的信中说到春秋笔法时指出:"两汉时期最有后世影响之理论为'春秋书法',自史而推及于文。兄书下论刘知几主'简',实即从'春秋书法'来。"② 除了在文学批评中重视春秋笔法的运用,钱锺书还在他的小说创作中频繁地使用这一手法。众人皆知的《围城》中,有两处直接点明用到春秋笔法:"方鸿渐……便痛骂《申报》一顿,把干丈人和假博士的由来用春秋笔法叙述一下,买假文凭是自己的滑稽玩世,认干亲戚是自己的和同随俗。""……其实鸿渐并没骂周太太。是遯翁自己对她不满意,所以用这种皮里阳秋的笔法来褒贬。"皮里阳秋,又云"皮里春秋",意思是说外表和口头上很少臧否人物,但内心里自有一番好恶评判,这其实正是春秋笔法的一种体现。钱锺书这两处直接用到"春秋笔法",既表明他自己对于这种艺术手法的熟稔于心,同时也能够看到他对使用春秋笔法维护自己虚荣的方鸿渐和方遯翁的酸腐之气的批判。

---

① 钱锺书. 管锥编 [M]. 北京:生活·读书·新知三联书店,2007:269.

② 敏泽. 论钱学的基本精神和历史贡献:纪念钱锺书先生 [J]. 文学评论,1999(3).

和钱锺书对春秋笔法从研究到运用的路径不同，巴金在经历了人生和政治际遇的巨大浮沉的晚年也意识到了春秋笔法的重要意义。他不无感慨地说："我写了几十年，想了几十年，现在才明白为什么一句顶一万句？为什么沉默胜过哀号？……我还有一位作文老师，那就是我的二叔，二十年代初期每天晚上我和三哥到他的书斋听他讲解《春秋左传》，他得意地宣传所谓'春秋笔法'。当时我似乎一窍不通，今天我却也懂得只要瞄准箭垛，一字更能诛心，用不着那旁敲侧击的吱吱喳喳。"[1] 他晚年创作的《随想录》对"文革"进行彻底反思，本身就传承了《春秋》秉笔直书、照直实录的传统。从文字上来看，巴金一扫之前拖沓繁缛的文风，真正践行了简隽、犀利、深刻的一字诛心的春秋笔法。比如《没有神》这篇文章中写道："我明明记得我曾经由人变兽，有人告诉我这不过是十年一梦。还会再做梦吗？为什么不会呢？我的心还在发痛，它还在出血。但是我不要再做梦了。……当然我也不再相信梦话。没有神，也就没有兽。大家都是人。"[2] 这短短几句话，所用语言再平实不过，但却字字浸血，句句含痛，是痛定思痛之后的大彻大悟。文章一如既往地贯彻了平实质朴的风格，但在这不动声色的背后却是巴金通过对人道主义的坚持，来抵御20世纪80年代中期出现的"左"倾的社会政治思潮的隐微用心。[3]

应该说，春秋笔法作为中国文史传统中的一个重要内容，在经历了由经学到史学再到文学范畴的几个发展阶段后，已经成为一种众人皆能认可的文章写作的基本技法和常识。作为春秋笔法的重要内涵和特质——"春秋五例"，高度概括了从"为何写"（惩恶劝

---

[1] 巴金. 致树基（代跋一）[M]//巴金全集：第十七卷. 北京：人民文学出版社，1986：555.

[2] 巴金. 没有神[N]. 新民晚报（"文学角"专刊），1993-07-15.

[3] 姚春树，江震龙. 巴金晚年散文和"春秋笔法"[J]. 福建师范大学学报（哲学社会科学版），2004（5）.

善)到"如何写"("微而显""志而晦""婉而成章")等诸多问题,其特征主要体现为"秉笔直书""尚简用晦""微言大义"等方面,其背后的评价标准则是儒家的政治、伦理和道德传统。那么,这种文学传统在现代作家群体中呈现出怎样的传承、发展和创化呢?

第二节 鲁迅的杂文言说方式与批判精神

在现代作家群体中,鲁迅可以说是承续春秋笔法最有代表性的作家,他的小说、杂文、书信和日记中都有大量春秋笔法的运用。比如他的小说中有很多影射手法,《理水》中"鸟头先生"影射顾颉刚,《奔月》中"逢蒙"影射高长虹等,小说中鲁迅往往借助这些有意思的名号和人物言行来隐微幽曲地表达自己对这些人物的臧否态度①,这就是"婉而成章"。鲁迅日记中的春秋笔法也比比皆是。鲁迅日记中通常记录的都是日常生活的琐细小事,简单几笔勾勒,几乎看不出什么情感色彩,但却微言大义,曲径通幽。最典型的例子莫过于在1923年7月14日的日记中写道:"是夜改在自室吃饭,自具一肴,此可记也。"② 这短短几个字的背后,其实是鲁迅和周作人一夜之间从兄弟怡怡到形同陌路的重大变化,对兄弟二人都造成了巨大的情感伤害。但即便如斯,鲁迅仍旧贯彻了"志而晦"的原则,对于此事不做任何解释和说明,简单精微的几个字,并没有描述当天事件发生的过程,但明眼人仍旧能够感受到文字背后鲁迅欲说还休的态度。即便是一些政治性事件,鲁迅也尽可能地不露声色,在简劲几笔中露出事态端倪和情感判断。比如,在1916

---

① 曹文轩."鸟头先生"与春秋笔法[N].文艺报,2011-01-05.
② 鲁迅.日记十二(一九二三)[M]//鲁迅全集:第十五卷.北京:人民文学出版社,2005:475.

年6月28日记中写道："袁项城出殡，停止办事。"① 短短九个字，冷若冰霜，就将自己对袁世凯称帝并迅速崩溃而亡这一重大政治事件的态度和盘托出，这也是典型的"微而显"的笔法运用。

当然，作为一种文章写作的基本技法，春秋笔法更集中地体现在鲁迅数量庞大的杂文创作中。在既往的鲁迅研究中，对其杂文创作的研究一直作为鲁迅小说研究的附属品存在，但实际上，在鲁迅早期和晚期创作中，杂文是他使用得最为频繁，同时也是数量上最为庞大的一种文学体裁。鲁迅晚年曾对自己的创作做过这样的统计："从《新青年》上写《随感录》起，到写《且介亭杂文二集》里的最末一篇止，共历十八年，单是杂感，约八十万字。后九年中所写，比前九年多两倍；而这后九年中，近三年所写的字数，等于前六年。"② 如此巨大的数字和如此密集的创作频率，让我们不得不对鲁迅的杂文意识及其杂文笔法有所瞩目。更重要的是，鲁迅的杂文笔法对作为一种文章传统的春秋笔法提供了哪些新的质素？

众所周知，作为一种文学体裁，杂文常常被受到西洋文学理论浸淫的学者们列为末流，但鲁迅却多次表达出对这种文体的偏爱："我是爱读杂文的一个人，而且知道爱读杂文的还不只我一个，因为它'言之有物'。我还更乐观于杂文的开展，日见其斑斓。第一是使中国的著作界热闹，活泼；第二是使不是东西之流缩头；第三是使所谓'为艺术而艺术'的作品，在相形之下，立刻显出不死不活相。"③ 这段文字表达了鲁迅偏爱杂文的两个原因：其一是杂文所具有的社会批判功能，即杂文是"言之有物"，有现实针对性，

---

① 鲁迅. 丙辰日记（一九一六）[M] //鲁迅全集：第十五卷. 北京：人民文学出版社，2005：233.
② 鲁迅. 且介亭杂文二集·后记 [M] //鲁迅全集：第六卷. 北京：人民文学出版社，2005：466.
③ 鲁迅. 且介亭杂文二集·徐懋庸作《打杂集》序 [M] //鲁迅全集：第六卷. 北京：人民文学出版社，2005：302.

可以让社会上的那些披着"正人君子"名头的"不是东西之流"无处遁形。其二是杂文所具有的如同匕首利枪般的审美力度,可以让所谓的"为艺术而艺术"的那些"小摆设"的作品相形见绌。这两方面分别指向了杂文具有的社会批判功能和审美特质。确实,在那样一个"风沙扑面、虎狼成群"的时代,是容不得那些温软的小摆设样的东西存在,"所要的也是匕首和投枪,要锋利而切实,用不着什么雅"①,这些论述足可见出鲁迅对于杂文所具有的社会功能的重视。在这一点上,鲁迅可以说是承接了从孔子修订《春秋》开始就借文章来"惩恶扬善"的社会功能传统。

当然长期以来,鲁迅杂文这种显豁的社会功能也被很多研究者所误读,认为鲁迅仅仅是借杂文来实现文章的一种社会功用,用来"惩恶扬善"和疗救愚陋的国民性。在笔者看来,鲁迅写杂文,和他写小说一样,不仅仅是"为人生"的,还有一层是为了自己内心精神世界的抒发与宣泄。他曾经多次表达过他的杂文中所饱含的丰富的情感和精神元素:"这里面所讲的仍然并没有宇宙的奥义和人生的真谛。不过是,将我所遇到的,所想到的,所要说的,一任它怎样浅薄,怎样偏激,有时便都用笔写了下来。"② 甚至对于写杂文的社会功利价值,鲁迅也曾经一度予以否认:"既没有主义要宣传,也不想发起一种什么运动",只是将自己生活中的"一些苦味","一些微末的欢喜"写出来。③ 在《华盖集·题记》中他几乎是用了饱含情感的笔触在剖白杂文写作的情感内因:"现在是一年的尽头的深夜,深得这夜将尽了,我的生命,至少是一部分的生

---

① 鲁迅. 南腔北调集·小品文的危机 [M] //鲁迅全集:第四卷. 北京:人民文学出版社,2005:591.

② 鲁迅. 华盖集续编·小引 [M] //鲁迅全集:第三卷. 北京:人民文学出版社,2005:195.

③ 鲁迅. 坟·写在《坟》后面 [M] //鲁迅全集:第一卷. 北京:人民文学出版社,2005:299.

命，已经耗费在写这些无聊的东西中，而我所获得的，乃是我自己的灵魂的荒凉和粗糙。但是我并不惧惮这些，也不想遮盖这些，而且实在有些爱他们了，因为这是我转辗而生活于风沙中的瘢痕。凡有自己也觉得在风沙中转辗而生活着的，会知道这意思。"① 显然，鲁迅不惧惮自己深在的精神世界的荒凉和粗糙，暴露于杂文创作中，杂文已经和他最真实、最痛彻的生命体验合而为一，杂文的任意而谈、长短不拘、尚未完全规范化的特性，非常适合鲁迅蓬勃的才情、强烈的表达诉求以及幽微曲折的情感表达方式，在这一点上新诗和小说对于鲁迅的适应度都相对较弱。② 因此，杂文创作其实是鲁迅文学意识、精神气质以及生命哲学的一种传达和体现，是他批判现实和表达内心的双重需要。

也正因为此，在具体的杂文创作中，鲁迅采用了带有其特殊的精神气质的言说表达方式。这种表达方式中有春秋笔法的文章传统，亦有鲁迅自己的熔铸和创化。它首先表现在对社会时弊、暴政进行"照直实录"的同时，注意表达的曲折有致。鲁迅曾说："意见大部分还是那样，而态度却没有那么质直了，措辞也时常弯弯曲曲……"③ 并且他还不止一次谈及类似的杂文写作情形："一到觉得有些危急之际，也还是故意隐约其词"④；"凡是发表的，自然是含胡的居多。这是带着枷锁的跳舞，当然只足发笑的"⑤。鲁迅反

---

① 鲁迅. 华盖集·题记［M］//鲁迅全集：第三卷. 北京：人民文学出版社，2005：4–5.

② 朱晓进. 鲁迅的文体意识及其文体选择［J］. 文艺研究，1996（6）.

③ 鲁迅. 华盖集·题记［M］//鲁迅全集：第三卷. 北京：人民文学出版社，2005：3.

④ 鲁迅. 三闲集·我和《语丝》的始终［M］//鲁迅全集：第四卷. 北京：人民文学出版社，2005：171.

⑤ 鲁迅. 且介亭杂文二集·后记［M］//鲁迅全集：第六卷. 北京：人民文学出版社，2005：479.

复提及的"隐约其词""晦涩""含胡"都呈现出隐晦曲折的特点,和"春秋五例"中的"微而显""志而晦""婉而成章"等手法的修辞效果非常类似,只是鲁迅采取这种曲笔的原因一方面是因为当时那个"文禁如毛,缇骑遍地"的舆论环境,这就使得"左翼文艺仍在滋长。但自然是好像压于大石之下的萌芽一样,在曲折地滋长"①,显然这种艺术表达方式有着浓厚的时代印记。另一方面这种曲笔也是鲁迅惯常的曲折性思维的产物。鲁迅对自己有着明确的历史定位,即"从旧垒中来"的"历史中间物","我自然不想太欺骗人,但也未尝将心里的话照样说尽"②,"在寻求中,我就怕我未熟的果实偏偏毒死了偏爱我的果实的人,而憎恨我的东西如所谓正人君子也者偏偏都矍铄,所以我说话常不免含胡,中止"③。因此鲁迅一方面希望能够直行胸臆,"有真意,去粉饰,少做作,勿卖弄而已"④,直面惨淡的人生,正视淋漓的鲜血,另一方面又不敢邀请读者共同品尝他的"毒汁",总会以曲折的言辞隐晦表达,因此作文就不免"更谨慎,更踌躇"⑤。

比如收入《南腔北调集》的《世故三昧》这篇文章,全文以"世故"为核心词,和青年们讨论做到如何程度的"世故"才算是"处世法的精义",得出的结论是"所以,你最好是莫问是非曲直,一味附和着大家;但更好是不开口……"在这句看似总结的话中,频繁地使用了"最好""更好""更好之上"等程度副词,以及

---

① 鲁迅. 二心集·黑暗中国的文艺界的现状 [M] //鲁迅全集:第四卷. 北京:人民文学出版社,2005:295.

② 鲁迅. 坟·写在《坟》后面 [M] //鲁迅全集:第一卷. 北京:人民文学出版社,2005:299.

③⑤ 鲁迅. 坟·写在《坟》后面 [M] //鲁迅全集:第一卷. 北京:人民文学出版社,2005:300.

④ 鲁迅. 南腔北调集·作文的秘诀 [M] //鲁迅全集:第四卷. 北京:人民文学出版社,2005:631.

"所以""但""而"这些转折副词,句子的逻辑层次变得盘环往复,含义深婉。在表达了这种"处世法的精义"后,鲁迅的意思仍旧没有表达透彻,曲笔才刚刚开始。接着来一个"但"字,马上又否定了自己的这种"世故"是一种处世精义,进而提出"精义中的精义"乃是"'世故'深到不自觉其'深于世故',这才真是'深于世故'的了"。这就引出了"世故"的第二层意思。读者读到这里,以为意思应该已经表达完整了,没料到的是又出现了第三层"世故",那就是"更'深于世故'的玩艺",是"责人的'深于世故'而避开了'世'不谈"。最让人叹服的是,在这三层曲折之后,鲁迅还不忘再"曲"一下:"这更'深于世故'的玩艺倘若自己不觉得,那就更深更深了",这就是鲁迅所谓的"世故三昧",这四层迭转把当时社会险恶的世态人心揭露无疑。而曲笔则通过丰富频繁的转折副词和程度副词,层层迭进,句句陡转,几乎每句都语藏机锋,造成一种波澜起伏、曲径通幽的文气,让人一读再读,每读一次都有会心收获。

曲笔艺术主要体现在以下几方面:第一,用语的欲言又止、欲说还休。在《伪自由书·不通两种》中,鲁迅写出了中国舆论界在当时政府严控下的艰难处境:"有作者本来还没有通的,也有本可以通,而因了种种关系,不敢通,或不愿通的。"后面又举出具体例证,以军警开枪滥杀无辜的新闻中的文理不通,来说明写作者的"不敢通"和"不愿通"的两难困境,作者的笔墨始终落在写新闻的人身上,终究还是没有点出是由于当时的文网森严导致这样的情形,留足空间让读者去思考。文章写到最后,鲁迅还不忘夹枪带棒地讽刺了那些"不肯通"的"为艺术的艺术"家和竭力粉饰"不通"的"民族主义文学"者,可谓绵里藏针,一石多鸟。鲁迅正是以这种欲言又止、吞吞吐吐的方式,让读者去体会他力图以"不通"达致真正的"通"之目的。有意思的是,在这篇短文中,他还提到了太史公司马迁,认为他的文章推敲起来,"从文字、文法、修辞的任何一种立场去看",都有"不通"之处,这恰好印证了《史记》的"述而不作""侧笔旁议"等手法承接了《春秋》的"微""晦""婉"的修辞特质,从这里也可以看出鲁迅杂文和《史记》以及更早的《春秋》之间的内在渊源。

第二,好用反语。鲁迅评价自己的文章时就曾说过他"好作短文,好用反语"①,换而言之,就是正话反说、反话正说。一方面是外在的现实世界不能给他更多的自由言论的空间,只能在现有的言说规范的钳制下尽可能去寻找自己的立锥之地;另一方面,"目前是这么离奇,心里是这么芜杂"②,鲁迅内心世界本身的复杂幽深,百感交集,非反语这种特殊的修辞手法不足以表达。鲁迅善于制造词语和整体语境之间的矛盾关系,在看似荒诞的语境中传达深意。比如在《准风月谈·"抄靶子"》一文中,他这样写道:"中国究竟是文明最古的地方,也是素重人道的国度,对于人,是一向非常重视的。至于偶有凌辱诛戮,那是因为这些东西并不是人的缘故。"③ 这就是典型的反话正说,目的是引出后面上海租界里华人无故受到搜身检查的耻辱经历,被谓之"抄靶子","四万万靶子,都排在文明最古的地方,私心在侥幸的只是还没有被打着。洋大人的下属,实在给他的同胞们定了绝好的名称了"④。把人称为"靶子",还在最有文明传统的国度,这已经构成了极具反讽色彩的悖谬情景了,"绝好的名称"一语在此句中更加凸显了反语手法的特质。再比如《热风·人心很古》中面对那些保守势力叫嚷着"人心不古,国粹将亡"。鲁迅意味深长地写道:"在现存的旧民族中,

---

① 鲁迅. 两地书·十二 [M] //鲁迅全集: 第十一卷. 北京: 人民文学出版社, 2005: 47.

② 鲁迅. 朝花夕拾·小引 [M] //鲁迅全集: 第二卷. 北京: 人民文学出版社, 2005: 235.

③④ 鲁迅. 准风月谈·"抄靶子" [M] //鲁迅全集: 第五卷. 北京: 人民文学出版社, 2005: 215.

最合中国式理想的,总要推锡兰岛的 Vedda 族。他们和外界毫不交涉,也不受别民族的影响,还是原始的状态,真不愧所谓'羲皇上人'。但听说他们人口年年减少,现在快要没有了:这实在是一件万分可惜的事。"这种对颟顸愚蠢的保守派的反讽语调简直要呼之欲出了。

　　第三,善于运用某些特定形象和符号造成语义的模糊与晦涩。一般的杂文长于议论说理,而鲁迅杂文的特异性则体现在他还擅长运用或者制造一些形象和意象,托物言情,这样一方面可以避免直接议论批判导致的言论风险,另一方面选择一些形象也可以丰富语义的表达,刻意造成一种理解上的含混和模糊。比如在《准风月谈·二丑艺术》一文中,从浙东地方戏中的一类"二花脸"的角色谈起,这类人物"身份比小丑高,而性格却比小丑坏",进而引出他要进行类比譬喻的一个阶层——"智识阶级","他明知道自己所靠的是冰山,一定不能长久,他将来还要到别家帮闲,所以当受着豢养,分着余炎的时候,也得装着和这贵公子并非一伙"。鲁迅用看似漫不经心的笔墨从地方戏中的"二丑"形象说起,进而讽刺那些毫无道德操守、骑墙势利的知识分子,举重若轻,声东击西。再如《华盖集·夏三虫》中,鲁迅写了跳蚤、蚊子和苍蝇三种昆虫,结合这三种虫子不同的生理特点,鲁迅活化出了几种不同的人类形象,并最终提出昆虫也有值得人类师法之处的妙论。文章看似在写昆虫的生物习性,但实际却影射了某些知识分子的诸多丑行。全文整体上看写的都是昆虫问题,但在具体论述中却每每以人类作比,但也都是概而论之,不涉及具体人事,这就使得文章可以见仁见智,涵泳深广。

　　此外,鲁迅还喜欢在句子中运用一些符号,造成意义的中断和模糊。最典型的如《二心集·张资平氏的"小说学"》这篇文章的结尾,他写道:"现在我将《张资平全集》和'小说学'的精华提炼在下面,遥献这些崇拜家,算是'望梅止渴'云。那就是——△。"① 文章以上海某大学延请张资平去教"小说学"为起义,意在讽刺这位性爱小说家诸多荒唐的爱情理论。最后将张资平的小说精华提炼为"△",以此来形容张氏的三角恋爱观,可谓是形象生动,让人忍俊不禁。《伪自由书·中国人的生命圈》中写道飞机炸弹轰炸下老百姓们民不聊生,"这'生命圈'便收缩为'生命线';再炸进来,大家便都逃进那炸好了的'腹地'里面去,这'生命圈'便完结为'生命〇'了"②,从"生命圈"到"生命线"再到"生命〇",鲁迅形象地借助这个"〇"表达出对蚁民们的生命权被肆意践踏的愤懑。

第四,高超的语言驾驭能力。鲁迅就如同一位游刃有余的语言魔术师,很多平实的文字经过他的排列组合,就显示出精、奇、峭、泼的修辞效果。比如大量排比手法的运用,《华盖集·忽然想到(六)》中写道:"苟有碍这前途者,无论是古是今,是人是鬼,是《三坟》《五典》,百宋千元,天球河图,金人玉佛,祖传丸散,秘制膏丹,全都踏倒它。"③ 四字短语,包罗万象,显出非凡气势。有时候非四字短语的词语连缀成句,亦能起到铿锵有致的韵律效果,比如《华盖集·杂感》中写道:"无论爱什么,——饭,异性,国,民族,人类等等。……血书,章程,请愿,讲学,哭,电报,开会,挽联,演说,神经衰弱,则一切无用。"④ 这些词语看起来不着边际,但连缀成篇则自有一番道理,充分彰显了鲁迅敏捷而缜密的思维。还有重复手法的运用,比如《而已集·小杂感》

---

① 鲁迅. 二心集 [M]. 北京:北京联合出版公司,2014:35.
② 鲁迅. 伪自由书·中国人的生命圈 [M] //鲁迅全集:第五卷. 北京:人民文学出版社,2005:105.
③ 鲁迅. 忽然想到(六)[M] //华盖集. 北京:人民文学出版社,1958:34.
④ 鲁迅. 杂感 [M] //华盖集. 北京:人民文学出版社,1958:36-37.

中:"革命的被杀于反革命的。反革命的被杀于革命的。不革命的或当作革命的而被杀于反革命的,或当作反革命的而被杀于革命的,或并不当作什么而被杀于革命的或反革命的。革命,革革命,革革革命,革革……"①,如此循环往复的句式,奇崛诡异,却又深得情理,旨在揭露出由军阀掌控的中国革命局势的混乱不堪。鲁迅在语言的锻炼和铸造上体现了其深厚的功力,很多字甚至达到了"一字不易"的程度,比如鲁迅的不少杂文标题都是单字出现,代表性的有《头》《扁》《推》等。如《准风月谈·推》以上海发生的一件惨痛的事件为由头,一个报童被电车上下来的客人推下车,而后被碾压致死。鲁迅抓住了这个关键性的动作"推",并将其推衍开去,"上车,进门,买票,寄信,他推;出门,下车,避祸,逃难,他又推。推得女人孩子都跟跟跄跄,跌倒了,他就从活人上踏过,跌死了,他就从死尸上踏过,走出外面,用舌头舔舔自己的厚嘴唇,什么也不觉得",将国人麻木自私、毫无公德的劣根性集中通过"推"这个字传达出来,不能不说非常传神。

因此看来,鲁迅在杂文中所体现出的特异的言说方式和表达策略,是多重因素影响和作用的结果。既有来自创作主体特殊的气质心性的表达需要,亦来自以《春秋》《史记》为代表的中国史传传统的深远影响,与鲁迅曲婉幽深、芜杂离奇的精神世界正相契合。而在承续了春秋笔法的基础上,鲁迅又有所突破和创化,多种修辞手法包括曲笔、反语、形象化意象和符号的综合运用,让杂文这种文体迅速"侵入高尚的文学楼台"②,形成了特有的"鲁迅风"的杂文品格,影响了如徐懋庸、唐弢、聂绀弩、巴人等一批作家的杂文创作,对20世纪中国文坛产生了重要影响。

---

① 鲁迅. 小杂感[M]//而已集. 北京:人民文学出版社,1993:101.
② 鲁迅. 且介亭杂文二集·徐懋庸作《打杂集》序[M]//鲁迅全集:第六卷. 北京:人民文学出版社,2005:300.

第三节 "失事求似"的历史剧观及创作

"春秋笔法"这一术语从其诞生之日起就经历着一个不断被阐释、被改造的过程,从西汉时期董仲舒开始对《春秋》进行的经学阐释,到司马迁将其作为写史的一种重要手法,再到魏晋文学自觉时期将其作为一种文艺创作的手段,春秋笔法的内涵也在随时代的变迁而不断扩容和更新。虽然经过后世无数代文人的阐释之后,春秋笔法到了近代已经被视为如何写文章的一种基本技能和方法,但在其诞生之初,孔子采用这种笔法修订《春秋》更蕴含了他的一种历史观,即他为什么要写史,如何看待历史,又是如何记录历史的。如果说鲁迅的杂文更多的是从文学修辞的层面对春秋笔法进行创新,那么20世纪中国文学史上还有另一位作家则是从史学和文学之间的关系来对春秋笔法进行"我注六经"式的改造,这就是历史剧作家郭沫若。

谈及从史学范畴对《春秋》进行的开创性阐释,应当从司马迁开始。李洲良教授认为司马迁在《史记》中揭示《春秋》的写作主旨在于通过创制"义法"来达到劝诫的功能,"《春秋》采善贬恶,推三代之德,褒周室,非独刺讥而已也"①。意即《春秋》是孔子用来记录春秋时期鲁国从隐公元年到哀公十四年这242年的历史,并加以褒贬,明确善恶贤孝,"存亡国,继绝世,补敝起废,王道之大者也"②。值得注意的是,孔子实际上并非是以官史的立场,而是以私人身份据鲁史而作《春秋》的,他将上古以来史官惩

---

① 司马迁. 太史公自序 [M] //史记:第十册. 北京:中华书局,1959:3 299.

② 司马迁. 太史公自序 [M] //史记:第十册. 北京:中华书局,1959:3 297.

恶扬善的教化观念发扬光大，并为中国史学奠定了一条发展道路，即中国史学不仅是对历史事实的客观叙述，还要在此基础上追求惩恶劝善的道德评判，即不仅追求历史的真，还要表现史家对历史人物和事件的评价，论其功过是非，定其善恶褒贬，以此实现以史为鉴的教化作用。① 显然，在司马迁这里，孔子是一位具有王道思想和天下情怀的公共知识分子，他身为鲁国司寇（即法官），不能见容于他所身处的政治世界，他的审判力又不能行诸实践，因此他借助修史写史，表达自己对社会政治的是非判断，同时也是为了让后世统治者能够从中汲取鲁国治国的成败得失，让王道行之更远。也正是从这个意义上说，司马迁称孔子为"素王"，一个有德无位的"空王"②，一个实际的为历史立法的人，是他心目中的"至圣"。除了对其人格的崇仰之外，司马迁在治史中对孔子的春秋笔法也多有承续和发扬，比如在记录历史人物时所采用的文约辞微的手法，借历史来惩恶劝善的写作目的等，都充分体现了他对孔子及其开创的春秋笔法的敬服。

无独有偶，在一千多年之后的五四时期，郭沫若同样将孔子置于至高无上的位置。值得注意的是，郭沫若对孔子大加褒扬的时期，正是五四新文化运动的知识分子们高呼"打倒孔家店"、全盘反传统之际。此时的郭沫若正值日本留学期间，1915年9月他正为精神衰弱症所困扰，偶然在坊间买到一本王阳明的《王文成公全集》，每日10页研读之后，他发现王阳明在求道拜佛道路上失败后，终于皈依孔子门下，做到"出而能入，入而大仁"③ 的境界。他从王阳明身上看到了儒家文化对人的内在精神世界深厚的浸淫和

---

① 李洲良. 春秋笔法论［M］. 北京：中国社会科学出版社，2012：22 - 31.
② 李长春. 司马迁的"素王"论［J］. 现代哲学，2015（4）.
③ 郭沫若. 儒教精神之复活者王阳明［M］//文艺论集. 上海：光华书局，1929：86.

归化力量，并结合自己真切的生命体验开始对以孔子为代表的儒家文化进行认真审视和分析。① 可以看到，郭沫若当时对孔子为代表的儒家文化进行这种"体验式"的解读，并非是想逆历史潮流而动，乃确实源于他自身的生命感悟。他在此后对孔子这一历史人物进行分析时，同样融入了强烈的情感态度。他认为，之所以新文化运动知识分子要"打倒孔家店"，是由于他们眼中的孔子是经过了无数代的儒士文人阐释、粉饰甚至曲解后的产物。他提出，先秦的儒家文化才是正统的儒家文化，是"中华文化之根本精神"的体现。从方法上，郭沫若又并非是一个唯传统至上的人。他曾称"我们崇拜孔子"，"可是决不可与盲目地赏玩骨董的那种心理状态同论"，② 他在解读孔子时实际上是借助西方文化的参照性力量，充分显示了其丰沛的西方哲学和文学素养。他认为，孔子"是兼有康德与歌德那样的伟大的天才，圆满的人格，永远有生命的巨人"③，是和歌德一样"球形发展"的天才。他还发现孔子接受了周朝之前的原始时代的思想，并且"把三代思想的人格神之观念改造一下，使泛神的宇宙观复活了"④，从而得出孔子是一个"泛神论者"的结论。这显然是郭沫若原有的泛神论思想对孔子形象的一种重塑和改造。可以看到，郭沫若笔下的孔子，人格圆满、生命力旺盛，具有天才般的智慧，个性尽情挥洒，活出了诗一样的境界，是"人中至人"。虽然这种判断可能与历史上的真实孔子并不完全相符，但体现出郭沫若看待历史和阐释历史的一种态度，即在把握基本的历史事实的基础上，突出阐释主体的立场、情感和认知需要，同时也

---

① 郭沫若. 儒教精神之复活者王阳明［M］//文艺论集. 上海：光华书局，1929.

②③ 郭沫若. 中国文化之传统精神［M］//文艺论集. 上海：光华书局，1929：8.

④ 郭沫若. 中国文化之传统精神［M］//文艺论集. 上海：光华书局，1929：6.

符合五四时期"重估一切价值"的时代诉求①,也就是将历史资源为我所用,为当时的社会需求所用。

这种态度也特别清晰地呈现在郭沫若的历史剧创作中。众所周知,在历史剧领域,历史剧和历史之间的关系一直是个争论不休的话题,历史剧究竟是"史"还是"剧",也引发了无数著名争端。狄德罗在《论戏剧艺术》中称:"历史家只是简单地、单纯地写下了所发生的事实,因此不一定尽他们的所能把人物突出,也没有尽可能去感动人,去提起人的兴趣。如果是诗人的话,他就会写出一切他以为最能动人的东西。他会假想出一些事件。他可以杜撰些言词。他会对历史添枝加叶。对于他,重要的一点是做到惊奇而不失为逼真。"② 可见,在具有悠久剧作传统的西方学界存在着这样两种声音,一种是强调历史剧和历史的区别,历史剧具有艺术特质,另一种则认为历史剧固然不同于历史,但仍要兼具历史真实和艺术真实两方面的特点。中国剧作界对这个问题同样有着热烈的讨论。20 世纪 40 年代初,抗战进入相持阶段,身处重庆陪都的郭沫若连续写了《棠棣之花》《屈原》《虎符》《高渐离》等多部以战国时期人物和事件为主题的历史剧,后来还写了反映南明现实的《南冠草》、元末历史的《孔雀胆》等,在当时的大后方掀起了对于历史剧的热烈探讨。其中争论的焦点就在于历史剧创作是以追求真实为主,还是以艺术虚构为主。蔡楚生、胡风、邵荃麟等都强调历史的真实性,茅盾、柳亚子等人则采取了相对宽容的态度,认为可以接受虚构。郭沫若也先后在多篇文章中表达了自己的历史剧观。在《我是怎样写〈棠棣之花〉》中,他提出,"写历史剧并不是写历

---

① 杨丽华. 郭沫若五四时期尊孔崇儒的特质 [J]. 中国现代文学研究丛刊, 2016 (4).

② 狄德罗. 论戏剧艺术 [M] //文艺理论译丛编辑委员会. 文艺理论译丛: 第 1 期. 陆达成, 徐继曾, 译. 北京: 人民文学出版社, 1958: 169 - 170.

史","剧作家的任务是在把握历史的精神而不必为历史的事实所束缚"。① 他认为,"剧作家有他创作上的自由,他可以推翻历史的陈案,对于既成事实加以新的解释,新的阐发,而具体地把真实的古代精神翻译到现代"②。他最早的历史剧《棠棣之花》是在《史记·刺客列传》的基础上进行的改写。《史记》中聂政行刺,是为报答严仲子的知遇之恩,是"士为知己者死"的精神体现。郭沫若结合《战国策·韩策》的部分材料对聂政行刺的目的进行了再创造,强调其是为了刺杀主张分裂晋国的韩相侠累。剧中严仲子和韩相侠累之间存在着"抗秦"和"亲秦"之间的矛盾,也是一种艺术虚构,这样做的目的是烘托出战国时期主张联合反对分裂的主题,而这一主题也正是 40 年代初期国共联合抗战的时代需要。

具体到如何进行历史剧的创作,郭沫若提出了一个重要原则:"失事求似"。历史和历史剧之间是"科学与艺术之别"。他也同时强调,史剧以历史为题材,不能完全违背历史的事实,"大抵在大关节目上,非有正确的研究,不能把既成的史案推翻。但因有正确的研究而要推翻重要的史案,却是一个史剧创作的主要动机","优秀的史剧家必须得是优秀的史学家"。③ 可以看到,郭沫若对史剧家的要求非常之高,不仅要具备艺术创作的能力,还需要有甄别史料的学术能力,要在研究的基础上进行创作。因此他对那些要求不违背史实进行创作的言论提出批评,认为其并没有更进一步追究"所谓史实究竟是不是真实"。他在创作《棠棣之花》时,参阅了包括《史记》《战国策》《西周策》《竹书纪年》等重要的历史文献,在材料互证辨析中发现了《史记》中存在的对史实进行修饰、

---

①② 郭沫若. 我是怎样写《棠棣之花》[M]//郭沫若论创作. 上海:上海文艺出版社,1983:374.

③ 郭沫若. 历史·史剧·现实[M]//郭沫若论创作. 上海:上海文艺出版社,1983:502.

剪裁等"为我所用"的证据,这也充分说明了郭沫若扎实的史学功底。

那么,"失事求似"的原则如何在创作中加以实施呢?他又提出:"写历史剧可用诗经的赋、比、兴来代表。准确的历史剧是赋的体裁,用古代的历史来反映今天的事实是比的体裁,并不完全根据事实,而是我们在对某一段历史的事迹或某一个历史的人物,感到可喜可爱而加以同情,便随兴之所至写成的戏剧,就是兴。"[①]他评价自己的《孔雀胆》和《屈原》就是在"兴"的条件下写成的。五幕剧《屈原》创作于1942年年初。说起来,郭沫若对屈原是素有研究,他早在日本时,就写了一系列关于屈原研究的论文,在20世纪40年代还出版了学术专著《屈原研究》,主要结合春秋战国时期百家争鸣的时代气氛,凸显出屈原在变革时代对发扬民族文化精神所做出的巨大贡献。书中他还将屈原视为儒家思想的南方代表,"屈原是深深把握着了他的时代的精神的人,他注重民生,尊崇贤能,企图以德政作中国之大一统,这正是他的仁;而他是一位彻底的身体力行的人,这就是他的义"[②]。显然他把屈原当作是孔子思想的重要继承者,这些都影响到了历史剧《屈原》的主旨和人物形象的塑造。

作为一个历史人物,司马迁在《史记·屈原贾生列传》中评价其"忧愁幽思而作《离骚》",确实从《离骚》《九歌》等来看,多芳菲凄恻之音而少反抗挑战之声。而史剧中的屈原,则更加突出的是其作为一个坚持合纵抗秦的爱国诗人形象,"忠而见疑,信而被谤"的情节被改写为屈原不再因君王的冷落间离而暗自神伤,而

---

① 王训昭,卢正言,邵华,等. 郭沫若研究资料:上[M]. 北京:知识产权出版社,2010:303.

② 郭沫若. 屈原研究[M]//郭沫若著作编辑出版委员会. 郭沫若全集(历史编):第四卷. 北京:人民出版社,1982:97.

是高歌"雷电颂",扎根广大黎民百姓,最后远走汉北,躬耕以抗秦。显然,历史剧《屈原》弱化了屈原作品中较为突出的"事君不贰"的思想,丰富了他与奸佞小人、国贼乱臣的抗争情节,强化了屈原身上浪漫主义的诗性气质。这样的处理无疑是和历史剧创作的时代背景密切相关。

同时,《屈原》剧中另外一些形象,完全出自郭沫若的虚构和想象,但这些形象也并非无所本。比如屈原的女弟子婵娟,郭沫若曾坦言:"最忠于他而且爱他的女弟子婵娟,最后救他出走的那位自愿作他的'仆夫'的卫士,都是我所虚构的人物。那可以说,是两种诗的感情或两种诗人性格的象征。婵娟是象征着忧婉的怀旧的感情,卫士是象征着激越的奋斗的感情。"[①] 婵娟形象源自屈原的《离骚》,"把《离骚》上的'女媭之婵媛'解释为陪嫁的姑娘,名叫婵娟。就是《湘君》中的'女婵媛兮,为余太息',《哀郢》中的'心婵媛而伤怀兮,眇不知其所蹠',我都想把它解释成人名"[②]。婵娟的形象,从某种程度上来说是对剧中那个激昂刚烈的屈原形象的补充。婵娟是屈原的侍女和学生,虽年幼天真,但却善恶能辨,深明大义。在她看来,老师屈原"是楚国的栋梁,是顶天立地的柱石",她始终如一地尊敬和捍卫着屈原的事业与尊严,就如同她爱着养育她的楚国。她拒绝宋玉的威逼利诱,敢于当众揭穿陷害屈原的南后,最后替屈原误饮毒酒,在生命的弥留之际还深感能陪伴屈原是自己的幸运。在整部剧中,婵娟始终保持着和屈原同样的情感律动,当屈原的愤怒在"雷电颂"中蓬勃而出时,婵娟的高洁品行也在最后的"橘颂"中跃然纸上。此外,为了烘托屈原的

---

① 郭沫若. 序俄文译本史剧《屈原》[M]//郭沫若论创作. 上海:上海文艺出版社,1983:404.

② 郭沫若. 我怎样写五幕史剧《屈原》[M]//郭沫若论创作. 上海:上海文艺出版社,1983:383.

形象，郭沫若还在剧中对一些真实的历史人物形象做了些许修改，比如张仪的形象。作为历史上著名的"连横破纵"的外交家，对秦国一统天下发挥了巨大的作用，但在剧中，"为了礼祀屈原，自不得不把他来做牺牲品"①，这也是本着"失事求似"的原则，为了凸显屈原的形象，适当加以虚构和对材料进行改造。

可以看出，在剧中郭沫若确实用到了"用一分的材料，写十分的历史剧，只要不背现实，即可增加效果"② 的比兴方法，在不违背屈原这一历史形象的基本评价的基础上，对屈原的生活环境、人际关系、主要矛盾都做了较大修改，目的是凸显受冤不屈、勇于抗争的爱国知识分子屈原的形象，并反衬出靳尚、南后郑袖、太卜郑詹尹等这群祸国殃民的奸佞乱臣的丑恶嘴脸，这也践行了他提出的史剧家是为了合理地"发展历史的精神"③ 之目的。

这一主旨的设置和郭沫若对历史剧功能的理解相关。他认为历史剧要"把古代善良的人类来鼓励现代的人的善良，表现过去的丑恶而使目前警惕"④。这部剧创作的直接原因，是当时国民党发动的"皖南事变"，对此，作为中共重要领导人的周恩来对《屈原》一剧的几度评价值得注意。在剧本创作之初，周恩来就提出"屈原受迫害，感到谗谄之蔽明也，邪曲之害公也，才忧愤而作《离骚》。'皖南事变'后，我们也受迫害，写这个戏很有意义"⑤。剧本创作完成之后，周恩来又评价说这是"郭老借着屈原的口说出自己心中

---

① 郭沫若. 我怎样写五幕史剧《屈原》[M]//郭沫若论创作. 上海：上海文艺出版社，1983：386.
② 郭沫若. 谈历史剧：在上海市立戏剧学校演讲[M]//郭沫若论创作. 上海：上海文艺出版社，1983：508.
③ 郭沫若. 历史·史剧·现实[M]//郭沫若论创作. 上海：上海文艺出版社，1983：501.
④ 郭沫若. 谈历史剧：在上海市立戏剧学校的演讲[M]//郭沫若论创作. 上海：上海文艺出版社，1983：507.
⑤ 黄中模. 雷电的光辉[J]. 红岩，1979（1）.

的怨愤，也表达了蒋管区广大人民的愤恨之情，是向国民党压迫人民的控诉，好得很！"① 显然郭沫若这部历史剧深得当时中国共产党主要领导人的重视，并且将其当作是对抗国民党当局的重要文化武器。郭沫若自己也追述说，创作这部剧是要将"这时代的愤怒，复活在屈原时代里"②。因此《屈原》这部剧有着强烈的现实影射意义，无怪乎1942年在黄炎培看完《屈原》的演出之后，率成七绝云："不知皮里几阳秋，偶起湘累问国仇。一例伤心千古事，荃茅那许别薰莸。"③ 皮里阳秋，也就是春秋笔法，借助历史来讽喻和批判现实，借助言外之意、弦外之音，"婉而成章"，就是为了现实社会的更好发展。在社会功利价值上看，则是实现了"惩恶扬善"的目标。事实上，这并不是《屈原》这一部历史剧使用了影射现实的手法，他同时期创作的《虎符》是因为"当时的现实与魏安釐王'消极抗秦、积极反信陵君'，是多少有点相似"④，《高渐离》则是用秦始皇的残暴来影射蒋介石的独裁统治等。

由此可见，在追求"尽而不汙"的春秋笔法和郭沫若的"失事求似"原则之间看似沟壑甚大，但内在却有诸多相似点。表面上看，春秋笔法强调的是对历史的秉笔直书的"实录""尽而不汙"，郭沫若的"失事求似"则反其道而行之，抓住历史的基本事实，在此基础上进行艺术虚构和加工，但两者的目的却是殊途同归，都是宣扬现实社会的惩恶扬善，有着强烈的社会功利性，背后都是孔子开启的儒家知识分子积极干世、经世致用的价值理想，这从郭沫若

---

① 张颖. 雾重庆的文艺斗争：怀念敬爱的周恩来同志 [J]. 人民文学，1977（1）.

② 郭沫若. 序俄文译本史剧《屈原》[M] // 郭沫若论创作. 上海：上海文艺出版社，1983：404.

③ 龚济民，方仁念. 郭沫若传 [M]. 北京：北京十月文艺出版社，1988：286.

④ 郭沫若. 由《虎符》说到悲剧精神 [M] // 郭沫若论创作. 上海：上海文艺出版社，1983：423.

将孔子视为儒家传统文化思想和价值的典范上即可见出。在具体创作中，影射手法的运用又承续了《春秋》中"婉而成章"的传统，让郭沫若的历史剧凸显了浓重的社会现实关怀。同时，作为一位具有高度浪漫主义天分的作家，郭沫若对历史进行的"我注六经"式的重新解读和演绎，表现在他充沛的诗意想象中。他笔下的历史人物通常都拥有大段的抒情独白，历史剧的主人公们都纷纷披上了诗人的外衣，人物语言韵律和谐，抑扬顿挫，全剧感情伴随节奏逐层递进，让历史剧最终成为一曲跌宕起伏、气势磅礴的诗剧。这和春秋笔法中惯常使用的"微而显""志而晦"等讲究用词的精微简约的风格又大异其趣，这不妨视为浪漫主义诗人对春秋笔法的一种开拓。虽然我们很难下定论说，郭沫若的历史剧创作就是为了丰富春秋笔法，但郭沫若在其中所呈现出来的"为我所用"的历史态度，借历史来回应批判现实的目的，却和孔子修订《春秋》、司马迁撰写《史记》等中国知识分子的史传传统不谋而合。也因此在这样的脉络中，我们看到了郭沫若"失事求似"的历史剧观对春秋笔法的特殊意义和价值。

第九章

"艺文互通"与作家的"多重身份"

人们一般把人才分为两类：一类是在一定范围内多个领域都有所建树的，我们称之为"全才"；另一类是指精通某项技能或某一学科的人，称之为"专才"。一般情况下全才比较难得，但从古至今数量却也不少。有许多文人墨客擅长诗词歌赋，而对其他才艺的精通同样不遑多让。北宋大文豪苏轼在文学上的造诣可谓登峰造极，其在书法、绘画上的成就同样令人瞩目；明代名士徐渭多才多艺，在诗歌、书画、戏曲等多方面都独树一帜；清朝纪昀文采飞扬，在书法成就上同样有其一席之地。由此可以看出，许多文人的成就不仅仅只是在文学方面，在其他领域亦有贡献。在现代文学作家群中同样有不少文学大师不仅文学造诣颇高，在其他领域的建树同样不可小觑。周作人的小品文堪称一绝，但是在闲暇时刻对于吃食的感悟同样让他无愧于美食文化大家的美誉；民国通俗小说大师张恨水的文学作品妇孺皆知，在编辑领域，他更是被称之为"全能报人"，直到今日他的一些编辑理念仍给予新闻工作者许多启示；郭沫若的诗歌开启了一片新的天地，但他"勾魂"的书法同样令人叹为观止。这些文人大家在文学领域之外开拓出了另一片灿烂的天空，与其文学成就交相辉映，同时又通过这些精湛的艺术才能为自身的文学创作锦上添花，充分体现出文人"艺文互通"的传统。

第一节　多重身份带来的开阔视野

在文学创作上，作家不可避免地会受到自身身份的制约。而作家的多重身份则有利于作家在不同身份之间转换，以多方视角来看待问题，从而促使其观念的转变。例如巴金，集作家、编辑家、出版家三重身份为一体。正是因为这么多身份，才影响了其"文学接受观"的改变。

早在1921年，巴金就参与编辑了《半月》刊，并在上面发表了多篇文章，宣传无政府主义思想。随后，巴金又创办了《平民之声》《民众》《自由月刊》等刊物，并从事编辑和出版工作。1935年归国后，巴金和吴朗西、丽尼等人一起创办了文化生活出版社，并出任总编辑一职。巴金在文化生活社的14年间，认真负责，先后参与编辑、出版《文学丛刊》《文化生活丛刊》《译文丛刊》《文学小丛刊》等多部出版物，为中国出版事业的发展做出了重要贡献。特别是《文学丛刊》，历经十余年，共编辑出版了10集共160册，既收录了鲁迅、茅盾、王统照等名家的作品，也编入了萧红、曹禺、艾青等大量青年作家的成名作，是现代文学史上出版时间持续最长、规模最大、影响最广的一套丛书，对新文学的发展起到了巨大的推动作用。

中华人民共和国成立以后，巴金依旧把大量的时间和精力用在编辑和出版工作上，曾担任过平民出版社总编辑以及《文艺月报》《收获》《上海文学》主编等多个职务。尤其是1957年巴金和他朋友创办的纯文学杂志《收获》，发表了大量新文学作品，在中国现当代文学史中占据一定的地位。

巴金在承担编辑、出版工作的同时，也注重发掘及培养青年作家。曹禺、艾青、何其芳、陈荒煤等人的文章就是由其推荐并刊登在《文学丛刊》《文学季刊》等不同的杂志上，当时他们还是名不见经传的新人。可以说巴金对曹禺等青年作家的扶持为他们走上文学之路起到了重要的引导作用。此外，巴金还推荐了一大批翻译家。由于出版翻译著作在当时并没有利润，所以大多数出版社都不太愿意出版此类作品。但是巴金却坚持出版翻译著作，他认为编辑的使命就是发现新的作家以及优秀的作品。巴金的坚持可以说为青年翻译家的成长创造了机会。

编辑家、出版家兼作家三重身份，使得巴金对这三种职业都有很深刻的体会。作为编辑家和出版家，除了需要文学修养，更重要的是具有作家意识与读者意识。多年的编辑和出版工作促使巴金在文学创作时开始考虑读者接受水平和需求。巴金在从事文学创作初期并没有意识到读者接受的重要性。他曾说过："我是为了自己,为了申诉自己底悲哀而写小说。所以读者的赞许与责骂,我是不管的,不过我希望批评家可以多少了解我。"① 然而在长期接触编辑和出版工作之后,巴金逐渐意识到读者需求的重要性。"作家靠读者们养活","得罪了作家我拿不到稿子;读者不买我编的书,我就无法编下去"。② 正是由于他倡导说真话,"把心交给读者"③,才能使他的作品感染和征服读者的心。

通俗文学大家张恨水多年的编辑生涯同样使其创作理念时刻与读者意识、出版意识紧密联系。这种思想充分地体现在其文学创作之中。在其创作长篇小说《春明外史》时,为了贴合北京读者的需求,小说中所描绘的场景与北京的事物息息相关,带给读者极大的亲近感与真实感,小说中所列举的趣闻也和当时社会上百姓的谈资相类似。在创作《啼笑因缘》的时候,他深知当时许多读者对侠客主题十分感兴趣,便在人物角色设置时增添了行侠仗义的关寿峰与关秀姑。在《啼笑因缘》大获成功之后,张恨水为了迎合读者与出版商的期待,特意为这部小说创作了续集,并续上了一个令读者较为满意的结局。张恨水正是通过强烈的读者意识、出版意识使其作品符合了读者心理、迎合了读者的阅读期待,更满足了出版业的需求,为其带来了丰厚的收益。在他手上的许多报刊、小说都办得有声有色,他也成为当时为数不多出色的编辑之一。纵观张恨水的创作、出版、编辑历程,充分凸显了他鲜明的时代精神、灵活的商业

---

① 巴金.《灭亡》作者底自白［M］//巴金专集（1）.南京:江苏人民出版社,1981:194.

② 巴金.上海文艺出版社三十年［M］//巴金全集:第十六卷.北京:人民文学出版社,1991:411.

③ 巴金.把心交给读者［M］//巴金专集（1）.南京:江苏人民出版社,1981:184.

头脑与宝贵的个人觉醒。

　　作家的多重身份不仅有利于作家打破因单一身份所造成的观念上的狭隘，而且有利于作家突破创作技巧或方式的局限性，从而在一定程度上促使其创作更加深刻而丰富。

　　众所周知，相较于其他作品，林语堂的创作总能和翻译巧妙地融合在一起。而这就与其另一重身份——翻译家有很大的联系。学贯中西的林语堂，一生翻译了很多的文学作品，尤其翻译了大量的中国古代经典著作，如《孔子的智慧》《老残游记》《浮生六记》等。其中，《孔子的智慧》可以说是林语堂向西方读者传播中国哲学思想的一大重要译作，它系统、完整地阐释了孔子及其儒家学说。而沈复的《浮生六记》吸引了一大批海外读者，也被看作是林语堂最具有代表性的译作。正是这些文献、典籍的翻译，才能让中国文化被西方读者所了解，使中国文化走向世界。

　　在中译英的同时，林语堂还翻译了不少海外作家的文学作品，把外国优秀文学作品介绍给中国读者。例如萧伯纳的《茶花女》、布兰地司的《易卜生评传及其情书》、马尔腾的《励志文集》和罗素夫人的《女子与知识》等。

　　除了翻译大量的文学作品，英汉词典的编辑也是林语堂翻译工作的重心。1972 年，林语堂还在香港中文大学的赞助下主持并编纂了《当代汉英词典》。全书共 1 800 余页，编纂历时 5 年之久，采用"上下形检字法"和"简化国语罗马字"，首次在词典中标明汉语词类，弥补了当时通用词典（1892 年翟理斯编的《汉英词典》和 1932 年麦氏编的《麦氏汉英大辞典》）的缺陷，使《当代汉英词典》更具科学性和实用性，更适应现代的需要，更符合中国读者的需求。

　　林语堂不但是翻译的实践者，更是一名翻译理论家。1933 年发表的译论《论翻译》，论述了翻译标准、方法、文本的选择等多个问题，较为系统、全面地体现了他的翻译思想。首先，林语堂在严复先生"信、达、雅"的基础上提出了翻译的新三大标准,第一是忠实,第二是通顺,第三是美。其次,在字译与句译的问题上,林语堂提倡在翻译时运用句译的方法,他在文章中指出"句译是对的,字译是不对的,这是一条明明白白的大道理"①,他认为字的用法繁复且变化多端,故而译者在翻译时不应将句子拆开逐字进行翻译,而应将字义看作活的、不可分割的东西,并且要对原文的字义有深刻的了解。"倘是译者必带呆板板的执意解字的主张,就不免时有咬文嚼字、断章取义的错误。"② 最后,林语堂从心理学和现代语言学的角度来探讨和阐释翻译问题,为今后翻译研究开辟了崭新的视角。除此之外,林语堂还发表了《我所得意的一部英文字典》《论译诗》《英译黛玉葬花词》等相关翻译理论文章及论著,为我们今后的翻译研究提供了借鉴。

译著恰似原著,原著恰似译著,林语堂的创作与翻译互为一体,创作中有翻译的痕迹,翻译中有创作的身影。例如林语堂创作的小说《京华烟云》也有翻译的痕迹。对小说中的称谓和人名采取了不同的翻译方法,有像奶奶(Nainai)、小姐(Hsiao Chieh)、姑娘(Kuniang)、木兰(Mulan)等直接音译的,也有像小喜儿(Little Joy)、银屏(Sliverscreen)等意译的,还有老太太(Old Taitai)这样音译和意译相结合的。

另外,林语堂在处理一些民间俗语和格言时也运用了异化等翻译技巧,使国外读者能够理解原文意义。例如:

"This was what is known as 'killing a landscape'."③(大煞风景)

---

①② 林语堂. 林语堂散文经典全编 [M]//第一卷. 北京:九州图书出版社,2002:290.

③ LIN Y T. Moment in Peking [M]. Beijing: Foreign Language Teaching and Research Press, 1999:395.

"To throw a stone at a man after he has fallen into a well!"（落井下石）①

由"大煞风景"和"落井下石"两个例子可知，林语堂在翻译成语时并没有采取直译的方法，而是将原文中的比喻翻译成英文，使国外读者更容易想象与理解。

第二节　多重身份赋予的丰富体验

作家的创作风格、创作素材与创作思想和他所拥有的生活阅历息息相关。综观现代文学作家群，许多作家在从事文学创作活动的过程中，都兼任其他副职，甚至身担多职。而且除了本职工作之外他们还精通其他技艺，或在工作闲暇之余醉心于其他喜好。他们从事的多种工作、擅长的多种技艺、钻研的兴趣爱好，造就了他们人生旅途中的多重身份，而每位作家的多重身份则赋予他们比一般文人更加丰富的人生体验，为他们的文学创作提供了源源不断的素材和强大的精神动力。

提起名士梁实秋，很多人最初联想到的可能是其文学创作上的天赋，其诙谐幽默的《雅舍小品》，其游刃有余的翻译功底，其实梁实秋还有另一重身份：一位地道的美食家。在当时的社会名士之中，梁实秋对于追求吃食的爱好与执着是出了名的，在清华求学期间为了享受大快朵颐般的饮食快感他曾创造了一餐饭吃掉三大碗炸酱面和12个馒头的惊人"伟绩"。综观梁实秋这一生，虽然辗转多地，四海为家，有时穷困潦倒，有时挥金如土，但是无论自己处在什么境况之下，在饮食上却从来不曾亏待自己的胃和嘴。

梁实秋好美食的一个重要因素便是其美食家庭的熏陶。梁实秋

---

① LIN Y T. Moment in Peking [M]. Beijing: Foreign Language Teaching and Research Press, 1999: 414.

的父亲是出了名的美食家，钟情于各种美食，经常流连忘返于京城的多家饭馆、酒楼，还和朋友在全国各地合伙开设饭店。父亲在外面大饱口福之时，梁实秋经常会陪伴左右，与父亲一同享用珍馐佳肴。梁实秋6岁那年陪同父亲去致美斋吃饭，其间情不自禁端起酒杯饮起酒来，他的父亲不但没有制止，反而微笑地看着他。正是来自家庭的熏陶，久而久之，梁实秋本人对饮食之道产生了极大的兴趣，口腹之欲也非同寻常，渐渐从一名仅仅为了满足于食欲的普通食客转变为一名对各样食品名称用料细心研究、对食物背后蕴含的文化内涵仔细揣摩的美食文化大家。

　　梁实秋不仅能吃会吃，还对饮食文化颇有造诣，可以说美食家这一重身份极大地激发了他的创作灵感，丰富了他创作的素材，并给予了他创作上更为丰富的内涵。通过多年丰富的美食阅历，梁实秋写了许多与吃相关的文章，并将这些文字汇编成了一本专门谈吃论吃的饮食文化散文集《雅舍谈吃》。这部作品所罗列出来的吃食包罗万象，不仅有海参、鱼翅、鲍鱼、佛跳墙等一些名贵佳肴，也有锅烧鸡、烧羊肉、炸丸子这些家常菜、特色菜，甚至连烹调美食所用的味精也成为其描述的对象。在文章中，梁秋实谈论起这些美食简直是如数家珍、信手拈来。在《酸梅汤与糖葫芦》一文中，梁实秋着重介绍了其喜爱的信远斋酸梅汤，分析了这里酸梅汤之所以大受欢迎是因为冰糖多、酸梅汁浓郁、放水较少，冰镇的手段也更加高明。为了喝到这酸甜可口的酸梅汤，梁实秋还不惜工本亲自购买乌梅、冰块在家里尝试制作，但是味道却和信远斋相差甚远。在谈及糖葫芦时，梁实秋总结了北平的糖葫芦应该分为三种：第一种是用麦芽糖制作的山楂糖葫芦；第二种是白糖糅合后粘在山楂上制成的；第三种则是用冰糖制成的糖葫芦，这种类型的糖葫芦最为正宗。他的另一篇散文《八宝饭》中，梁实秋结合自身的美食阅历与天赋对制作八宝饭的所有食材都进行了仔细的考究。譬如八宝饭的主要食材糯米一定要蒸得够烂才好吃，但是糯米不易烂所以在蒸之前要先把糯米煮成八分熟才行；莲子不易烂也需提前煮至八分熟再放进去；红枣不宜多放，因为红枣带核吃起来十分麻烦；白果则需先煮一下去掉苦味再放进饭里；桂圆肉、葡萄干、豆沙这些食材都是制作八宝饭不可或缺的。在聚餐时食用八宝饭应该注意的用餐礼节也被梁实秋细致地描述了出来。通过《雅舍谈吃》的字里行间，我们可以深切体会梁实秋对饮食之道的精通与对追求美食之极致的向往。

作为一位美食大家，梁实秋认为饮食不只是为了饱腹充饥，更是为了体现人生的乐趣与对艺术的追求，因此在梁实秋的文章中，除了分析鉴赏各种美食之外，更加注重挖掘美食背后的审美情趣与文化内涵。首先，梁实秋十分注重吃食的形象美。在《豆腐》一文中，梁实秋念念不忘他在上海美丽川菜馆吃过的"蚝油豆腐"，他这样形容道："蚝油豆腐用头号大盘，上面平铺着嫩豆腐，一片片的像瓦垄然，整齐端正，黄澄澄的稀溜溜的蚝油汁洒在上面，亮晶晶的。"《韭菜篓》中，梁实秋特别描述了东兴楼别具一格的韭菜包子，因为其捏法手艺高超，捏合处也没有疙瘩，当包子蒸熟之后盛在盘子里也是一个个高耸起来，就像竹篓一样骨立挺拔。在饮食器皿的搭配方面梁实秋也同样讲究，《核桃酪》的文章中梁实秋认为制作这道美食最好的器皿是用小薄铫，因为铫是泥沙烧制而成的，非常灵巧，可以尽可能地保持煮物的原味，比铜锅或是铁锅更加优良。《烤羊肉》一文中，梁实秋极力推荐烤羊肉须用烧过除烟的松树枝来替代柴或炭，这样能使烤过的肉带有特殊的香气。美食的吃法与韵味也是梁实秋考究的一个重点。在《汤包》里，梁实秋着重提及了玉华台汤包的吃法，必须迅速提起汤包的皱褶，趁着皮没有破裂的时候立刻放进小碟中，然后再轻轻咬破皮将汤汁吸入嘴中。吃汤包的乐趣其实也是在这一抓一吸之中。梁实秋作为民国大师，学贯中西、博古通今，具有很高的国学修养，在他谈吃的文章中经常能发现他旁征博引，古今中外的典故唾手可得，给美食赋予了深厚的文化内涵。在《生炒鳝鱼丝》一文中，梁实秋开篇便讲述了鳝鱼作为我国特产的悠久历史，并引用《山海经·北山经》的"湖灌之水出焉，而东流注于海，其中多鳝"来进行佐证。之后又运用莲池大师放生文等典故，给鳝鱼增添了神秘的文化色彩。再如《笋》这篇散文中，通过《诗·大雅·韩奕》开头，在引用唐朝《百官志》中"司竹监掌植竹苇，岁以笋供尚食"的叙述，之后又提及苏东坡与笋有关的诗句，充分展现中国人食笋的悠久历史。梁实秋运用自身深厚的文化修养，不仅将对美食的热爱通过文字进行完美表达，同时又使美食其厚重的文化色彩充分展现。

梁实秋除了美食家这一重身份之外，同时也是一位杰出的翻译家，他的翻译和创作二者相辅相成、互相影响，作为翻译的这一重身份在他的创作生涯当中发挥着巨大的作用。梁实秋在多年的翻译实践中深知"忠于原文"的重要性，在翻译过程中尽可能将原文含义忠实地呈现给不懂原文语言的受众，语言层面和审美风格的处理都尽量做到"原汁原味"。因此在翻译活动上他批评一些译者对于外文的"硬译"，这些译者为了翻译的通顺流畅擅自删减了原文的一些字词，甚至生搬硬套，使翻译的文字不仅不能够恰如其分地表现原文的意思，还较之原文显得十分生硬。作为资深的翻译大家，梁实秋的翻译手法处处体现了一种"雅士"的风格。譬如双关是英文作品的常见表现手法，梁实秋在翻译中总是能很好地把握原作者的这种技法，并将之巧妙表达，通过对异质语言融会贯通来丰富中文的修辞手法，使翻译出的语句体现出幽默的语感。由于深受翻译的影响，梁实秋在文学创作中也总是以温婉幽默的笔调进行。在其著名的雅舍系列散文之中，他对人性的一些弱点或社会中的一些现状进行批评揭露时，整篇文章的风格都透露出雅士委婉的、超然的态度。

同时兼具美食家与翻译家身份的文人还有周作人。我们不难看出，正是因为其美食家的这一重身份，他经常对饮食津津乐道，创作的诸多精彩的小品文中美食是其描绘的一个重点。美食家周作人通过自身丰富的人生阅历与对美食的感悟写下了很多关于美食的随笔，这些随笔极具文化内涵，带有一定科普性，参考价值丰富，其所列举的吃食也较为全面，例如北京的茶食、南北的点心、浙东的荠菜，甚至于清明扫墓期间一些人家给先人供奉的黄花麦果，也成为其叙述的对象。在其小品文《南北的点心》中，周作人对中国南北两方点心的特点做出了自己的评判。他认为南方点心与北方点心的一个本质区别便是南方的点心通常是闲暇时候享用，属于闲食，而北方的点心一般是当作日常的食物，属于常食。南方的点心制作十分精细，但是一般不能够当饭吃饱，比如蟹黄包子，虽然做工用料十分讲究，皮薄汁多，但是却吃不饱。北方的点心做工虽不及南方那么精心，但是却胜在用料多，分量足。饺子、馄饨和面条非常的饱满结实，一吃便饱。在《日本的衣食住》一文中，周作人根据自己在日本六年的生活经历对日本的饮食文化与中国进行了对比，并指出了日本食物中兽肉稀少、食物以冷食为主这两大特点。《再论吃茶》中，周作人更是引经据典，引用《证俗文》《世说新语》《越言释》等大量古典著作，对中国古代茶文化进行了较为详细的介绍。

  综观周作人有关吃喝的文章，我们可以发现以民为本是周作人饮食观念的主要基调。相比于一些人浓墨重彩于玉盘珍馐之上，周作人更加关注的是散播在田间地头、寻常百姓家餐桌前便能获取的食物。在周作人《知堂谈吃》一节的许多文章中可以看出其着重笔墨描绘的许多食物都是寻常百姓家中的家常菜、特色菜，不仅充分体现了中国传统文化的品格，还反映了周作人饮食观念的平民化特征。例如在《苋菜梗》一文中，周作人开篇便写了苋菜是南方平民百姓生活中必不可缺的一样食材，之后又给读者介绍苋菜梗的做法，并着重强调了苋菜梗是每户百姓家都制作的一道小菜，作为日用副食品常常和正餐一起食用。周作人著名的散文《故乡的野菜》

通过将故乡的野菜作为一种情之所系的文化印记来进行描述,表达出他对故乡难以割舍的浓厚的眷恋之情。文章中所提及的野菜,也都是浙东平常百姓在春季经常食用的。《绍兴的糕干》里介绍了绍兴的特色糕点,其中有一种糕点常被清朝时浙江的科举考生赴京时随身携带,当作旅途中充饥的点心,被世人广泛传播,故称之为"进京香糕"。而周作人文中所讲的这种香糕,虽然不是农民的专属吃食,但也是最为普遍的大众化糕点,老百姓访亲探友时都会按惯例购买。《糯米食》中描绘了许多用糯米当原材料而做成的吃食,如糍粑、水磨年糕、粽子等,无一例外,这些吃食也都常见于平常百姓的餐桌上。《锅块》一文中说道,这种粗制的饼是北方民间的常食,朴实喜人。而"豆腐"更是广大百姓餐桌上最为常见的食材,且运用豆腐可烹调出各种佳肴,如他描述"炖豆腐,豆腐煮过,漉去水,入砂锅加香菰笋酱油麻油久炖,是老式家庭菜……豆腐切片油煎,加青蒜,叶及茎都要,一并烧熟,名为大蒜煎豆腐……这些都是乡下菜,材料不贵,做法简单,味道又质朴清爽,可以代表老百姓的作风"。

虽然周作人笔下的食物可能较为普通,但这并不意味着他对于吃不讲究。实际上周作人非常注重吃的品位。譬如在《喝茶》一文中,周作人特意提及"喝茶当于屋瓦纸窗之下,清泉绿茶,用素雅的陶瓷茶具,同二三人共饮"。在《谈酒》中,周作人也提及了喝酒不应当用显示斯文的酒盅,用底有高足、浅而大的酒碗才是最佳的选择。作为美食文化大家,周作人在吃喝之中充实他生活的艺术,在文学作品中展示他艺术的生活,将对美食的感悟在字里行间抒发,在饮食之中体会世间百态、品味人生的酸甜苦辣,通过美食寄托他对故乡真挚的眷恋,真正做到了艺术与文化的互通。

周作人另一重为人熟知的身份便是翻译家。作为语言大师,他精通英语、日语、希腊语,还自学过世界语与古英语,对俄语和梵文也有所涉略。凭借极高的语言天赋周作人从事翻译实践的时间长、翻译的作品数量也极为可观,如《伊索寓言》、《希腊神话》、希腊喜剧《财神》、日本现存最久的古书《古事记》等。在长期的翻译生涯中周作人对翻译的体验不断深化,他深刻地了解到在翻译中声音的格律是无法进行译解的。正是由于这一因素的限制,译作绝对不可能与原作完全一致,于是周作人果断放弃这种追求,将声音格律完全剔除出文章之外,使得译文在表达上更加自由。他的《古诗今译》正是通过对原文韵律与汉语格调的疏离取得了表达上的自由。通过翻译而磨炼出来的文体感觉给周作人的行文思路与散文创作产生了重要影响。20 世纪 20 年代后,他的散文风格出现了一定转变,从自我表现的风格转为谋求一种迂回的格调。

　　文人雅士在闲暇之余对所喜好事物的痴迷与钻研同样为其带来了多样的体验,丰满了创作的思路。当代知名作家贾平凹在写作之余就沉迷于钻研石头的小世界中,他曾在《小石头记》中表达过对石头的热爱,"古人说:没嗜好的人不可交,所以我也就多嗜好,写字、画画、下棋、唱卡拉 OK,收集陶罐、瓷瓶、木雕、石刻,最痴心的是玩石头"。

　　贾平凹最早对石头感兴趣是在其少儿时期,因为出生在陕西省南部一个偏远的山区,所以开门见山,出门见石。他的家门口有一个碾盘,小时候他性格有些内向,不太喜欢和同村小朋友一起玩,只在家门口围着碾盘玩耍。看蚂蚁在上面搬家,看雨后积水的微波,看四季转换在碾盘上的演变,从而对石头产生各式各样的联想。小时候他经常要帮家里砍柴,累了的话,就躺在石头上休息一会。

　　为了搜集石头,贾平凹跑遍了中国的大部分省市,踏遍了各地的名山大川,每到一地他做的第一件事就是寻找石头。有一次贾平凹陪导演去选外景,在休息时其他工作人员都在沙滩上玩耍,他却低着头在沙滩上捡石头。还有一次贾平凹到外地考察,没买一样当地的特产,却带回了四箱石头。

收藏石头的爱好不仅给贾平凹的生活增添了许多趣味,也给他提供了大量的创作灵感,其文学作品之中经常融汇了他收藏、钻研石头的体验。综观贾平凹所有作品,几乎都与石头有关,对石头的描写最长多达七百字,最少的一段也有两百字,总篇数达百余篇。在贾平凹的笔下,石头不仅仅是一个普普通通的东西,而是他精神世界的象征。例如他在20世纪80年代创作的散文《丑石》,主要写的是一个丑得不能再丑的石头三百年来忍受着孤独、误解、冷眼,顽强地生存下来的故事。贾平凹通过"丑石"这个意项来表达其自身勇往直前、永不放弃的信念。

此外,贾平凹的文章摒弃了大多散文经常采用的华丽辞藻、修饰较多的风格,常常使用白描的手法,如山石般简洁朴实,寥寥几笔就勾勒出生动的形象。另外,他的文章内容丰富、信息量很大,有乡土的介绍,有历史掌故的叙述,有风土人情的描写,让人感觉它像山石一样的厚实。

第三节 多重身份造就的独特审美

相比于一般作家,拥有多重身份的作家,尤其是兼备其他艺术才能的,对于美的看法与单一身份的作家对于美的发掘、对于美的感知、对于美的理解是截然不同的。

例如鲁迅,可以说其作家、翻译家、版画收藏家的三重身份,共同形成了鲁迅独特的审美追求。

作为翻译家的鲁迅,翻译过的作品涵盖近20个国家、百余位作家,类型丰富多样,有诗歌、童话、小说、戏剧、文艺理论等。此外,翻译字数近三百万字,数量非常庞大。正如日本鲁迅研究学者丸山升所说:"对于留下的翻译数量堪比包括小说、杂感在内的创作的鲁迅来说，翻译恐怕和创作一样，在他内面作用巨大。"①

综观鲁迅的翻译作品，主要以文学作品为主。1906年以前，鲁迅主要以翻译科学幻想小说为主，例如《月界旅游》《地底旅游》《造人术》等。1906年以后，鲁迅弃医从文，不再翻译科学幻想小说，转而将翻译的重心放在文学作品上，希望通过翻译和介绍外国文学来唤醒国人，先后发表了《摩罗诗力说》《域外小说集》《红笑》《劲草》等多部文学译品。尤其是1909年由鲁迅和其弟弟周作人纂译的两册《域外小说集》，前后共翻译了19世纪中后期至20世纪初期俄罗斯、捷克、英国、法国、波兰等7个国家的16篇作品，是第一部中国出版的欧洲现代文学作品翻译集。此小说集的出版，可以说是鲁迅翻译生涯中的一大重要事件，具有开创性的意义。它以介绍弱小国家的作品为主，打破了以往"意译"翻译方法，采用"直译"的手段，不仅使文学翻译更加规范，而且为欧洲文学在中国的传播做出了一定的贡献。

如果说鲁迅翻译外国文学为我国的翻译事业做出了一定的贡献，那么其丰富的翻译思想更推进了我国翻译理论的建设和发展。他的翻译思想主要体现在以下几点。

第一，"直译"观。鲁迅认为"信"应为翻译的第一原则，译者在翻译时应先考虑对原文的忠实度，而再考虑译文的流畅性。他的"直译"观打破了以往的翻译旧俗，为推动现代翻译改革做出了重要的贡献。第二，"重译、复译"观。鲁迅的"重译"指的是如译者不精通原文，则应在其他译本的基础上再进行翻译，而不是直接翻译原著。鲁迅的"复译"指的是在翻译时应采取多次、反复翻译原文的方式，从而使译文更贴近原文。第三，"翻译批评"观。鲁迅认为翻译批判是翻译事业的发展中不可或缺的一部分。译者翻

---

① 丸山升.鲁迅·革命·历史：丸山升现代中国文学论集[M].王俊文，译.北京：北京大学出版社，2005：2.

译水平的提高以及译品质量的提升既需要译者自身的努力,也离不开批评家的帮助与指导。鲁迅曾在《为翻译辩护》一文中指出:"翻译的不行,大半的责任固然该在翻译家,但读书界和出版界,尤其是批评家,也应该分负若干的责任。"①

作为收藏家的鲁迅,所收集的中国现代木刻版画近 2 000 幅,德国、美国、日本等 16 个国家的名家版画 2 100 多幅,堪称中国版画收集第一人。萧红曾在《回忆鲁迅先生》中描述了鲁迅对版画的喜爱:"在病中,鲁迅先生不看报,不看书,只是安静地躺着。但有一张小画是先生放在床边上不断看着的……记得是一张苏联某画家着色的木刻。"②

为了推广和倡导版画,鲁迅、许广平、柔石等人收集了大量的美术资料,1928 年 11 月在上海成立了朝花社,主要就是介绍外国的版画。1931 年 8 月,鲁迅在上海的一所日语学校举办了中国现代版画史上第一次技法讲习会"木刻讲习会"。此次讲习会在中国新兴版画的发展史上具有重要意义。此外,鲁迅还积极举办版画展览会,如 1930 年和内山完造先生在四川举办的版画展览会、1933 年 10 月举办的现代作家木刻画展、1933 年 12 月举办的俄法书籍插画招揽会等。把外国版画介绍给中国的同时,鲁迅也积极地向国外宣传中国新兴的木刻艺术,1934 年,在鲁迅和宋庆龄的努力下,55 幅中国木刻和绘画作品在法国、俄罗斯等国举办的"革命的中国之新艺术展览会"上展出,备受国外媒体的关注。

鲁迅在《〈新俄画选〉小引》中对推广版画的理由进行过说明:"多取版画,也另有一些原因:中国制版之术,至今未精,与其变相,不如且缓,一也;当革命时,版画之用最广,虽极匆忙,

---

① 鲁迅. 准风月谈 [M]. 北京:人民文学出版社,1973:54.
② 萧红. 回忆鲁迅先生 [M]//萧红选集. 北京:人民文学出版社,1958:179.

顷刻能办，二也。"① 从中可以看出，鲁迅推广版画的原因之一是看中了其可以用于革命的特殊功用，并希望能通过推广版画来激励工农群众。

鲁迅的一生和收藏及翻译结下了不解之缘。而鲁迅作品中强烈的视觉审美效果和其对版画的吸收、对翻译的借鉴有着密切的联系。例如，鲁迅小说中精炼、简洁的语言正是体现了木刻版画刚健、力之美的特点。尤其是在人物形象的刻画上，仅仅几句话，却能凸显人物的性格。例如在《阿Q正传》中，我们可以从"不准我造反，只准你造反？"②"和尚等着你"③"你算是什么东西"④等几句话里就能了解到阿Q性格中非常反抗的一面。

此外，版画的黑白对比之美也被鲁迅运用到小说创作中来。鲁迅曾说过："木刻创作除了学好素描外还有要紧的是明暗法，木刻只有黑白二色，光线一错，就一塌糊涂"⑤，而鲁迅小说中运用最多的色彩就是黑白两色，通过黑白两色之间的视觉对比，渲染环境的氛围，增强作品的表现力。像《药》里华老栓出门去买人血馒头时"街上黑沉沉的一无所有，只有一条灰白的路"⑥ 就是作者通过黑和白的视觉冲突来体现华老栓心中的紧张与压抑，也暗示着最后的结局。《白光》里鲁迅通过陈士成回家后看到的"白光"和"黑圈子"来体现主人公陈世成落榜后的悲伤心情。《狂人日记》中鲁

---

① 鲁迅.《新俄画选》小引［M］//鲁迅全集：第七卷. 北京：人民文学出版社，1982：344.
② 鲁迅. 阿Q正传［M］. 北京：人民文学出版社，1976：59.
③ 鲁迅. 阿Q正传［M］. 北京：人民文学出版社，1976：20.
④ 鲁迅. 阿Q正传［M］. 北京：人民文学出版社，1976：9.
⑤ 鲁迅. 致曹白［M］//鲁迅书信集：下卷. 北京：人民文学出版社，1976：971.
⑥ 鲁迅. 药［M］//鲁迅全集：第一卷. 北京：人民文学出版社，2005：463.

迅通过"黑漆漆的,不知是日是夜"① 来体现狂人的心理状况。此外,《阿Q正传》中"一件洋布的白背心,上面有些黑字"②,《一件小事》里"洁白的大道"③ 等,都运用了黑色或白色,体现了版画的明暗法。

如同版画一样,翻译对鲁迅创作上的审美也产生了影响。鲁迅既可以写《呐喊》《彷徨》之类的,也写得出《野草》,其作品中既有现实主义的冷静,又有现代主义的苦闷,和他翻译现实主义、浪漫主义、现代主义各种各样的文学思潮的作品不无关系。

如果说林语堂的双重身份影响了其作品的风格,那么凌叔华作品中所展现的空灵感也和其美术家的身份有很大的关系。

凌叔华成长在北京的一个书画世家,京城深厚的文化底蕴与家族浓郁的艺术氛围为她艺术之路的发展奠定了良好的基础。她出身翰苑的父亲凌福彭曾任职高位,痴迷于绘画艺术,与当时许多有名望的画家如齐白石、金城、陈半丁、姚茫父等交往十分密切,因此家中经常有文人墨客前来拜访交流。凌叔华也经常陪伴父亲左右,欣赏了许多经典的书法画作,收获了许多大师们带来的丰富知识。正是在家庭浓厚的艺术气息熏陶与热衷于绘画的父亲的影响下,凌叔华从小也对绘画产生了极大的兴趣,经常用木炭在自家雪白的墙壁上画画。6岁那年,凌叔华父亲的一位友人偶然看见了凌叔华的"大作",发现她具有很高的绘画天赋,并让她父亲给她找一个绘画大师加以指导,就这样凌叔华拜在了慈禧太后御用绘画大师缪素筠门下,之后又师从王竹林、郝漱玉。在名师的悉心指点下,凌叔华的绘画思想得到了很好的启蒙,为自己的绘画学习奠定了良好的基础,同时通过名师获得了大量宝贵的书画社交资源。在燕京大学读

---

① 鲁迅. 狂人日记 [J]. 新青年,1918,4 (5).
② 鲁迅. 阿Q正传 [M]. 北京:人民文学出版社,1976:66.
③ 鲁迅. 一件小事 [N]. 晨报创刊纪念(增刊),1919–12–01.

书期间，看到美丽的校园里处处皆景，随之而来的灵感时时刻刻触动她创作的渴望，于是她经常挥笔作画，其绘画技艺逐渐炉火纯青。之后著名学者朱光潜看了她的许多画作，给予了高度的评价，认为她的画能使人在原生态的大自然中找回自己。在海外侨居的30多年中，凌叔华曾经在美国、英国、法国、新加坡等许多国家举办过个人画展，其画作在海内外赢得了普遍赞誉，其声望也节节攀升。

凌叔华的画作常常以山川花木为主要对象，但绝对不是简单地复制大自然的一切，而是将自己的思想情感寄托于所绘的事物之中，含而不露，赋予它们灵魂。虽然画作落笔较少、墨迹淡远，但却惟妙惟肖，欣赏她的画作时仿佛徜徉于天地万物之间，空灵之感油然而生，使人心灵为之净化，带给人以无穷韵味。画中简约淡雅的景象更引发观者无限的遐想，营造出诗一般的意境，真正做到了画中有诗、诗中有画，将诗与画、情与景完美地融合在了一起。深受美学艺术的浸润，凌叔华将绘画时写意的手法同样运用在文学的创作之中，通过温婉的笔调传递出画的意境，营造出诗意的氛围，最终很好地呈现其文学作品的绘画美。读凌叔华的小说，往往使人沉醉于这种空灵的意境。在短篇小说《中秋晚》中，凌叔华在作品的一开头就给读者营造了一个朦胧淡雅的空灵意境："不挂有一丝云影的澄青的天""好像铺了白霜的屋背与庭院""笼罩在细霰中的树木"。[①] 再如《春天》一文中，凌叔华在描绘晨光熹微的场景时运用了大量的色彩词汇，使天空的情景就像抹上了一层粉蓝、一层蜜黄的灰褐色天幕。在描绘小说中女性心理活动的过程时，凌叔华同样运用写意的艺术手段将简单的女性角色进行了传神的诠释，如《酒后》一文中的女性角色采苕、《绣枕》中的大小姐、《花之寺》中的燕倩等。

---

① 凌叔华. 中秋晚 [N]. 晨报副刊，1925 – 10 – 01.

在现代文学作家群中与美术结缘的作家还有很多，艾青便是其中一位。提及艾青，许多人往往想起他杰出诗人的身份及他对于文学的热爱，其实很多人不了解的是艾青有着极深的美术情结，其对于美术的热衷绝不逊色于文学。

艾青在孩童时代就开始学习美术，他的艺术之路也是通过美术而启迪。艾青出生后被算命先生认定为"克星"，之后被送往一户贫困农妇家中抚养。由于远离父母，得不到家庭应有的关爱，艾青从小只能通过画画寻找慰藉，抚平心灵的创伤。有一次他把自己画的关云长送给抚养自己的养母，养母非常高兴，将画贴在了墙头，奖赏了他爱吃的炒米糖，还在其他人面前夸赞他。养母的肯定与鼓励，激发了艾青对绘画的创作热情，也使他更加热爱上了绘画这门艺术，艾青中学毕业之后顺利进入了当时全国顶尖的艺术学府国立西湖艺术学院。在读书期间深受当时的校长林风眠的赏识，并在校长的鼓励之下去巴黎勤工俭学。巴黎在当时艺术家的眼中是世界顶尖的艺术中心，世界上各种艺术流派的著名画家云集此地，交流艺技。在街头巷尾，流浪画家、艺术画廊、美术馆也是令人眼花缭乱。在巴黎学习的三年时光中，艾青畅快地遨游在艺术的海洋之中，极大地丰富了艾青的绘画阅历、拓宽了他的美术视野，启迪了他的创作灵感。1932年，艾青回到了阔别已久的祖国，并在上海参与了左翼美术家联盟与当时许多进步青年画家举办的画展。在一次画展中艾青所创作的抽象画还引起了鲁迅先生的重视。之后，艾青因从事革命文艺活动被捕入狱。在监狱生活中陪伴艾青的只有认罪悔过书用的纸和笔，缺乏作画用的必备工具，但充满创作渴望的艾青却不甘就此沉沦，开始用诗句来抒发自己的情感。虽然条件限制使他从"画家转变为了诗人"，但是绘画艺术早已成为艾青生命中不可或缺的一部分。艾青的首部诗集《大堰河》的封面就是由他本人亲自设计的，上面画着一名拿着锤头的工人。

在艾青的眼中，绘画与诗歌是相通的，两者可以相互结合，诗歌就是通过文字而描绘出的图景。他创作的诗文更是强烈受到了画家身份带来的美术因子的感染。在国外学习期间,艾青深受注重视觉次序的传统西洋画派的影响,因而他创作的诗歌同样体现出这种视觉次序所带来的层次感与真实感。譬如艾青的《旷野》中一段描写旷野情景的诗句:"在广大的灰白里呈露出的,到处是一片土黄,暗赭,与焦茶的颜色的混合啊。只有几畦萝卜、菜蔬以披着白霜的稀疏的绿色……"①,诗句中的词语充满了一位画家所特有的光线感、层次感与色彩感。再如《生命》一诗中,艾青连用了"白垩""赭黄""青色""蓝色""红色"这些色彩感极其强烈的词汇,使《生命》的诗篇里充满了斑斓的色彩。艾青还擅长运用视觉对比极为强烈的色彩来表达自身强烈的情感,以增强诗歌的震撼力量。如《一个黑人姑娘在歌唱》中的一段"一个是那样黑,黑得象紫檀木;一个是那样白,白得象棉絮"②,艾青通过黑与白两种色彩的强烈反差反映当时白人与黑人过着天差地别的生活,表达了他对于不人道的种族歧视现象的强烈抗议,而色彩所造成的视觉刺激更是体现出了与其他诗人不同的美学情趣。

  回顾艾青的人生轨迹,我们不难发现其一生都与绘画艺术结下了深厚情缘。从孩童时代到长大成才,绘画都伴随着艾青,成为其生命之中的活跃细胞,同时融入于艾青的诗歌之中。艾青以诗歌而闻名,以画家的眼光感受世界,是一位名副其实的诗人画家。

---

  ① 艾青. 旷野 [M] //艾青诗选. 2 版. 北京:人民文学出版社,1984:130.

  ② 艾青. 一个黑人姑娘在歌唱 [M] //艾青诗选. 2 版. 北京:人民文学出版社,1984:233.

第十章

从"国学"到"新国学"

何谓"国学"?"国学"泛指中国传统思想文化。从"国学"到"新国学",这期间经历了近代中国的重大思想文化变迁,人们对传统的态度也发生了极大的改变。中国传统文化里,"尚古"和"崇古"一直都是古代文人的重要传统。诗必盛唐,文必秦汉,包括韩愈、柳宗元的"古文运动",号召的都是当现实发生了问题之后,从以往的经验、以往的文化中找到解决之道。但是这一传统到五四时期发生了变化,五四一代人不再从传统文化中去找到解决方案,反而认为传统文化是导致中国落后的主要问题。这就是所谓的五四反传统。但是,五四的反传统是否就是全面否定传统?在以"科学"与"民主"为大旗的五四新文学运动浪潮中,新文学的领军人同样倡导"整理国故",并且出现了名噪一时的"晚明文学热"现象,纷纷钻入"故纸堆",重新以新的眼光审视中国传统文化。五四的反传统,不是一味的反叛,而是更深层次的反思。一方面,五四以来的新文学和新文化不再秉持以往"崇古"的传统,而是带有一定的"反传统"意味。另一方面,五四的反传统不是纯粹的反叛传统,不是脱离传统,与传统断裂,而是对传统的反思。从"崇古"到"疑古",时人对传统的理解与态度发生了极大的变革。

第一节 从"崇古"到"疑古"

最早文学复古思想可以追溯到魏晋时期刘勰的《文心雕龙》,鲁迅说"魏晋时期是文学的自觉时期",通过魏晋时期的演化,"文学"已经成为一门独立的学科。刘勰认为:"盖《文心》之作也,本乎道,师乎圣,体乎经,酌乎纬,变乎骚。文之枢纽,亦云极矣。"① 刘勰所谓"道",具体内容就是以儒家为主,兼乎道佛

---

① 刘勰. 序志 [M] //郭晋稀. 文心雕龙注译. 兰州:甘肃人民出版社,1982:576.

等。"征圣"的"圣"又指的是孔子,"经"指儒家的经书。以此看来,刘勰的理论带有了原始的复古论调。孔子"复古"的"古"指文王时期的礼仪制度,而刘勰的"古"则主要是指孔子所确立的以儒家为中心的思想、道德、文化。中国古代的"复古"无论是打着谁的幌子,其"古"根终究同刘勰一样落到孔子所确立的"文化"传统之上。这也是有学者所总结的中国的文学复古所带来的一次儒家文化思想的复兴。初唐陈子昂的"魏晋风骨"之说,李白的"古风"观,随后又有以韩愈、柳宗元为首的"唐宋八大家"的古文运动……唐朝的复古确有愈演愈烈的趋势。宋朝程朱理学的建立也与尊古崇古有着莫大的关系。到了明代,文人们更是明确地打出"复古"的旗帜。前后七子的"文必秦汉,诗必盛唐"及明末大思想家顾炎武对复古思想的极力提倡……"复古"在一定程度上意味着对过去的模仿。最为明显的例子便是明中期前后七子的复古运动。面对自宋以来,理学盛行导致文学领域出现的"尚理不尚辞"及明初期"台阁体"的萎靡之风,以李梦阳为首的前七子"卓然以复古而自命",针对宋"尚理不尚辞"的局面,开始学习古人诗文的法度格调。李梦阳提出"文必有法式,然后中谐音度"[①]。然所谓复古,在乎神似,不在乎形似。其人所言的复古,拘泥于法度,以"古"为圭臬,在一定程度上遏制了自由创作思想的发挥。可以说,优秀作品的出现很大程度上就是由于其打破了前人的常规,能够推陈出新,复古却强行为之加上了枷锁。事实上,"复古"之"古",只是当时复古的人对于他所追求的那个时代的理解。而诚如新历史家所言"历史只是当代人的历史",至于真实的"古"又是什么样子,却很难寻觅。所以"复古"即是模仿,其模仿出的作品究竟有几分似古也很难鉴别了。

---

① 李梦阳. 答周子书[M]//郭绍虞. 中国历代文论选:第三册. 上海:上海古籍出版社,2001:52.

而到了近代中国，以往"崇古"的观念遭到了新文化的全方位批判。新文学的健将们正是从对"古"的重新认识开始了他们的新文化革命，新文学运动旗帜鲜明地树立了自己反传统的大旗，而不是企图以"古"伪饰自己的新思想。最振聋发聩的就是鲁迅在《狂人日记》中称之为"吃人的礼教"，五四运动的先锋们试图借摧毁以传统文化为代表的权威，为新文学扫清障碍、开辟道路，重新构建新的文学道路。典型的作品如周作人《人的文学》，以"人的文学"的视野来审视传统文学经典，将传统彻底置于消极的境地。陈独秀的《文学革命论》，将"古典文学""贵族文学""山林文学"全面批驳，几乎囊括所有主流传统文学。再像《封神传》《西游记》《聊斋志异》和《水浒传》等名著，均被列入"迷信的鬼神书类""妖怪书类"和"强盗书类"，并视之为"全是妨碍人性的生长，破坏人类的和平的东西，统应该排斥"①。钱玄同更直言"从'青年良好读物'上面着想，实在可以说，中国小说没有一部好的，没有一部应该读的"②。众多五四运动参与者竖起了"反传统"的大旗，将传统当作标靶，以此攻讦他们心目中的封建糟粕。

从表面上来看，五四时代的先进知识分子在对传统文化的批判以及激烈的反驳中，由于面对的传统势力较为顽强，确实体现出了"反传统"的激进态度，并且采取了各种手段，比如著名的"双簧戏"事件。然而，看待历史事件都要结合其历史背景，五四新文化运动中的批孔反儒斗争，是没能跳出历史背景纯以现代眼光去批判的文化事件，主要是由于辛亥革命失败之后盛行一时的"尊孔复古"活动引发起来的，辛亥革命的发生并没有使国民觉醒，传统封建思想的遗毒仍然桎梏着中国的自强之路。即使是如此，五四新文

---

① 周作人. 人的文学 [J]. 新青年，1918（12）.
② 钱玄同. 致陈独秀 [J]. 新青年，1917（6）.

化运动批判的重点不是两千多年的孔子及其学说的具体内容,而是后来的封建统治者利用儒家思想并使之变成统治者的工具,以此来奴役人民,使国民的思想陷入麻木愚钝,从而甘心接受统治阶层的思想洗脑。孔子作为儒家文化的代表人物无可避免地受到波及,但是其真正的思想精髓,仍然是中国文化重要的部分。鲁迅的《狂人日记》《我之节烈观》等文直指封建统治,两千多年来封建思想的奴役使国人的精神已经彻底麻木,不破不立,任何一场思想革命都需要对传统的批判,以此来达到新思想的建设与巩固。

在明了当时反传统的背景之后,我们还要厘清五四新文化运动时期对传统的态度,从而对传统的本质有深入的认识。一般来说,传统不是一种简单的事物,也不是三言两语所能完全阐释清楚的。它是一个复杂的有机体,人们的社会活动是无限丰富,并且无限延伸的,社会的各个侧面、各个层次、各个方向上的不断延伸,都会形成某种传统。某种政治设计或学术风格与流派,会形成一种政治的、思想的或学术的传统;某种社会时尚、交际方式、礼节仪规会形成一种社会风俗的传统;甚至某种文体,也可以形成一种文学形式或体裁的传统。这就是说,我们应当承认传统的多样性、复杂性以及联系性。中国在思想文化方面不光有儒家的传统、道教的传统、佛教的传统,每一种传统也不是天然就有的,传统一直处在不断地革新与变迁之中,这进一步加深了传统的复杂程度。而新文化运动健将们即使旗帜鲜明地树立了"反传统"的大旗,实际上他们针对的是传统中最糟粕的部分,是毒害人的思想、奴役人头脑的那部分,比如男权思想、节烈观、愚忠愚孝。崛起于五四早期的知识分子所表露出的姿态是对传统做全盘彻底的反抗者,把传统中国文化、社会与政治看成了一个整合的有机体,进行全面的批判。他们的态度不可谓不彻底,也折射出了他们改革社会的追求与理想。而正因为传统是一个复杂的有机体,没有人能够将其简单地分离为几个部分,将之作为一个复杂的学理问题研究,也难以达到切实有效的社会效果。作为在社会上掀起惊涛骇浪的新文化运动参与者，不可能不谙熟这一道理。

正如鲁迅曾经说："中国人的性情是总喜欢调和，折中的。譬如你说，这屋子太暗，须在这里开一个窗，大家一定不允许的。但如果你主张拆掉屋顶，他们就会来调和，愿意开窗了。没有更激烈的主张，他们总连平和的改革也不肯行。"① 简而言之，新文学是在中西方文明汇聚下的产物，既学习西方，又不失中国传统。主张折中、调和，吸取两者之精华，理论上当然正确，而理论的正确并不一定行之有效。在当时的语境中，在强大的传统惰性力量中，保守观念会成为麻木的温床。所以说，"保守派"的保守理念一旦进入社会，给人的直观印象仍然是保守的，即使其内核是中庸的，而保守派太过于瞻前顾后反而会失去引入新思想的途径。毕竟思想可以千姿百态，一旦进入实践阶段，就只有是与否的两条岔路。激进派在理论上主张激进，树起"反传统"的大旗，而实际上是中庸派，即使他们自己有时候也并不自知，或者意识到了也不能态度鲜明地表露于人前。通过对作品的理解以及对史料的挖掘，我们可以发现这些先驱者心中深厚的传统涵养促使他们对中西文化有自己的选择意识，到了五四时期，为了现实实践所需，才出现了对旧传统的猛烈批判的姿态，即使他们心中也有着挣扎与分裂。他们带着对文学对社会的功用观，对青年力量的期许，将"新文化"提高到相当的高度，这是时代大转折、大反省中不可避免的历史现象，不光中国五四时期会发生，外国也会发生。在这一意义上，我们不能根据一些激进的主张就认定新文化运动诸人否定传统文学并反对继承传统文学。

实际上，新文学的开创者们都是从旧文化的孕育中成长的，他

---

① 鲁迅. 无声的中国[M]//鲁迅全集：第四卷. 北京：人民文学出版社，2005：14.

们从小就熟读古典文献,很多人在接受新思想之前都接受了良好的旧式教育,他们的言说方式、思维方式、审美取向、感情依恋都与中国旧文学有很大的关系,中国传统文化和文学的根底是他们早已建立的基础,并不能从他们的人生阅历中抹去,他们的文学创作不可能与传统文学没有关系,中国古代文化传统对他们的影响是巨大的,并且表现在他们的创作中,只不过这种影响是深层的,而且是潜移默化的,他们本人可能并没有意识到。事实上,五四运动之后的新文学并没有完全脱离传统,而是有很强的传统性。冯至认为,五四文化是在外国文学的刺激之下,同时吸取了传统文化的养分才诞生的。冯至等人以自己的传统文化根底与西方诗歌结合,创造了独属于新文学的新诗。诗歌是最为接近人的内心世界,最直面灵魂的一类文体。在新诗身上,我们能看到传统文化烙入新文化诗人骨骼中的深刻影响。

  的确,那些主张学习西方文化的先驱者、主张不读中国书的五四同人,同时也正是中国传统文化最本色的继承者。鲁迅曾主张"取今复古,别立新宗"①,"外之既不后于世界之思潮,内之仍弗失固有之血脉"②。这样的鲁迅使人感到前后矛盾,然而作为思想家的鲁迅与作为青年导师的鲁迅不能一概而论,前者看到了文化革新的复杂性,后者则是在指点新生力量创造新生事物。鲁迅针对不同语境所提出的看法正体现了他看事物的独到眼光。就从创作来说,鲁迅的小说对古典白话小说《儒林外史》做了创造性的吸收,他的杂文更和"魏晋文章"有着深刻的联系,可以看出鲁迅对于传统文化的造诣极为深厚,至今学界仍然孜孜不倦地对此展开研究。李大钊、周作人、郭沫若、沈雁冰、叶绍钧、郁达夫、郑振铎、冰心等整整一代人,都具有深厚的传统文化根基和文学素养。正是基

---

①② 鲁迅. 文化偏执论[M]//鲁迅全集:第一卷. 北京:人民文学出版社,2005:28.

于这一代人的传统基础与所处的复杂环境,我们在审视五四与传统的关系时不能简单地一概而论。具体来说,五四对传统的反叛并不是彻底的批评,而是有自己的反思,有自己的深入与取向。

首先,就以五四时期盛行一时的进化论思想来说,早在进化论传入之前,中国本土自古也有朴素的进化思想。《易经》中"穷则变,变则通,通则久"①的思想成为后世勇于变革社会和提倡改革的政治、思想、文学运动的理论源泉。《文心雕龙》曾言"时运交移,质文代变……文变染乎世情,废兴系乎时序"②,文学的历史变迁乃自然之道,又结合时事指出了变迁的时代与世情。以往大家常常将传统定义为一个僵化的、不变的事物,而忽视了我们直至今日都身处传统之中,传统也会随着社会的进步而变化。五四新文化运动在经历了历史变迁之后,也结晶出了新的"五四传统",成为我们需要学习的传统之一。大多数人将胡适的"历史进化的文学观"看作西方的产物,打破了中国古代循环论,实现了思想上的飞跃。实际上,进化的观点始终都是传统文化的潜流,始终都在发挥着自己的作用,并在中国传统社会的重大历史变革里成为有力的理论支持。以此来看,胡适所代表的五四时期进化的文学观并非完全受到西方影响,而是中国传统朴素的进化观与西方进化论融合的产物。

其次,五四文学精英们对以屈原为代表的浪漫文化传统的迷恋显露出五四文学自由精神的特点。屈原传统中的狷狂人格与西方近代人文精神的糅合,成为一股全新的力量。在一定程度上,五四文学革命是在对西方人文思潮的接受和对传统文化全面反思的基础上

---

① 易经[M]. 徐澍,张新旭,译注. 合肥:安徽人民出版社,1992:381.

② 刘勰. 时序[M]//郭晋稀. 文心雕龙注译. 兰州:甘肃人民出版社,1982:511.

展开的思想启蒙运动。因此，对屈原自由精神的重拾，体现出五四文学精英们对传统文化情结的深深眷恋，以及将这种情结糅合于西方人文精神的社会理想。这种继承绝不是一味地因袭传统文化，也不是全盘照抄西方文化。在对西方的借鉴上，"无意把自由引入生命本体的层次，无意因自由的鼓舞而和世界挑战，同时也向自我挑战"①，而是加入了自我本土化的创造。五四文学的自由精神表现为在思想解放的大旗下，更多地基于对现实的改造取向，更多地关怀社会人生，更多地把自我与社会置于同一战线。他们的狂歌痛呼不是为了自我的绝对自由，而是为了追求"大同"意义上全社会的自由。

五四时期，功利主义的文学观仍然是社会思想的主流。周氏兄弟开启了中国文化中对国民性批判的文化脉络。周作人宣称将文艺当作高兴时的游戏或失意时的消遣的时候已经过去，极力反对以往"感伤"式的文学小道。陈独秀认为，思想革命必须置于政治革命之前，作为政治革命的基础。文学的作用显然也被集中于社会功用上。中国古代的"文以载道"思想一直是主流，而在西方也同样有着功利主义的思想传统。但在指导思想方面，传统功利主义出自儒家伦理道德体系，五四功利主义则是个性主义、人道主义等现代意识的反馈；在功利对象方面，前者是封建统治秩序，后者则以"人"为中心，五四前后提出的"人的文学""为人生的文学"等就说明了这一点。总之，五四文学观念既接受了传统文学观念的影响，又不同程度地超越了传统文学观念。

最后，新文学所体现的强烈的忧患意识，更是和传统中国文人的人生态度一脉相承。中国传统文化的忧患意识是"先天下之忧而忧，后天下之乐而乐"，是"路漫漫其修远兮，吾将上下而求索"

---

① 李怡. 中国现代新诗与古典诗歌传统[M]. 北京：北京大学出版社，2008：79.

的执着追求。千百年来仁人志士的责任感总是伴随着深沉的忧患意识。五四青年的崛起更是与其社会责任感有着密不可分的关系。而这种体现着社会责任感的忧患意识与传统相关,却也超越了传统,它集结在民主与科学的大旗下,与中国自古以来的忧患意识一脉相承,五四新文化运动是立于"科学""民主"之现代视域下的理性思考。五四新文学运动是传统文化中忧患意识和社会责任感的继承者,同时也为之倾注了全新的现代意识。

第二节 新文学中的"晚明"热

五四与"晚明",看似相隔遥远的两个历史时期,却在20世纪30年代的文化思潮变革中产生了千丝万缕的联系。就传统文学与20世纪中国文学之关系这一点上看,"晚明"与五四之间的联系显得最为密切和直接。以周作人为首的一批学者发问:五四新文学运动、文学革命是否源自晚明公安派性灵文学或与之有着某种联系?由此产生的"晚明文学热"可以说是五四时期重新定位传统与现代关系的有力证明,即学界不再一味地反对传统,而是深入到传统文化中去,以反思的视角审视历史。

五四以来,传统文学受到空前冲击。新文学作家们纷纷投入"打倒孔教""反对正统"的大潮中去。胡适《文学改良刍议》、陈独秀《文学革命论》、傅斯年《文学革新申议》等文均对中国正统的文学史谱系发动猛烈攻击。而与此同时,也有一批文人,在浩浩荡荡的主流中抽出身来,试图寻找传统文化中一些"特别"的存在。其中最具代表性的当属周作人,作为五四文学的先驱之一,在积极批判正统派的同时,也注重发掘非正统文学如公安、竟陵等积极因素，试图重建中国新文学的谱系。① 而后，林语堂等文人学者跟进支持，左翼一派提出反对与质疑，保守派沿袭前人说法中庸地记述……无论支持或质疑，都形成了对"晚明文学"的讨论与思考，出现了"晚明文学热"的文学现象。

1932年，周作人在辅仁大学做演讲，演讲整理稿便是《中国新文学的源流》。在文中，周作人将五四新文学运动看作历史的言志派、文艺运动的复兴。他将集团时期和个人时期称为古今文艺变迁中的两个时期；将"文以载道"与"诗言志"称为两种势力。其中，"集团"与"载道"相照应，"个人"与"言志"相符合。"载道"与"言志"的相互消长便构成了文学发展的流程。他认为五四时期的文学正是要树起"言志"的旗帜，提倡"反集团、反君师、反载道"。周作人的这番见解是酝酿多时的产物，并非一时兴起。早在1926年他就说："现代的散文在新文学中受外国的影响最少，这与其说是文学革命还不如说是文艺复兴的产物……我们读明清这些名士派的文章，觉得与现代文的情绪几乎一致，思想上固然难免有若干距离，但如明人所表示的对于礼法的反动则又很有现代的气息了。"同年，在致俞平伯的信中，他再次申明："现今的散文小品并非五四以后的新出产品，实在是'古已有之'，不过现今重新发达起来罢了。"在周作人为沈启无所编的《近代散文抄》作的序中，"集团"与"个人"、"载道"与"言志"的提法已经出现，并认为这两种势力永远相搏，酿成了过去的许多五花八门的文学运动。后来在此书新序中，周作人更大力推崇"三袁"的文章，把他们与五四新文学运动紧密相连。

林语堂是周作人的有力同盟。林语堂在对《近代散文抄》的评论中指出，公安派和竟陵派抓住了近代文的命脉，可以被看作是近

---

① 舒芜. 中国新文学史的"溯源"：周作人对唐宋八大家和桐城派的批判［M］//周作人的是非功过. 北京：人民文学出版社，1993：230.

代文的源流。这两派对"性灵"文学的主张正契合了西方近代文学的主流立场,"性灵派之排斥学古,正也如西方浪漫文学之反对新古典主义,性灵派以个人性灵为立场,也如一切近代文学之个人主义。其中如三袁兄弟之排斥仿古文辞,与胡适之文学革命所言,正如出一辙"①。以朱维之、陈念萱为代表的一批学者充分肯定了周作人《源流》中提倡晚明文学的影响,认为晚明文学是五四新文学的渊源。朱维之认为李贽在文学上和思想上都具有现代精神,五四新文化运动中有李氏思想的因子,陈独秀、吴虞都是其继承人。

在强烈的支持声中,也有一些较为模糊而中立的意见。胡适为《申报》五十周年所作的《五十年来中国之文学》记述了晚清至五四新旧文学过渡时期的历史,认为在中国最早倡导文学随时代变迁的是公安袁氏三兄弟。但他对"三袁"的作品并不怎样看重,认为和三言、二拍相比,"也都成了扭扭捏捏的小家数了"②。任访秋直接受到周作人的影响,但同时又有不同的看法。1935年,任氏到北大研究院读书,定的论文题目便是《袁中郎研究》,而导师即为周作人。在1931年的《袁中郎评传》中他便指出公安派小品文的价值在现代作家和作品的参照下可以洞见。不过他也认为文学革命的主张与公安派的差不多,可能是偶然的暗合。他在完成于1936年,经修订和补充在1983年才出版的《袁中郎研究》中指出:"这次的新文学运动,我们无须附会说是从公安来的,因为它显然是受着西方科学与民主的新思潮,以及西方的文艺论与创作的影响,而与晚明文学是绝无关系的。"③

与此同时,左翼文学派别也持有一定的反对意见。1929年,

---

① 林语堂. 有不为斋随笔[J]. 论语,1933(12).
② 胡适. 中国新文学大系·建设理论集[M]. 上海:上海良友图书印刷公司,1935:导言.
③ 任访秋. 袁中郎研究[M]. 上海:上海古籍出版社,1983:108.

陈子展在《中国近代文学的变迁》中明确提到了外来文学对五四新文学的刺激和触发。因此，他对周作人大谈公安、竟陵的传统文化影响并将之视为新文学的渊源持反对意见。他先后在《申报·自由谈》等报刊上发表《道统之梦》《文统之梦》《京派的起源》等文章，尖锐地批驳周作人推崇袁中郎意在争文学上的正统。陈子展的论点代表了"左翼"意见。他认为如果真有"言志派"和"载道派"的区别，那么五四新文学一定是承担着唤醒民众、观照社会的艰巨使命的"载道派"，与主张性灵文学的"言志派"大为不同，立场相左；并暗示周作人等人提倡的去晚明文学中寻找新文学的根源实为歪曲事实、别有用心的主张。

至于"反传统"的新文学倡导者为何会兴起"晚明文学热"的原因则较为复杂。一方面是因为晚明文学内部的反叛与革新，恰恰契合了五四一代人的文化诉求。五四新文化、新文学是以对旧的传统文化和文学的否定为生成前提的。因此，在反对儒教道德体系和文学传统时，对传统文学中所含有的反儒教因素提起注意是理所当然的。但是，五四新文化、新文学无论在自身的本质构成上还是在反传统的价值尺度上，似乎都与晚明文学有着本质性差异。李贽等人的反叛是传统文化体系内的调整和变革，即文化原点与文化衍义之间的矛盾冲突，而且是一种未能完成的个人化努力；而五四新文化和新文学的生成则标志着传统文化和文学在外来文化的冲击融汇中的整体性转型，它以反传统为生成机制、以外来现代文化为基本元素。

另一方面是因为文学正统地位遭受质疑，迫使眼光敏锐的一批学者找到新的立足点，确立新文学的合法性和正统性。一百年前的五四是一个充满焦虑的时代，生存的焦虑和文化的焦虑是五四兴起的重要动力。这一时期关注五四与"晚明"之间联系的大多是自由派，如周作人、林语堂等。他们本身也都受过西方学术与思潮的影响，并非全然的保守分子。但是为了强调五四新文学的本土文化渊源，他们努力挖掘五四新文学的中国之根。因为只有如此，五四新文学才能以更加正统的姿态走进历史，与传统文化取得呼应，才能更好地被人民群众所理解和接受，获得更广阔的发展空间。

有学者认为，"就思想而言，五四实在是一个矛盾的时代：表面上它是一个强调科学，推崇理性的时代，而实际上它却是一个热血沸腾、情绪激荡的时代，表面上五四是以西方启蒙运动主知主义为楷模，而骨子里它却带有强烈的浪漫主义色彩。"[①] 对于晚明文学的追溯与热衷，也在五四时期一批文人理性与热血的交织中不断深入。五四与"晚明"之间的联系作为20世纪文学研究的一大话题，影响和辐射着学术界研究晚明文学的出发点。可以说晚明文学研究进入了"以我观物"的"有我之境"，总是在细节处体现着浓烈的五四色彩和五四情结。研究者心目中五四新文学坚固的存在，使得无论采用哪种研究方法，都不可避免地加入个人主义、启蒙主义、浪漫主义等自带五四属性的观点。晚明文学的价值是在五四新文化视野中被发现的，或者说是五四照亮了"晚明"。

第三节 "故纸堆"里的新研究

五四一代人一方面提倡新文学，一方面又钻入了"故纸堆"，对中国传统文化研究颇深。鲁迅撰写《中国小说史略》、郭沫若著有《中国古代社会研究》、闻一多则写出了《楚辞校补》等优秀的古典文学研究专著，由此我们不禁思考，这种现象出现的原因是什么？和"崇古"传统有何关系？他们对古代文学的研究和以往古人的研究有何不同？"故纸堆"里的"新"研究，到底"新"在哪里？

---

① 张灏. 重访五四：论五四思想的两歧性 [M] // 王元仕. 学术集林：第八卷. 上海：上海远东出版社，1996.

五四运动一开始,并不是所有流派阵营都反对传统文化,或者说将所有炮火集中在传统文化身上。有人意识到传统也是一股有力的资源,值得借鉴。但是传统文化这样一个庞然大物,不能全盘接受也不能全盘反对,而是需要从中仔细筛选。如胡适的《文学改良刍议》,在对当世的文学进行了批判之后,又从传统文学中寻求文学的经典,并且推崇备至:"此庄周之文,渊明老杜之诗,稼轩之词,施耐庵之小说,所以夐绝古今也。"① 在其《建设的文学革命论》中,胡适还旗帜鲜明地提出多读模范的白话文学,例如《水浒传》《西游记》《儒林外史》《红楼梦》,宋儒语录、白话信札,元人戏曲,明清传奇的说白。这些优秀的作品难道不是传统的一部分吗?文学革命健将与急先锋陈独秀也在自己的《文学革命论》中对传统文学中优秀的作品予以肯定:"《国风》多里巷猥辞,《楚辞》盛用土语方物,非不斐然可观。"② 新文学阵营内部人士讨论热烈,在社会上也掀起了讨论的风潮,除了态度激烈的对骂之外,也不乏心平气和的真知灼见,朱经农曾在与胡适的通信中提到:"平心而论,曹雪芹的《红楼梦》,施耐庵的《水浒》,固是'活文学';左丘明的《春秋传》,司马迁的《史记》,未必就'死'了。我读《项羽本纪》中的樊哙,何尝不与《水浒》中的武松、鲁智深、李逵一样有精神呢?"③ 除此之外,新文学内部也不是完全的铁板一块,《新青年》杂志曾经连续发表了钱玄同、陈独秀与胡适等人的来往通信,探讨了《红楼梦》《西游记》等优秀传统文学作品的内在价值,并且将之作为白话文学应该吸取的宝贵传统资源。这些复杂的讨论形式凸显出了五四新文化运动的多元态势,不同的声音夹杂其中,这也是五四思想的深刻价值的体现。

---

① 胡适. 文学改良刍议 [J]. 新青年,1917,2 (5).
② 陈独秀. 独秀文存 [M]. 合肥:安徽人民出版社,1987:95.
③ 朱经农. 新文学问题之讨论 [J]. 新青年,1935,5 (2).

而在实际的文学创作方面，20世纪初的文学革命，其反传统的态度如此旗帜鲜明，但在作家的真实创作中却并非如此。鲁迅的《故事新编》中很多资源来源于古代的传奇；新文学作家们虽然竭尽全力反对古诗，但是每个新文化运动者也几乎都作过旧体诗。再如郭沫若、郁达夫等，以自身的浪漫体验与传统文学相结合，最后锻造出独特的文学新风。郁达夫以其现代文学上"零余者"的形象著称，实际上郁达夫的旧文学功底也极好；郭沫若于20世纪20年代初期在《中国文化之传统精神》等作品中，大力褒扬先秦文学中积极进取的一面，将之视为宝贵的文化资源，实际上《中国文化之传统精神》杂糅了儒、道、释三种传统文化精神，郭沫若并没有一味地"崇古"，将古代传统文化树立为偶像，而是以全新的视角去打量并重新阐释，将现代人文主义与朴素的古代思想相结合。而五四时人所攻讦的靶子多是抱有保守思想的保守派，或是对盛行一时的古典小说鸳鸯蝴蝶派等进行批驳。以往大家只关注新文学运动中对传统文学批判的一面，殊不知其实新文学运动中也饱含着对传统的反思与新的建设。

从这个角度来看，五四作家的反传统针对的并非传统文学本身，而是同时代的以传统文学为至尊的创作手段。总体而言，随着新文学运动从发端到逐渐深入，五四文学作家对传统文学的态度不再是迎头痛击，而是开始了心平气和的学术探讨，并表现出更为明确的借鉴思路。而这种借鉴也体现出新文学作家们与以往不同的"疑古"思路。

首先是对文学史的重新梳理与建构，如胡适写作《白话文学史》就是非常明确地要为新文学寻找源头的尝试，以期引起更多人对新文学的关注和重视。新文学能否合法化，能不能进入中国文化的主流脉络，必须将之纳入整个中国文化的体系来思考，而鲁迅所著的《中国小说史略》就践行了这一设想。这部著作以类型小说这一概念重新审视古代传统小说，重新挖掘《儒林外史》《水浒传》

《红楼梦》《西游记》等作品的现代内涵。

其次是对部分传统文学作品进行严密的资料考证、版本校勘等工作。在五四之前，许多文学作品未曾得到很好的保护，版本校勘等工作更是无从谈起，在这方面，胡适的贡献极大，他对《红楼梦》的考证为后来的红学研究奠定了基础。其他的众多传统文学作品也得到了他的大力推介。正如胡适所说："要对这些名著做严格的版本校勘和批判性的历史探讨——也就是搜寻它们不同的版本，以便于校订出最好的本子来。如果可能的话，我们更要找出这些名著作者的历史背景和传记资料来。"[①] 中国文化中对于传统典籍一向十分重视，历史的合法性叙述在任何时候都能唤起整个民族的情感与记忆，为当下存在找到合理性支持。五四参与者对古典典籍版本的辨析和考证，以及现代标点和出版等工作，则能帮助这些作品还原真实面貌，并以全新的样式呈现给社会大众，从而促进它们在社会上的传播。《红楼梦》《水浒传》等作品在五四期间重新出版，经过现代作家的重新发掘，从原本的不登大雅之堂一跃成为文学的标杆，时人的考证校对使之在大众领域流传更广，产生了更加深刻的影响。

除了形式上的努力，传统文学的深刻内涵迎来了富有现代眼光的打量，被遮蔽的文学价值逐渐显现。就如郑振铎所言："新文学运动并不是要完全推翻一切中国固有的文艺作品。这种运动的真意义，一方面在建设我们的新文学观，创作新的作品，一方面却要重新估定或发现中国文学的价值，把金石从瓦砾堆中搜找出来，把传统的灰尘，从光润的镜子上拂拭下去。"[②] 许多以往被遮蔽的作家被发掘出来，胡适的《白话文学史》发掘了诸如王梵志、寒山、拾

[①] 胡适. 胡适口述自传 [M]. 唐德刚, 译. 桂林：广西师范大学出版社, 2005：90.

[②] 郑振铎. 新文学之建设与国故之新研究 [J]. 小说月报, 1923 (1).

得等被排斥于主流文学史之外的白话诗人,体现了其重要性。五四期间大力搜集民谣、民歌,将散失的民间文学集结在一起,以民间文学中活泼的生气来唤醒僵化的社会。从作品来说,对《红楼梦》《西游记》《水浒传》《儒林外史》等小说的推介也极为引人注目,就拿《儒林外史》来说,传统学界对《儒林外史》的阐释,大多集中在其讽刺艺术及状物写人上,而在五四的现代视角下,《儒林外史》中对封建思想淋漓尽致的批判以及现代民主主义思想的萌芽得到了深入的开掘。

具体来看,"整理国故"运动的流行,是"故纸堆"里"新"研究的一种实现方式的探寻。

1919年5月,《新潮》杂志首次提出了"整理国故"的主张,意在指出国故、国粹研究的方向和具体做法。其后胡适将"整理国故"提升到"新思潮的意义"的高度,由此,这一主张成为处理传统学术思想的态度方针,学术界展开了一场规模较大的"整理国故"运动。

1919年7月20日,胡适在《每周评论》第三十一号上发表《多研究些问题,少谈些"主义"》一文,明确地提出研究具体问题才是产生有价值的思想的开始;同年12月他又在《新青年》第七卷第一号《"新思潮"的意义》一文中提出"研究问题、输入学理、整理国故、再造文明"的口号;1923年在北京大学《国学季刊》的《发刊宣言》中,他更系统地总结了"整理国故"的主张。在胡适看来,"新思潮的根本意义只是一种新态度。这种新态度可叫做'评判的态度'。评判的态度,简单说来,只是凡事要重新分别一个好与不好"①。这种"评判的态度"主要是指以理性实在的标准重新评估旧有的风俗制度、圣贤遗训和社会公认的行为与信

---

① 胡适. 新思潮的意义[M]//胡适自选集. 合肥:安徽人民出版社,2013:42.

仰,正如尼采所言的"重新评价一切价值"。这三方面的重新评估,与中国文化传统和学术传统有着深刻的联系。因此,"我们对于旧有的学术思想有三种态度。第一,反对盲从;第二,反对调和;第三,主张整理国故……我们对于旧有的学术思想,积极的只有一个主张,——就是'整理国故'。整理就是从乱七八糟里面寻出一个条理脉络来;从无头无脑里面寻出一个前因后果来;从胡说谬解里面寻出一个真意义来;从武断迷信里面寻出一个真价值来"①。之所以如此,是因为古代的学术思想缺少系统而有条理的规则,缺少进化论的眼光和视野,缺少继承与批判的辩证思维,大有成见和迷信的成分存在。针对这些问题,胡适提出了"整理国故"的四个具体步骤:第一步是"条理系统的整理",第二步是"寻出每种学术思想怎样发生,发生之后有什么影响效果",第三步是"要用科学的方法,作精确的考证,把古人的意义弄得明白清楚",第四步是"综合前三步的研究,各家都还他一个本来面目,各家都还他一个真价值"。

胡适并没有停留在提出口号的理论阶段,而是身体力行、不遗余力地投入到"整理国故"的运动中去,他投入巨大的热忱和精力进行国学研究,写下一篇篇扎实深入的研究论文、书评、序、跋;创办《国学季刊》并发"宣言";拟出向广大青年推荐的"最低限度的国学书目",推动着对古史的讨论和重新定位。在胡适的倡导下,从20世纪20年代初起,"整理国故"运动开始流行起来。

作为新文学运动的领军人,胡适为什么要"整理国故"呢?

首先,胡适对科学方法和实验主义有着深信不疑的坚持。"民主"与"科学"是新文化运动的口号与纲领,五四文人作为"民主"与"科学"的践行者和传播者,力图打破传统的窠臼,引进

---

① 胡适. 新思潮的意义[M]//胡适自选集. 合肥:安徽人民出版社,2013:49.

外来的先进理念与做法，以唤醒万千民众为己任。而胡适提倡"整理国故"，则与他对"科学"的理解有着密切的关系。表面上，他提出要用现代的"科学方法"来"整理国故"，实际上，他是想通过"整理国故"来说明中国文化传统中的"科学方法"。寻找中国传统文化中的"科学"，挖掘古已有之的思想，证明"科学"并非完全是"舶来品"，在传统文化中有根源所在，正是为推行"科学"确立合法性。正如他在一篇英语文章中这样告诉他的美国同事："如果正确地解释儒学，将并不意味着与现代科学思想相反。我不但认为儒学将为现代科学思想的培养产生提供肥沃的土壤，而且儒学的许多传统是非常有利于现代科学的精神与态度的。"胡适努力在"整理国故"的过程中寻找"科学"，他努力打通人文科学与自然科学的实践，是他相信人文学科与自然学科一样存在现实合理性与科学研究方法的思想体现。

另外，胡适本人对于国学的热爱也促使他选择这一立场。他从小受"国学"教育，读私塾、背四书，传统文化对他的影响巨大而深刻，从个人文化根源上不难理解他对传统文化有着天然的坚信和深爱。并且，在当时中国政治局势混乱、社会动荡不安的情况下，沉浸于国学研究之中无疑是为自己提供前进动力的精神安慰。对此，胡适在美国康奈尔大学留学期间就曾在一则日记中写道：

"德国文豪歌德自言，'每遇政界有大事震动心目，则黾勉致力于一种绝不关系此事之学问以收吾心。'故当拿破仑战氛最恶之时，歌德日从事于研究中国文物……此意大可玩味，怡荪尝致书，谓'以鞠躬尽瘁之诸葛武侯乃独能于汉末大乱之时高卧南阳者，诚知爱莫能助，不如存养待时而动也。'亦即此意。"①

---

① 胡适. 胡适日记 [M]. 太原：山西教育出版社，1998.

在外求学期间，胡适对国内的形势产生了失望和逃避的情绪，待他回国后，国难频仍，热血青年无法安于学业，当对现实倍感无奈而环境又不允许他们慷慨激昂之时，自然就要"向内走"，躲进书斋之中。胡适曾多次举德国文豪歌德在祖国垂危之时仍潜心学术的例子，劝诫青年回到教室，以歌德为榜样专心向学："每遇着国家政治有大纷扰的时候，他便用心去研究一种绝不关系时局的学问，使他的心思不致受外界的干扰"，以"拯救自己"。①

但是，胡适本人对于"整理国故"也有一种复杂的态度。在陈独秀等人的批评声中，胡适感到不小的压力。特别是因为胡适本来与倡导启蒙文化观的同人们处在同一立场，坚持同一套理论。而如今，他却被批评成背叛自己立场和主张的那一个了。因此，他必须重申和强调自己的文化立场，在后来的许多文章和发言中提出了"整理国故"并不是要以传统为上。虽然说研究国学也并非是要不加判断地一切以传统为天经地义，但一味地反对传统显然背离了国学研究的路径。如陈平原所指出，这正是强调反叛传统的五四新文化人的尴尬之处：为了与复古派划清界限，不便理直气壮地发掘并表彰中国传统文化的精华。

1926年10月，胡适在《国学门月刊》上说：

"我们应该了解两点，第一，国学是条死路，治国故只是整理往史陈迹，且莫以为这中间有无限瑰宝。第二，这种死路，要从生路走起。那不能在生路上走的人决不能来走，也不配来走。生路就是一切科学，尤其是科学的方法。"②

胡适在文中把国学称为"死路"，对过去坚持的立场有了彻底

---

① 胡适. 胡适日记 [M]. 太原：山西教育出版社, 1998.
② 胡适. 研究所国学门第四次恳亲会纪事 [J]. 国学门月刊, 1926, 1 (1).

的转变，虽没有明确地否定过去的努力，但已很难支持"整理国故"运动继续有效地开展下去。1927年，胡适更是写出《整理国故与"打鬼"》一文，其中写道："只为了我十分相信'烂纸堆'里有无数无数的老鬼，能吃人，能迷人……只为了我自己相信，虽然不能杀菌，却颇能'捉妖''打鬼'。"① 这十分明确地显示了胡适的文化观已经完全压倒了学术观。"整理国故"不再是从具体的问题出发，以科学的方法探求真理，追求学术研究的严谨性和深度的一项运动，而是一下变成了"捉妖"和"打鬼"。也就是说，"整理国故"演变成只有抓出中国文化的毛病才具有正当性，甚至可以说整理中国文化是为了打倒中国文化。

对于五四运动的发展历程，李泽厚曾提出过"启蒙与救亡的双重变奏"这一论断，并且指出五四运动的归宿是"救亡压倒启蒙"。而在胡适"整理国故"的进程中，"启蒙"与"学术"也在不断地碰撞与冲突，最后"启蒙压倒学术"，这从胡适最终将国学定性为"死路"的立场便可看出。"整理国故"运动在全国引起了响应和呼声，对传统文化的研究也产生了一批好的结果，但该运动的倡导人胡适，却因为其启蒙文化观的限制和捆绑，而最终走向对"整理国故"的忏悔和否定当中，这使得他的国学研究始终未能真正地展开拳脚，始终存在着束缚和纠结之感。

在提倡和实施"整理国故"的过程中，针对"国故""国故学""整理国故"这些相关概念、研究方法、讨论内容、研究目的等方面，学界产生了一系列的观点，并且在变化与发展中逐步深入。许多学者都从自己的思想立场出发，按照自己的理解对相关问题进行阐释和说明，而对"整理国故"运动本身的价值，也是褒贬不一，赞同和反对的声音此消彼长，均有论证。

---

① 胡适. 整理国故与"打鬼"：给浩徐先生信［M］//胡适文集：第三卷. 北京：北京大学出版社，1998：433.

这其中另外一位较为突出的研究者则是郭沫若。1924年1月出版的《创造周刊》上发表了郭沫若的《整理国故的评价》一文。在文中，郭沫若给处在轰轰烈烈的发展和进行中的"整理国故"运动浇了冷水。郭沫若认为："大凡一种提倡，成为了群众意识之后，每每有石玉杂糅，珠目淆混的倾向。"① 在他看来，一方面，"整理国故"已然成为一个时代的流行与色彩，国内人士上到名人知识分子，下到初入门庭的中小学生，都在"整理国故"这一口号的号召下，公然发表着自己的见解甚至著书立说。而在这热闹的气氛之中，甚至有一些字句不能圈断的浑水摸鱼者也堂而皇之地说着大话。这些现象并不值得庆祝和欣慰，反而是值得关注与冷静反思的。郭沫若也说道："如今四处向人宣传整理国故研究国学的人，岂不是大有这种打锣打鼓的风势了吗，国学运动才在抬头，便不得不招人厌弃，实在是运动者咎由自取。"② 这里所说"四处向人宣传整理国故研究国学的人"指的便是胡适等人，尖锐的讽刺与批评体现着郭沫若对"整理国故"发展成为一场轰轰烈烈的"运动"这一现状非常不满。另一方面，对于完全排斥国学、反对"整理国故"的观点，郭沫若也是非常警惕的。他说："只徒笼统地排斥国学，排斥国学研究者，这与笼统地宣传国学，劝人做国学研究者所犯的弊病是同一的，同是超越了自己的本分而侵犯了他人的良心了。"③

那么，郭沫若自己又是如何看待"整理国故"的呢？在《整理国故的评价》一文中郭沫若给出了自己明确而辩证的见解：

"至于国学究竟有没有研究的价值？这是要待研究之后才能解决的问题。我们要解决它，我们便不能不研究它。研究的方法要合乎科学的精神，研究有了心得之后才能说到整理。而且这种整理事

---

①②③ 郭沫若. 整理国故的评价［J］. 创造周报，1924（36）.

业的评价我们尤不可估之过高。整理的事业，充其量只是一种报告，是一种旧价值的重新估评，并不是一种新价值的从新创造，它在一个时代的文化的进展上，所效的贡献殊属微末。……我们从事于国学研究的人应该先认明这一点，然后虚心克己去从事，庶几可以少使多少人盲从，而真挚的研究家方可出现。"①

郭沫若在文章中提出整理本身只是旧价值的挖掘和发现，并非新价值的创造，这在本质上给了"整理国故"运动新的定位。与之相对应的，胡适认为发明一个字的古义，与发现一颗恒星一样都是大功绩，一味拔高了"整理国故"的意义。针对当时对"整理国故"运动的盲目跟风和不恰当的称颂，郭沫若的见解可以说是十分清醒客观的，也是十分必要的。

在《整理国故的评价》一文发表的四年之后，郭沫若更是继续贯彻着他的史学思想，将目光投向中国古代社会历史，开始着手撰写《中国古代社会研究》。在这篇文章中可以明显地看出，郭沫若尝试用唯物史观的理论作为指导，对中国古代历史进行全新的审视和梳理。正是在这种新的理论的指引下，在新的研究对象的启发下，郭沫若对之前的"整理国故"有了更深和更辩证的认识。在《中国古代社会研究·自序》里，他对胡适所作《中国哲学史大纲》发表了新的看法：

"胡适的《中国哲学史大纲》，在中国的新学界上也支配了几年，但那对于中国古代的实际情形，几曾摸着了一些儿边际？社会的来源既未认清，思想的发生自无从说起。所以我们对于他所'整理'过的一些过程，全部都有从新'批判'的必要。"②

胡适的《中国哲学史大纲》一直作为"整理国故"运动的标

---

① 郭沫若. 整理国故的评价 [J]. 创造周报，1924（36）.
② 郭沫若. 中国古代社会研究 [M]. 上海：新新书店，1930：序言.

志而存在。郭沫若批评《中国哲学史大纲》，其所指可看作是"整理国故"运动，评价这一研究成果对于社会来源和思想发生均未认清，实为辛辣而尖刻。郭沫若强调的是要从客观的历史实际出发，进行整理和研究，只有先认清社会的来源，才有进一步深入研究的可能性。所以对于之前"整理国故"倡导者们所标榜的那种整理和批评古代思想和传统文化的做法，需要进行重新评判。即"整理国故"运动要从"整理"走向"批判"。郭沫若在文中这样比较了"整理"与"批评"的不同：

"我们的'批判'有异于他们的'整理'。'整理'的究极目标是在'实事求是'，我们的'批判'精神是要在'实事之中求其所以是'。'整理'的方法所能做到的是'知其然'，我们的'批判'精神是要'知其所以然'。'整理'自是'批判'过程所必经的一步，然而它不能成为我们所应该局限的一步。"①

从郭沫若倡导"批判"的方法可以看出，这一时期马克思主义理论对其影响之大，尤其是辩证统一的方法论被他有效地运用到研究中国历史当中去。同时，这促使郭沫若对于"整理国故"有了更新的认识和更深的思考。他在文中明确地提到恩格斯的著作在认识国故的事情上可以给我们带来很大的帮助和全新的视角。没有辩证唯物论的观念，无法轻谈国故。胡适曾经讲过"整理国故"的目的之一是"各还他一个本来面目"，但郭沫若则是要在知道其本来面目的基础上进一步知道其"所以然"，探索发生的机制和背景，将眼光投入到真实的社会中去，即要跳出国学的范围，然后认清所谓国学的真相。胡适等人一直强调"整理国故"要摒弃狭义的功利观念，不要预设有用无用的判断和成见，而郭沫若却认为我们"整理国故"有着鲜明的指向性和目的性，对于未来社会如何建构的思考和期望迫使我们

---

① 郭沫若. 中国古代社会研究 [M]. 上海：新新书店, 1930：序言.

不得不回溯历史，并得出有效的结论。只有认清历史，认清过往的来时路，才能更好地决定未来的去向，走向未来的坦途。

在马克思主义唯物史观的指导思想下，郭沫若对于"整理国故"有了更深刻、更清醒的认识。他提出的理论主张与具体做法都是不同于前人、不同于他人的。其中最为突出的是，他强调我们看待历史时，不能只局限在历史事实本身，还要深入当时当世的社会背景中，探寻历史发展的规律性和内在动因。基于此，对待"整理国故"，我们也不应该仅仅是"就事论事"，局限在林林总总的资料、文献和史实中，而是应该知其所以然，并指导当下的现实生活，指引未来的方向。郭沫若的《中国古代社会研究》实际上开辟了中国史学新的发展途径，在这个新的发展途径中，"整理国故"被视为其中的一个阶段，而非终点。

从胡适与郭沫若"整理国故"的对比中，我们可以看到五四一代文人学者对于"传统""反传统"复杂的态度。有时，属于同一阵营的不同作家站在各自的立场上，对同一件事情会有截然相反的判断；有时，即使是同一作家，在受不同思潮和理论影响的不同历史时期，也会对自己的坚持和判断进行推翻重建。这不仅是五四这一时代的风云变幻所致，也是现代文学为不断寻找自身的位置而进行的尝试。

从以上各种实例可以看出，新文学作家的"疑古"也正体现了他们的"新"。在翻腾"故纸堆"时，他们时时刻刻不忘现代文明的本质。进化观是五四思想文化界的集体认同，正所谓"文学者，随时代而变迁者也"。文学发展的首要评判标准应该处于时代浪潮之下，而不能脱离具体的历史环境孤立地去看问题。从这个意义来讲，"故纸堆"中同样倾注着"进化论"的思想。"故纸堆"进化论的观点主要体现在以下两点：一是现代语言，也就是"白话文"。白话是新文学运动的根本，五四作家对传统文化的批判标准也自然以之为主要依据。正如胡适《白话文学史》中提出来的："这一千多年中国文学史是古文文学的末路史,是白话文学的发达史。"①五四作家对传统文学的重新发掘大多是建立在"白话为尊"的基础上,将之视为文学之正宗。二是以小说为最上乘之文体。在中国传统的"文以载道"文学观念中,散文才是承担正经道统的文体,而小说是街头巷里之村言,不登大雅之堂。但五四作家,甚至早于五四时期的仁人志士,从晚清以来就有意抬高小说的地位,以此开启民智。因此,胡适特别提出小说文体问题:"今人犹有鄙夷白话小说为文学小道者,不只施耐庵、曹雪芹、吴趼人,皆文学正宗,而骈文律诗乃真小道耳。"② 在这一观念指导下,五四文学作家最为喜爱的就是传统文学中的小说作品,将大量的精力倾注其中,并且自觉地学习其精髓,因而小说的地位得到了大大提高。

除了进化观的观点外,"人"或者说"人情""人性"也是五四新文化运动评价传统文学的另一标杆。"真实""真情"被提高到极为重要的地位。如胡适《白话文学史》对白居易等人推崇备至,就是因为他们的作品通俗易懂,而且关注民生社稷,在新乐府运动中,白居易以其切身体会书写对劳动人民的同情。而对汉乐府民歌评价时,胡适也特别赞赏其写出了"真的哀怨""真的情感"。鲁迅认为《红楼梦》"其要点在敢于如实描写,并无讳饰,和从前的小说叙好人完全是好,坏人完全是坏的,大不相同,所以其中所叙的人物,都是真的人物。总之自有《红楼梦》出来以后,传统的思想和写法都打破了"③。五四参与者也十分重视文学作品中艺术手法的人情味。如对《西游记》的评价中,鲁迅认为其娱乐性与情趣十分重要,将其作为值得赞扬的文学取向。以《诗经》为例,传

---

① 胡适.《白话文学史》引子[M]//胡明.胡适选集.天津:天津人民出版社,1991:209.
② 胡适. 文学改良刍议[J]. 新青年,1917,2(5).
③ 鲁迅. 中国小说的历史的变迁[M]//中国小说史略. 北京:人民文学出版社,1976:306.

统的很多解释都将其往社会责任、伦理道德上靠拢,在宋朝朱熹的眼中,《诗经》是歌颂"后妃之德"之作;而胡适的《〈诗经〉新解》则从人的自然本性与艺术手法的天然不矫饰入手,将《诗经》从封建道德中解救出来。真实的人性以及与之相适应的表现手法成为五四作家在"故纸堆"中的新发现。

五四作家评价传统文学的另一价值标准就是"大众"。五四文学的一大目标就是将文学流布于底层,鼓舞底层人民从民间去寻求大众的力量。周作人的《平民文学》充分体现了五四文学这一基本思想指向,五四时期的"歌谣运动"等也都包含着这样的旨趣。胡适明确表示:

"庙堂的文学固可以研究,但草野的文学也应该研究。在历史的眼光里,今日民间小儿女唱的歌谣,和《诗三百篇》有同等的位置;民间流传的小说,和高文典册有同等的位置,吴敬梓、曹霑和关汉卿、马东篱和杜甫、韩愈有同等的位置。"①

胡适《白话文学史》将眼光聚焦于白话文学相关的民间诗歌,以及在民间流传较广的文学作品。这也佐证了为何《水浒传》《三国演义》这些为广大普通老百姓所喜爱的作品会得到五四时人的大力推介了。将大众的底层力量发掘出来,以此来对抗中国传统中一向作为主流存在的士大夫文学传统和以其为代表的庙堂文学。也正是因为对大众的重视,"故纸堆"的新研究才会如此富有活力,才会显示出那么多的真知灼见。

总的来说,五四作家的传统文化研究,也就是"故纸堆"的翻新,是站在传统文学的基础之上进行的,但绝对不是陈陈相因,对固有事物全盘照抄。五四作家在"故纸堆"中发现了五四文学的"新

---

① 胡适.《国学季刊》发刊宣言[M]//胡适自选集.合肥:安徽人民出版社,2013:239.

思想"。首先，五四新文学对传统的"文以载道"的传统文学标准有一定的超越，"人性"的真实表达与解放成为中心，现代人的自由追求以及民主观念成为指导思想。其次，"故纸堆"的研究始终围绕着文学，传统文学拥有了新的现代性内涵。特别是在文学文体的变迁之中，更加具有趣味性与娱乐性的作品进入了文学主流视野，具有审美性的作品也不再只是悦情娱性之物。同时文学作品评价标准中也出现了纯文学、杂文学的分野，纯文学的独立文学品格得到凸显，不再与实用性文类、哲学历史等其他领域夹缠不清。最后，五四文学中的传统文学研究，是对传统主流文学的官僚体系下的封建阶层"死文学"的批判。文学作为人民大众的产物，应该贴近民间的真实思想、真实情况。五四作家的传统文学研究是以五四时期的新思想为底色的，"人人平等""民主自由""科学理性"等现代思想融贯其中。五四时期"故纸堆"中的新研究既以现代的文学标准去挖掘了传统文学的新内涵，对文学价值的解读更加多面、更加深刻，又将文学与大众的关系纳入考量，树立起了新的传统文学研究视野，打通了现代文学与传统文学，可以说给中国文学带来了一次很大的革新与解放。

第四节　"新国学"，"新"在哪里

近些年来，由于社会各界对国学的高度热情，五四新文学遭到了相当程度的冷遇。它不像传统文学各种"诗词大会""成语大赛"那样受到追捧，也不像当代文学时不时在国际上获奖的那般盛况，甚至都不像它本身在20世纪80年代受到"新儒学"猛烈批判时那样获得足够的关注。我们不得不承认，现代文学正在处于一个边缘化的境地。然而，对于现代文学本身而言，这或许正是一个新的发展机遇。一方面，新文学边缘化的过程恰恰是经典化的过程。冷一冷，静一静，沉一沉，文学才能回归文学本身，才能显现自身的价值。古今中外,不管文学还是艺术,成为经典的道路都是孤独而漫长的,在这一过程中,一个冷静的沉淀过程是至关重要的;另一方面,新文学的所谓边缘化,绝不意味着它的弱化或消亡,相反正是在这种边缘化的过程中,我们越来越体会到五四以来的新文学、新文化是难以替代的,难以复制的,甚至是难以超越的。

一个国家的国学,一定包含了一个国家从过去到现在全部的智慧结晶。这是一个最简单的道理,但事实上存在着这样一种认识,就是将国学的概念不断狭义化,把它限定为古典文学、古代文化甚至某一个学科。如此,五四运动以来的新文学和新文化就被挤压,被边缘化,被排斥在这个"国学"范围之外。在这个背景下,王富仁提出的"新国学"构想,就显得尤为重要。

2005年1月起,《社会科学战线》连续3期刊载了王富仁长达14.5万字的论文《"新国学"论纲》。在这篇厚重而系统的文章里,王富仁明确提出:"'新国学'不是一种学术研究的方法论,不是一个学术研究的指导方向,也不是一个新的学术流派或学术团体的旗帜和口号,而只是有关中国学术的观念。它是在我们固有的'国学'这个学术概念的基础上提出来的,是使它适应已经变化了的中国学术现状而对之做出的新的定义。"按照王富仁的说法,现有"国学"定义存在着明显的局限,他认为五四以后生成和发展起来的中国现当代文化,特别是由陈独秀、李大钊开其端的"中国现代革命文化",以鲁迅为主要代表的"中国现代社会文化",由从事外国文化的翻译、介绍和研究的学者与教授创造出来的"中国现代学院文化"都没有被包含进来。而这些文化,在经历了将近一百年的沉淀之后,理应成为"国学"的一部分。这是"新国学"最基本也是最核心的观点。

"新国学"的提出引发了不少争议,有的学者提出,"新国学"的建构何其庞大,何其复杂。一门漫无边际的学科,是无法建构的。作为一个成熟的学者,王富仁不可能不知道这个简单的道理。

在笔者看来，王富仁并非是想要真的去构建起一个完整的"新国学"，而是要树立一种学术理念，建立一种"活"的体系。"新国学"并非是与"国学"对立的概念，因为"国学"就是"国学"，"国学"不分新旧，它是一个整体，但它是一个动态的整体，循环的整体。王富仁提出的"新国学"，就是提醒我们注意"国学"这个体系本身的动态性和循环性。

　　当然，现代文学研究者的这个身份，让一些人认为王富仁对"新国学"的建构，是在弘扬"国学"的大环境下为现代文学谋一条出路。同意者赞叹王富仁的煞费苦心，不同意者则认为，五四新文学的根本价值仍在于其现代意义，如果将五四纳入国学的考虑范畴会消解五四的现代意义。不可否认，王富仁对"新国学"的建构，一定蕴含着他对新文学名归何处的深层思考，但如果说王富仁构建"新国学"的体系仅仅只是为了让新文学"名正言顺"，那也未必太兴师动众了。王富仁提倡的"新国学"，不是为了消除文学的现代性，而是搭建一种传统与现代共存的学术空间。这既是一种对现代文学的坚守，也是一种超越。新文学以来的"现代"只有在古典文学的"传统"对照之下，才得以成立。没有西学，何谓国学？没有传统，何来现代？"不是规定性的，而是构成性的"，这正是"新国学"和传统"国学"的内在的质的区别所在。只有在"构成性"的环境中，我们才能更加清楚地看到以新文学为核心的现代文学将被置于何种位置？现代文学与中国文学、现代文化与中国文化之间又是一种什么样的关系？曾经有研究者在挖掘出晚清"被压抑的现代性"后，认定"晚清时期的重要""先于甚或超过五四的开创性"，甚至提出"没有晚清，何来五四"的说法。国内在长期的研究和教学中确实存在对晚清文学不够重视的情况，作为古代文学的尾声，现代文学的先声，晚清文学在文学史中似乎很少得到过"正声"的待遇，这毋庸置疑是不合适的。但晚清是晚清，五四是五四，它们各自有各自的价值，二者之间的关系不能用"没有……何来……"的逻辑来解释。如果过于强调传统文化的"旧",那么传统文化也会变得孤立和狭隘起来,失去了传承和发展的活力。相反,如果过于强调五四的"新",那么五四这一起点同样也显得孤立化,失去了历史发展的土壤和根系,因此,传统和现代是一对相互构成的关系,传统文化、传统文学和新文化、新文学也是一对相互构成的关系。这种构成性,就是王富仁想要强调的"新国学"之"新"。

距离王富仁"新国学"的提出已经过去十几年了,围绕"新国学"的讨论仍在继续,与"新国学"相关的杂志、研究机构也仍然在继续致力于丰富和实践这个理论。但一个显在的事实是,今天大部分致力于"新国学"理论建构和实践的仍然是现代文学研究者,传统国学的研究者似乎并不热情。我们对"新国学"的理解还需要一段很长的时间,对它的实践可能需要更长的时间。

传统的建构是一种动态发展的形态,"国学"扎根于几千年的传统,但这几千年的传统也是一年一年、一个时代一个时代累积起来的。五四既是中国现代性的重要开端,也是一种新的历史传统的定格,如果五四新文学、新文化在今天不能被容纳,那么传统的构建、国学的发展也就成了一句空话。王富仁先声夺人,率先提出"新国学"的深刻含义正在于此,但斯人已去,如今我们是否有足够的信心和底气,将五四以来的新文学、新文化真正构建和发展成为"新国学",这是历史赋予后辈学者的重要使命。而对"新国学"及其相关问题的继续深入探讨,正是对王富仁先生最真切的纪念和最崇高的敬意。

后　记

　　《文人传统与新文学作家》这本书从最初构想,到密集地讨论框架、拟定目录,再到分工撰写、反复修改,最终完成定稿,历时一年多。

　　文人是中国历史上一个极为特殊的阶层。在漫长的发展过程中,历朝历代文人形成了相对稳定、特色鲜明的传统,这一传统既深深地扎根于中国的历史文化之中,又在新文学作家中一脉相承,贯穿始终。在中国特色社会主义进入新时代的背景下,探讨中国文人传统的精神源泉,以及新文学作家与中国传统文人之间潜在的精神联系,有着极为重要的现实意义。在本书中,我们力求还原理想的文人状态,从行事、为人与作文等具体的角度切入,呈现新文学作家与文人传统的内在关联,但难以面面俱到,因此还有不少问题有待挖掘。在传统与新文学作家的关系研究中,这本书既不是开始,也不是结束。我们真诚地希望本书的付梓,能够促进相关研究的继续深入和探讨。

　　另外,本书得以顺利完成,离不开作者团队的倾力投入,现将参加各章撰写的人员名单分列如下:李春雨教授负责全书统稿及绪论,刘旭东撰写第一章,陶梦真撰写第二章,郝思聪撰写第三章,商雪晴和蒙娜撰写第四章,艾静和艾童撰写第五章,姚舒扬撰写第六章,万安伦撰写第七章,凤媛撰写第八章,张悦和万书言撰写第九章,胡金媛和韩静撰写第十章。

　　全书从绪论到第十章,经过李春雨教授反复斟酌,精心编排,并在初稿完成之后进行了认真的统稿、审读和多次修订,才呈现出本书的最终面貌。最后，要特别感谢广东高等教育出版社的相关领导和编辑，他们为本套丛书倾注了大量心血，没有他们的支持与关心，本书的写作与定稿不可能如此顺利地完成。在此，我们作者团队向他们表示最诚挚的谢意！

作　者
2018 年 9 月 5 日